Ca tăietori

byblos

THOMAS BERNHARD s-a născut în Olanda în 1931 și a crescut în Austria. A studiat muzica și arta dramatică la Akademie Mozarteum din Salzburg. La începutul anilor '50 i-au apărut în ziare primele scrieri, iar odată cu publicarea primei cărți în 1957, și-a început cariera de dramaturg, poet și romancier. Câștigător a trei dintre cele mai distinse și râvnite premii literare din Germania, a devenit unul dintre cei mai traduși și admirați autori ai generației sale. Este, de altfel, considerat unul dintre cei mai importanți scriitori de limbă germană ai epocii postbelice. A murit în Austria în 1989.

DANIELA ȘTEFĂNESCU este scriitoare (romanele *Compoziție la patru mîini*, *Intrarea oprită*, *Două supraviețuitoare* ș. a.), traducătoare și redactoare, membră a Uniunii Scriitorilor, secția proză. Pasionată de literatură și științe umaniste, a redactat câteva sute de cărți și a tradus peste 60 de cărți din germană, engleză și franceză, de la autori ca Arthur Schnitzler, Patrick Süskind, E. v. Däniken, L. v. Sacher-Masoch, Frații Grimm, M. Cazenave la Sigmund Freud și C.G. Jung.

THOMAS BERNHARD

Ca tăietorii de lemne

o iritare

Traducere din germană și note de
DANIELA ȘTEFĂNESCU

CURTEA VECHE

Descrierea CIP a Bibliotecii Naționale a României
BERNHARD, THOMAS
Ca tăietorii de lemne : o iritare / Thomas Bernhard ; trad. din germană și note de Daniela Ștefănescu. - București : Curtea Veche Publishing, 2025
ISBN 978-606-44-1858-6

I. Ștefănescu, Daniela (trad. ; note)

821.112.2

ISBN epub: 978-606-44-1860-9
Carte publicată și în ediție digitală

Redactor: Cătălina Manolache
Corector: Elena Tătaru
Tehnoredactor: Nitsch-Petioky Loránd
Copertă: Dora Marian
Pe copertă: Egon Schiele, *Bildnis Albert Paris Gütersloh*, 1918

Colecție coordonată de Luana Schidu

Tipărit la S.C. Infopress Group S.A.

CURTEA VECHE PUBLISHING

str. Aurel Vlaicu nr. 35, București, 020091
redacție: 0744 55 47 63
distribuție: 021 260 22 87, 021 222 25 36, 0744 36 97 21
fax: 021 223 16 88
redactie@curteaveche.ro
comenzi@curteaveche.ro
curteaveche.ro

THOMAS BERNHARD
Holzfällen. Eine Erregung

traduki

Această carte a apărut cu sprijinul oferit de TRADUKI, o rețea literară din care fac parte Ministerul Federal al Afacerilor Europene și Internaționale din Republica Austria, Ministerul Afacerilor Externe din Republica Federală Germania, Fundația Culturală Elvețiană Pro Helvetia, Grupul de Interes Übersetzerinnen Übersetzer (Literaturhaus Wien) din partea Ministerului Federal pentru Artă, Cultură, Servicii Publice și Sport al Republicii Austria, Goethe-Institut, Fundația S. Fischer, Agenția Slovenă de Carte, Ministerul Culturii și Massmediei din Republica Croația, Ministerul pentru Societate și Cultură al Principatului Liechtenstein, Fundația Culturală Liechtenstein, Ministerul Culturii din Republica Albania, Ministerul Culturii și al Informației din Republica Serbia, Ministerul Culturii din România, Ministerul Educației, Științei, Culturii și Sportului din Muntenegru, Târgul de Carte de la Leipzig, Ministerul Culturii din Republica Macedonia de Nord și Ministerul Culturii din Republica Bulgaria.

Nefiind în stare să-i fac pe oameni
mai rezonabili, am preferat
să fiu fericit departe de ei.

Voltaire

În timp ce toți îl așteptau pe actorul care le promisese să vină la cină în Gentzgasse[1] pe la unsprezece și jumătate, după ce se termina spectacolul *Rața sălbatică*, eu îi urmăream pe soții Auersberger exact din acel fotoliu cu urechi în care șezusem aproape în fiecare zi la începutul anilor cincizeci și mă gândeam că fusese o mare greșeală să le accept invitația. De douăzeci de ani nu-i mai văzusem pe Auersbergeri, dar, tocmai în ziua morții prietenei noastre comune *Joana*, i-am întâlnit întâmplător pe *Graben*[2] și, fără să clipesc, am acceptat invitația lor la o *cină artistică*, după cum și-au numit soții auersbergerieni supeul.

---

1. Stradă vieneză veche, în districtul al optsprezecelea. La sfârșitul secolului al XVIII-lea i s-a schimbat numele din Herrengasse în Gentzgasse, după Wilhelm von Gentz, scriitor și politician german și austriac.

2. Stradă renumită în centrul Vienei. În paginile următoare mai sunt menționate străzi vieneze, în general comerciale, bine-cunoscute.

Timp de douăzeci de ani n-am mai vrut să știu nimic de soții Auersberger, timp de douăzeci de ani nu i-am mai văzut, și în acești douăzeci de ani chiar și pomenirea numelui soților Auersberger de către terți mi-a provocat greață, mă gândeam din fotoliul cu urechi, iar acum soții Auersberger mă pun față-n față cu anii lor cincizeci și cu anii mei cincizeci. De douăzeci de ani îi evit pe soții Auersberger, de douăzeci de ani nu i-am întâlnit nici măcar o dată și tocmai acum s-a întâmplat să dau de ei pe Graben, mă gândeam. A fost pur și simplu o prostie crasă că m-am dus tocmai în această zi pe Graben și, mai mult de-atât, că am bătut Grabenul de câteva ori în sus și-n jos – așa cum mi-am făcut un obicei de când m-am întors de la Londra la Viena –, deși mi-aș fi putut imagina că-i voi întâlni *cu siguranță* odată și-odată pe Auersbergeri, și nu numai pe Auersbergeri, ci și pe toți oamenii evitați de mine în ultimele decenii, cu care avusesem, după cum obișnuiau să zică Auersbergerii, o legătură strânsă în anii cincizeci, o *relație artistică* intensă; la care am renunțat însă deja de un sfert de veac, adică exact din momentul în care am plecat la Londra, departe de Auersbergeri, pentru că am rupt legătura cu toți acești vienezi de-atunci și, cum se spune, n-am mai vrut să-i văd și să am câtuși de puțin de-a face cu ei. Însă a merge pe Graben nu înseamnă altceva decât a merge direct în infernul societății vieneze și a întâlni taman acele persoane cu care nu vreau să dau ochii, a căror apariție bruscă îmi mai provoacă și astăzi toate spasmele posibile ale trupului și minții, mă gândeam șezând în fotoliul cu urechi; din acest motiv am evitat Grabenul în ultimii ani în care am vizitat Viena venind de la Londra, luând-o pe alte străzi, și nu mă dusesem nici pe Kohlmarkt, bineînțeles nici pe Kärntnerstraße, și evitasem Spiegelgasse și Stallburggasse și Dorotheergasse, precum și Wollzeile, de care mă temusem mereu, și Operngasse, unde căzusem atât de des în capcana acelora pe care i-am detestat întotdeauna cel mai tare. Însă în ultimele săptămâni, mă gândeam din fotoliul cu urechi, simțisem brusc un imbold puternic de a merge tocmai pe Graben și pe Kärntnerstraße, datorită aerului plăcut și acelui du-te-vino matinal, care, deodată, mi se păruse agreabil tocmai acolo și tocmai pe Graben *și* pe Kärntnerstraße, pesemne pentru că voiam să scap, să fug în fine și categoric de singurătatea de luni de zile căreia-i căzusem pradă în locuința mea din Währing, de izolarea care începuse pur și simplu să mă năucească. Am simțit mereu în ultimele săptămâni cum mă calmez mental și fizic când bat Kärntnerstraße și Graben în sus și-n jos și am tot mers deci încolo și-ncoace pe Graben și pe Kärntnerstraße; acest mers de colo-colo mi-a făcut la fel de bine la cap, ca și la trup. De parcă în ultimul timp nimic nu mi-ar fi fost atât de necesar ca acest mers încolo și-ncoace pe Graben și pe Kärntnerstraße, am tot luat-o *zi de zi* în ultimele săptămâni pe Kärntnerstraße și pe Graben, mergând în sus și-n jos; pe Kärntnerstraße și pe Graben reușisem să mă pun din nou în mișcare și să mă regăsesc deodată, sincer vorbind, după o slăbiciune mentală și fizică de luni de zile; mă învioram când o luam în sus pe Kärntnerstraße și pe Graben și iarăși înapoi; *acest mers încolo și-ncoace* e tot ce-mi trebuia, m-am gândit atunci – și totuși a fost mai mult de-atât; acest mers încolo și-ncoace e tot ce-mi trebuia, mi-am spus iar și iar, ca să ajung într-adevăr să gândesc din nou și să filozofez din nou, să mă preocup din nou de filozofie și literatură, care fuseseră înăbușite în mine de atâta timp, ba chiar lichidate. Tocmai această iarnă lungă ce te îmbolnăvește de-a dreptul și pe care din nefericire, după cum mă gândesc acum, am petrecut-o la Viena, și nu la Londra ca pe cele precedente, a omorât în mine tot ce era literatură și filozofie, mă gândeam din fotoliul cu urechi; prin acest mers încolo și-ncoace pe Graben și pe Kärntnerstraße mi le-am făcut din nou posibile mie însumi. Mi-am explicat această stare de spirit vieneză a mea – pe care aș putea s-o numesc acum pe loc o așa-zisă *stare de spirit salvată* – prin această „terapie Graben-Kärntnerstraße", pe care mi-o prescrisesem începând cu mijlocul lui ianuarie. Acest îngrozitor oraș Viena, care m-a aruncat adânc în deznădejde și m-a cufundat pur și simplu din nou într-o lipsă totală de speranță, este brusc motorul care face capul meu să gândească iarăși, corpul meu să reacționeze iarăși precum unul viu; pe zi ce trecea remarcasem în capul și trupul meu această reînsuflețire progresivă a tot ceea ce fusese inert în timpul iernii; dacă toată iarna dădusem vina pe Viena pentru moartea mea mentală și trupească, acum aceeași Vienă era cea căreia îi datoram readucerea mea la viață. Ședeam în fotoliul cu urechi și ridicam în sinea mea în slăvi Kärntnerstraße și Graben, explicându-mi revenirea mentală și fizică prin terapia mea Kärntnerstraße și Graben – prin nimic altceva –, și-mi spuneam că, după cum e firesc, trebuie să plătesc un preț pentru această terapie de succes; și mă gândeam că a-i fi întâlnit pe soții Auersberger pe Graben este prețul pentru această terapie reușită și mă mai gândeam că acest preț este unul foarte mare, dar că aș fi avut eventual de plătit chiar un preț mult mai mare, întrucât aș fi putut să dau cu ochii pe Graben și de oameni cu mult mai răi decât Auersbergerii, căci, privind la modul general, Auersbergerii nu sunt cei mai răi, cel puțin nu cel mai îngrozitor de răi; totuși este destul de rău că i-am întâlnit pe Graben tocmai pe soții Auersberger, mă gândeam din fotoliul cu urechi. Un om puternic și un caracter la fel de puternic le-ar fi refuzat invitația, eu însă nu sunt nici un om puternic, nici un caracter puternic, dimpotrivă, sunt omul cel mai slab și caracterul cel mai slab și sunt mai mult sau mai puțin la discreția tuturor oamenilor. M-am gândit din nou că fusese o mare greșeală să accept invitația soților Auersberger, doar hotărâsem să nu mai am niciodată în viață de-a face cu soții Auersberger, și o iau pe Graben și ei mă abordează, întreabă dacă am auzit de moartea Joanei, dacă am aflat că Joana s-a spânzurat, iar eu pur și simplu le accept invitația. M-am gândit că devenisem nerușinat de sentimental pentru o clipă și că soții Auersberger se folosiseră imediat de acest sentimentalism al meu și că tot așa se folosiseră și de sinuciderea prietenei noastre comune Joana pentru a-mi lansa o invitație pe care o acceptasem la fel de fulgerător, cu toate că ar fi fost mai rezonabil s-o refuz; dar n-am avut timp să fac asta, mă gândeam din fotoliul cu urechi, căci mă *abordaseră pe la spate* și spuseseră ceea ce știam deja, și anume că Joana se spânzurase la Kilb[1], în casa ei părintească, și că ei mă invită la cină, la o *cină cu desăvârșire artistică*, așa cum au subliniat soții Auersberger cât se poate de clar – *toți prietenii de altădată*, au spus. Doar erau realmente pe punctul de a o lua din loc când au formulat invitația și făcuseră deja câțiva pași depărtându-se de mine când am spus *da*, deci când am acceptat să vin la cina lor

1. Localitate în Austria Inferioară.

din Gentzgasse, în această locuință oribilă. Soții Auersberger cărau în brațe mai multe cutii împachetate în hârtie de ambalat de la niște magazine renumite din centru și erau îmbrăcați în aceleași paltoane englezești pe care le purtau și acum treizeci de ani, totul pe ei era, cum se spune, *uzat nobil.* De fapt, pe Graben n-a vorbit decât Auersbergera, soțul ei, *compozitor în tradiția lui Webern*[1], după cum se spune despre el, nu mi-a zis în tot acest timp nimic, vrând însă în mod clar să mă rănească prin tăcerea lui, mă gândeam acum din fotoliul cu urechi. Încă nu aveau idee când va fi înmormântarea Joanei la Kilb, au spus. Eu însumi fusesem înștiințat, cu puțin înainte s-o pornesc în această zi pe stradă, de către prietena din copilărie de la Kilb a Joanei că Joana se spânzurase; mai întâi această prietenă, o băcăniță din Kilb, nu voise să-mi zică la telefon că Joana se *spânzurase*, spunându-mi doar că *murise*, dar eu îi spusesem direct că Joana *nu murise*, ci *se omorâse*; ea, prietena ei, știe cu certitudine în ce fel, doar că nu-mi zice și mie. Oamenii de la țară au o reținere și mai mare decât cei de la oraș să spună clar că *un om s-a sinucis*, iar cel mai greu le vine să spună în ce fel; eu mă gândisem imediat că Joana se spânzurase și chiar îi spusesem la telefon băcăniței că *Joana s-a spânzurat*,

1. Se referă la compozitorul și dirijorul austriac Anton Webern (1883–1945).

ceea ce o uluise, așa că spusese numai *da*. Oameni ca Joana se spânzură, spusesem la telefon, ei nu se aruncă într-un râu sau de la etajul patru, ci își iau o funie, o leagă iscusit și-și dau drumul în laț. *Balerinele, actrițele*, îi spusesem băcăniței la telefon, *se spânzură*. De mult mi se păruse suspect că nu mai auzisem atâta timp nimic de ea, mă gândeam din fotoliul cu urechi; oare nu se va sinucide într-o zi ea, cea înșelată, părăsită, batjocorită, rănită de moarte, mă gândisem adesea în ultima vreme. Dar pe Graben, în fața Auersbergerilor, *mă prefăcusem* că nu știu nimic de sinuciderea Joanei și m-am arătat total uimit și în același timp zguduit, deși la ora unsprezece dimineața pe Graben nu mai eram nici uimit de nenorocire și nici zguduit, căci aflasem de ea încă de la ora șapte dimineața; și, într-adevăr, acum puteam deja să *suport*, să îndur sinuciderea Joanei pentru că mersesem de mai multe ori în sus și-n jos pe Graben și pe Kärntnerstraße, în aerul rece și proaspăt al Grabenului. Ar fi fost desigur mai bine dacă veștii auersbergeriene despre sinuciderea Joanei i-aș fi răpit efectul uimirii totale, și anume spunând pe loc că știu de mult că Joana s-a sinucis, chiar și *cum* s-a sinucis; ar fi trebuit, mă gândeam, să le spun împrejurările exacte, lipsindu-i astfel de triumful comunicării, pe care, de altfel, l-au folosit în cel mai josnic mod, savurându-l la maximum, după cum am constatat în fața magazinului Knize[1], care era deschis; făcându-mă că nu știu absolut nimic despre moartea Joanei și jucând rolul celui cu desăvârșire uimit, lovit în moalele capului, surprins la culme de știrea cumplită, i-am transpus pe Auersbergeri în extazul celor care aduc brusc știrea unei nenorociri, ceea ce, firește, nu-mi putuse fi nicidecum intenția, dar eu însumi provocasem totul prin stângăcia mea când am pretins că nu știu nimic, absolut nimic despre sinuciderea Joanei în momentul în care-i întâlnisem pe Auersbergeri; cât am stat cu Auersbergerii m-am prefăcut tot timpul că n-am habar de nimic, când de fapt eu știam aproape totul despre sinuciderea Joanei. Nu știam de unde au aflat ei că Joana se spânzurase, probabil că tot de la băcănița din Kilb, și sigur că prietena din Kilb le spusese același lucru ca și mie, dar *nu la fel de mult ca mie*, m-am gândit, căci altminteri Auersbergerii mi-ar fi spus mult mai mult decât mi-au spus despre sinuciderea Joanei. Sigur că vor merge la înmormântare în Kilb, a spus Auersbergera, și m-am gândit că a zis-o în așa fel, ca și cum pentru mine n-ar fi ceva de la sine înțeles să merg la înmormântarea Joanei, ca și cum mi-ar face încă de pe-acum reproșul că eu – deși mă legase de Joana, exact la fel ca pe ea, *o prietenie foarte strânsă timp de atâția ani, ba chiar*

1. Renumit magazin vienez de modă bărbătească de calitate.

decenii – s-ar putea, cine ştie, să *nu* merg la înmormântarea Joanei, să mă eschivez de la mersul la înmormântarea Joanei, care *era prietenă cu noi toți*, pur și simplu chiar și numai din comoditate; iar modul în care a spus ceea ce mi-a spus, m-am gândit, fusese efectiv jignitor, la fel ca și faptul că, deși Auersbergera mă va vedea la înmormântarea Joanei la Kilb, m-a invitat totuși astăzi și acum și aici pe Graben să vin marțea viitoare, deci în ziua înmormântării Joanei, la așa-numita lor *cină artistică* din Gentzgasse. Adevărul este că pe Joana o cunoscusem prin Auersberger, la o aniversare a zilei de naștere a soțului ei, în Sebastiansplatz din districtul al treilea, acum peste treizeci de ani; fusese o așa-numită *petrecere în studio*, la care veniseră aproape toți artiștii vienezi care aveau un nume. Soțul Joanei era un așa-zis artist tapiser, adică un țesător de covoare, inițial pictor, care pe la mijlocul anilor șaizeci primise marele premiu al bienalei din São Paulo pentru unul dintre covoarele lui. La orice s-ar fi așteptat de la Joana, numai să se sinucidă, nu, au spus soții Auersberger pe Graben și, înainte să plece mai departe cu pachetele lor, au adăugat că-și cumpăraseră *totul de Ludwig Wittgenstein*, pentru ca *în perioada următoare să se îndeletnicească cu Wittgenstein*. Probabil că îl au pe Wittgenstein în cel mai mic dintre pachetele lor, m-am gândit, cel pe care-l ținea Auersbergera cu brațul drept. Și din nou mi-am spus că a fost o mare greşeală să accept invitaţia soţilor Auersberger, când de fapt nu pot suferi invitaţiile de acest gen, iar pe cele la *cine artistice* le evit deja de câteva decenii, căci le-am frecventat suficient până la patruzeci şi ceva de ani, cunoscându-le în detaliu, şi nu cred că ştiu ceva mai respingător. Într-adevăr, aceste invitaţii auersbergeriene nu s-au schimbat, mă gândeam în timp ce şedeam în fotoliul cu urechi, sunt la fel ca în anii cincizeci, ca acum treizeci de ani, când, realmente, până la urmă nu numai că m-au plictisit, ci m-au adus aproape în pragul nebuniei. De douăzeci de ani îţi sunt nesuferiţi soţii Auersberger, mă gândeam din fotoliul cu urechi, şi apoi dai de ei pe Graben şi le accepţi invitaţia şi chiar te duci în Gentzgasse la ora anunţată! Îi ştii pe toţi cei invitaţi la această cină şi totuşi te duci acolo. Şi mă mai gândeam că ar fi fost mai bine să citesc în seara asta şi, eventual, chiar toată noaptea, Pascal sau Gogol sau Dostoievski sau Cehov, decât să merg în Gentzgasse la această *cină artistică* respingătoare. Soţii Auersberger ţi-au distrus existenţa, ba chiar viaţa, te-au mânat la începutul anilor cincizeci în această cumplită stare psihică şi fizică, în catastrofa ta existenţială, în situaţia de disperare extremă care te-a băgat în cele din urmă chiar la Steinhof[1] – şi tu

1. Steinhof – un spital din Viena, care a fost originar spital de psihiatrie şi centru de pneumologie.

te duci la ei. Dacă nu le-ai fi întors spatele la momentul hotărâtor, ai fi fost zdrobit de ei, mă gândeam. Mai întâi te-ar fi distrus și apoi te-ar fi zdrobit, dacă n-ai fi fugit de ei la momentul hotărâtor, ultimul posibil. Doar câteva zile dacă aș mai fi rămas în casa lor din Maria Zaal[1], mă gândeam din fotoliul cu urechi, și ar fi însemnat moartea mea sigură. Ar fi stors totul din tine, mă gândeam din fotoliul cu urechi, și apoi te-ar fi aruncat cât colo. Îi întâlnești pe distrugătorii și ucigașii tăi înspăimântători pe Graben și preț de o clipă ești sentimental și accepți invitația în Gentzgasse și te mai și duci, mă gândeam din fotoliul cu urechi. Și ar fi fost de preferat, m-am gândit mai departe, să-l citesc pe Pascal sau pe Gogol sau pe Montaigne ori să cânt Satie sau chiar Schönberg la pianul vechi, dezacordat. O iei pe Graben, ca să respiri aer proaspăt și să te înviorezi, și cazi direct în mâinile foștilor tăi distrugători și nimicitori. Și le mai și spui cât te bucură *cina lor artistică*, dar care nu poate fi decât insipidă, ca toate seratele, ca toate cinele de la ei de care-ți amintești. Numai un prost lipsit de caracter poate să accepte o astfel de

1. Întâlnirile artistice, care în realitate aveau loc în „Maria Saal", localitate din landul Kärnten (Carintia), sunt mutate de Bernhard în „Maria Zaal", căci autorul nu s-a străduit să schimbe nume și denumiri în așa fel încât să nu mai fie recunoscute. Acesta este doar un exemplu.

invitație, mă gândeam din fotoliul cu urechi. Au trecut treizeci de ani de când te-au ademenit în capcană și de când ai căzut în capcana lor, mă gândeam din fotoliul cu urechi. Au trecut treizeci de ani de când te-au umilit zilnic și de când li te-ai supus în mod josnic, mă gândeam din fotoliul cu urechi, treizeci de ani de când li te-ai *vândut*, ca să zic așa, la modul cel mai abject. Treizeci de ani de când te-au luat de prost, mă gândeam din fotoliul cu urechi. Și au trecut exact douăzeci și șase de ani de când ai reușit să scapi de ei (în ultimul moment). De douăzeci de ani nu i-ai mai văzut și o iei acum deodată pe Graben, fără să bănuiești absolut nimic, și cazi în mâinile lor și le accepți invitația în Gentzgasse și te mai și duci în Gentzgasse și mai și spui că te bucură *cina lor artistică*, mă gândeam din fotoliul cu urechi. Auersbergera a vorbit încontinuu despre *actorul grandios*, care a atins în această *Rață sălbatică* apogeul carierei sale, amăgindu-i pe oaspeții care veniseră deja cu două ore înainte de miezul nopții, cu sticle de șampanie una după alta, pe care le turna la fiecare sfert de oră în paharele tuturor acestor oameni mai mult sau mai puțin dezgustători. Purta rochia galbenă pe care o știam, poate că îmbrăcase această rochie galbenă *pentru mine*, căci acum treizeci de ani îi făceam mereu complimente când își punea această rochie, pentru că atunci îmi plăcea extraordinar de mult cum îi venea, în timp ce acum nu-mi mai plăcea absolut deloc, ba din contră, îmi părea chiar lipsită de gust, şi care avea acum un guler negru de catifea în locul celui roşu de acum treizeci de ani. Auersbergera spunea iar și iar cuvintele *actor grandios* și *Rață sălbatică fermecătoare*, cu acea voce care mă călca pe nervi și cu treizeci de ani în urmă, doar că atunci crezusem că această voce care mă călca pe nervi era o voce interesantă, pe când acum mai percepeam această voce doar ca vulgară și dezgustătoare. Felul în care Auersbergera spunea *cu adevărat cel mai important actor* și *primul dintre toți actorii în viață* nu-mi făcea decât silă. N-am putut suferi niciodată vocea ei, însă acum, când această voce îmbătrânise și suna dogit și avea în plus și niște nuanțe isterice, fiind realmente în foarte mare măsură obosită și uzată, cum se spune, mi se părea de-a dreptul insuportabilă. Cu această voce cântase Auersbergera odinioară Purcell, mă gândeam, sau *Albumul pentru Anna Magdalena Bach*, iar soțul ei, prietenul meu, compozitorul în tradiția lui Webern, cum îl numeau mereu experții, o acompania la Steinway[1] în așa fel, încât, sincer vorbind, îmi veneau lacrimi în ochi. Pe-atunci aveam douăzeci și doi de ani și eram îndrăgostit de tot ce era Maria Zaal și Gentzgasse, și scriam poezii. Acum însă mi se făcea silă de scenele dezgustătoare la care participam eu

1. Celebra marcă de piane Steinway & Sons, fondată în 1853.

însumi fără jenă acum treizeci de ani. Pe vremea aceea, mă mutam cu soții Auersberger la fiecare două săptămâni din Maria Zaal în Gentzgasse și înapoi, ani de zile, efectiv, mă gândeam din fotoliul cu urechi, dând pe gât mai multe pahare cu șampanie într-un timp foarte scurt. Privindu-i pe Auersbergeri, mă gândeam din fotoliul cu urechi că *ea* te-a abordat pe Graben, nu soțul ei, iar tu i-ai acceptat pe loc invitația. Te-au *abordat pe la spate*, probabil *te observaseră* de ceva timp *din spate* și *au mers în spatele tău observându-te* și te-au abordat *fulgerător la momentul decisiv*. De fapt, mă gândeam din fotoliul cu urechi, eu însumi l-am văzut cu ani în urmă pe Auersberger, care de treizeci de ani e mereu beat, mergând pe Rotenturmstraße, cu o femeie de vreo patruzeci de ani necunoscută mie, realmente decăzută, în mod foarte vizibil degradată, cu părul lung și cizme din piele scâlciate, și l-am urmărit pe Auersberger ținându-mă după el; am observat totul la el și la însoțitoarea lui, în detaliu, și în tot acest timp m-am întrebat dacă să-l abordez sau nu și în cele din urmă *nu* l-am abordat, instinctul mi-a spus: nu ai voie să-l abordezi, dacă-l abordezi, va face o remarcă abjectă și vei fi distrus câteva zile și nu l-am abordat, ci m-am stăpânit, urmărindu-l până jos la Schwedenplatz, unde a dispărut cu această femeie într-o casă veche, dărăpănată. În tot acest timp nu mi-am putut lua ochii de la hidoșenia picioarelor lui, vârâte în jambiere gri cu motiv național tricotate grosier, de la mersul lui ritmat și ciudat de pervers, de la țeasta lui fără păr. Se potrivea foarte bine cu însoțitoarea lui total decăzută, o artistă probabil, o cântăreață vlăguită, o actriță șomeră de mâna a doua, după cum mi-am închipuit atunci, la asta mă gândeam din fotoliul cu urechi. Mi-am amintit că, scuturându-mă de scârbă, făcusem cale-ntoarsă în direcția Stephansplatz atunci când cei doi au dispărut în casa dărăpănată din Schwedenplatz, iar repulsia față de ei m-a făcut să vărs pe un perete, în fața cafenelei *Aida;* însă atunci m-am uitat într-una dintre oglinzile cafenelei *Aida* și am privit direct în propriu-mi chip degradat și am văzut propriu-mi corp degradat și mi s-a făcut mai scârbă de mine decât de Auersberger și de însoțitoarea lui și m-am întors și am plecat cât de repede am putut, prin Stephansplatz și pe Graben și prin Kohlmarkt și în cele din urmă am intrat în cafeneaua *Eiles*, pentru a mă repezi la un teanc de ziare, ca să uit întâlnirea cu Auersberger și însoțitoarea lui și întâlnirea cu mine însumi, mă gândeam din fotoliul cu urechi. Acest truc cu cafeneaua *Eiles* îmi reușea întotdeauna, deci am intrat, am luat un vraf de ziare și m-am liniștit. Nu trebuia să fie neapărat *Eiles;* cafenelele *Museum* și *Bräunerhof* avuseseră și ele mereu același efect asupra mea. Cum se duc alții în parc sau în pădure, eu mergeam de fiecare dată la cafenea, pentru a mă face să mă gândesc la altceva și a mă liniști, toată viața am fost așa. Pesemne că soții Auersberger mă observaseră cu foarte mult timp înainte să mă abordeze în cele din urmă, mă gândeam din fotoliul cu urechi, așa cum îl observasem eu atunci pe Auersberger pe Rotenturmstraße, probabil cu aceeași lipsă de scrupule, cu aceeași infamie, cu aceeași neomenie. Aflăm multe dacă observăm de la spate niște oameni care nu știu că sunt urmăriți și pe care, atât cât este posibil, nu-i abordăm din poziția noastră de observație lipsită de scrupule, infamă, mă gândeam din fotoliul cu urechi; învățăm multe, de asemenea, dacă ne putem stăpâni să nu-i abordăm chiar deloc, ci avem capacitatea să ne întoarcem pur și simplu și să ne îndepărtăm de ei în adevăratul sens al cuvântului, așa cum am avut eu atunci la capătul străzii Rotenturm, deci pe Schwedenplatz, capacitatea și viclenia să fac stânga-mprejur și să mă îndepărtez de ei. Acest mod de a observa poate fi aplicat atât asupra unor oameni pe care-i iubim, cât și asupra celor pe care-i urâm, mă gândeam șezând în fotoliul cu urechi, observând-o pe Auersbergera care se uita încontinuu la ceas și îi liniștea pe oaspeții care trebuiau să mai aștepte supeul până la apariția actorului. Într-adevăr, l-am văzut odată, cu ani în urmă, la Burgtheater pe actorul cel așteptat acum într-una dintre acele farse sociale englezești dezgustătoare, în care prostia devine suportabilă numai pentru că este englezească, și nu nemțească sau austriacă, și care sunt jucate tot mereu la Burgtheater cu o regularitate teribilă în ultimul sfert de secol, întrucât Burgtheater s-a specializat în acest ultim sfert de secol mai cu seamă pe prostia englezească, și publicul vienez al Burgtheaterului s-a obișnuit cu această specializare; și, într-adevăr, mi-l amintesc ca actor la Burgtheater, deci un așa-numit favorit al publicului vienez și bufon al Burgtheaterului, care are o vilă în Grinzing sau Hietzing[1] și face pe măscăriciul la Burgtheater în acea prostie austriacă teatrală care este ceva obișnuit la Burgtheater de un sfert de secol deja; mi-l amintesc ca pe unul dintre acei urlători anoști, care în acest ultim sfert de secol, în colaborare cu toți directorii angajați, au făcut din așa-numitul *Burg*[2] o instituție de distrugere a scriitorilor, o instituție de țipete și de lipsă absolută de creier. Burgtheater este deja de atâta timp falimentar din punct de vedere artistic, mă gândeam din fotoliul cu urechi, încât este imposibil de spus cu exactitate când a survenit acest faliment artistic, iar actorii pe care-i vedem la Burgtheater sunt faliții care-și fac apariția acolo seară de seară. Dar să invite un astfel de gură-mare dramatic la un supeu, la o așa-numită *cină artistică*,

---

1. Cartiere înstărite ale Vienei.

2. Cetate, castel, bastion. Burgtheater este adesea numit, mai ales de vienezi, pe scurt „Burg“.

mă gândeam din fotoliul cu urechi, urmărindu-i din priviri pe Auersbergeri și pe musafirii lor, încă este o grandoare austriacă de o perversitate cu totul specială pentru un cuplu cum sunt Auersbergerii din Gentzgasse; și cât de mare a fost realmente această grandoare pentru Auersbergeri în seara asta m-am lămurit din faptul că s-a așteptat cu supeul auersbergerian mai mult de o oră peste cea la care fusese anunțat, și anume până ce actorul a sunat la ușă la douăsprezece și jumătate și a intrat dregându-și glasul cu nerușinare, ceva tipic celor de la Burgtheater, în locuința din Gentzgasse a Auersbergerilor. Eu am detestat întotdeauna în secret actorii, iar actorii de la Burgtheater au atras întotdeauna în mod cu totul special ura mea, cu excepția acelora foarte mari, ca Wessely și Gold, pe care le iubesc din toată inima de-o viață, iar actorul de la Burgtheater invitat în seara asta de soții auersbergerieni în Gentzgasse este cu certitudine unul dintre cei mai dezgustători pe care i-am întâlnit vreodată. Fiind, prin naștere, un tirolez care în decursul a trei decenii *s-a insinuat în inimile vienezilor interpretându-l pe Grillparzer*, cum am citit odată despre el, întruchipează pentru mine modelul antiartistului, mă gândeam din fotoliul cu urechi, fiind prototipul acelor mimi gălăgioși, complet lipsiți de fantezie și deci total anoști, așa cum au fost ei mereu îndrăgiți la Burgtheater și în general în Austria; unul dintre acei actori patetici îngrozitori de la Burgtheater, care se năpustesc seară de seară în cete asupra oricărei creații literare reprezentate acolo, gesticulând cu disperare în stilul lor pervers-provincial și distrugând-o, nimicind-o de-a dreptul cu bâtele lor verbale brutale. Totul este distrus de zeci de ani la Burgtheater de acești oameni cu forța lor mimică brută, mă gândeam din fotoliul cu urechi; nu numai gingașul Raimund, nu numai sensibilul Kleist sunt distruși și nimiciți la Burgtheater de zeci de ani, ci chiar și marele Shakespeare cade aici, unde ne imaginăm că a fost arendată pe vecie întreaga artă teatrală, jertfă măcelarilor de la Burgtheater. Însă aici, în această țară, mă gândeam din fotoliul cu urechi, actorul de la Burgtheater este realmente ființa supremă, iar dacă un austriac, dar mai cu seamă un vienez, cunoaște un actor de la Burgtheater fie și doar de pe stradă, ca să zic așa, sau dacă are în vizită la el acasă la supeu un astfel de actor de la Burgtheater, va percepe acest fapt ca fiind ceva extraordinar, fără pereche, ceea ce-l face pe austriac, și mai ales pe vienez, așa cum mă gândeam din fotoliul cu urechi, să pară mereu respingător de ridicol; acesta fie va spune că se cunoaște cu un actor de la Burgtheater, fie va spune că un actor de la Burgtheater a venit la unul dintre supeurile lui. Actorii de la Burgtheater sunt gogorițe mic-burgheze, care n-au nici cea mai vagă idee de arta teatrală și au făcut de mult din Burgtheater un azil al diletantismului lor dramatic. Nu degeaba mi-am ales încă din anii cincizeci acest fotoliu cu urechi, care stă și acum în același loc, căci din acest fotoliu cu urechi, pe care Auersbergerii l-au tapițat între timp din nou, văd tot, aud tot, nu-mi scapă nimic, mă gândeam. Stau aici în așa-numitul meu *costum* negru *de înmormântare*, devenit mult prea strâmt, pe care mi l-am cumpărat cu exact douăzeci și trei de ani în urmă la Graz, în drum spre Trieste, și pe care l-am purtat la înmormântarea Joanei, care s-a încheiat după-amiază târziu la Kilb, și mă gândesc că sunt din nou pe cale să mă comport josnic și mârșav, contrar convingerilor mele, odată ce am acceptat invitația auersbergeriană la supeu, în loc s-o refuz; căci pe Graben m-am înmuiat preț de o clipă, am devenit slab și am tăgăduit totul din mine, acționând în această seară și în această noapte nu numai contrar caracterului meu, ci și dând peste cap totul din mine. Numai din cauza sinuciderii Joanei s-a putut ajunge la acest act nechibzuit, devastator pentru mine; sigur că aș fi refuzat invitația Auersbergerilor dacă sinuciderea Joanei nu m-ar fi consternat într-un mod de-a dreptul distrugător, mă gândeam acum din fotoliul cu urechi, și dacă soții Auersberger nu m-ar fi invitat pe Graben cu stilul direct și brusc care-i caracterizează și cu acea nesimțire care te ia prin surprindere și care mi-a repugnat dintotdeauna la ei. Aproape toți cei veniți la supeu aveau încă hainele negre de înmormântare, mă gândeam din fotoliul cu urechi, numai unul sau doi se schimbaseră pentru supeu, deci aproape toți apăruseră în negru și total epuizați, ca și mine, din cauza momentelor grele prin care trecuserăm la Kilb, unde plouase torențial tocmai în timpul ceremoniei de înmormântare. Iar subiectul discuțiilor dintre ei, din care prindeam doar niște frânturi, nu fusese desigur nimic altceva decât înmormântarea Joanei, *nefericirea vieții ei*, în care se prăbușise când o părăsise soțul plecând în Mexic, cu șapte sau opt ani înainte ca ea să se sinucidă. Tapiseriile agățate din loc în loc pe pereții Auersbergerilor erau făcute de acel om care, după cum spuneau toți, avea *pe conștiință* sinuciderea Joanei și, acuzându-și creatorul, întunecau încăperea, care oricum era insuficient luminată de niște lămpi în stil Empire. Tocmai cu cea mai bună prietenă a soției lui fugise tapiserul în Mexic, așa am auzit de mai multe ori în semiîntunericul din Gentzgasse, lăsând-o pe *nefericita Joana* singură. Tocmai în Mexic și tocmai în momentul în care avea să fie o *lovitură mortală* pentru Joana. Părăsită la cincizeci și doi de ani în atelierul din Sebastiansplatz, fără nici măcar cel mai mic sprijin financiar, în fond fără nimic. De mai multe ori am auzit spunându-se că era de mirare cum de Joana nu se spânzurase în atelierul din Sebastiansplatz, ci în casa ei părintească din Kilb, deci nu în metropolă, ci la țară. Dorul de casa părintească o mânase la Kilb, așa am auzit de câteva ori, de la Viena la Kilb, din *mocirla urbană* în *idila rurală*. Chiar auzisem cuvintele *mocirla urbană* și *idila rurală*, rostite nu fără o nuanță perversă, cred că Auersberger era cel care le tot repetase, în timp ce eu îi urmăream din fotoliul cu urechi soția, care izbucnea din când în când într-un râs isteric, încercând să întrețină buna dispoziție a invitaților până la apariția actorului de la Burgtheater. Locuința din Gentzgasse este un apartament de la etajul al treilea, având șapte sau opt camere, pline ochi de mobilă în stil Josephine și Biedermeier. Acolo locuiseră părinții Auersbergerei; tatăl ei era un medic cam tâmpit, care provenea din Graz și își avea cabinetul medical aici, în Gentzgasse, fără să fi făcut vreodată carieră în medicină; mama Auersbergerei era din Stiria[1], o femeie otova, o creatură cu fața roșie și grăsulie, aparținând micii nobilimi de la țară, care-și pierduse definitiv tot părul încă de la patruzeci de ani din cauza unei terapii pentru gripă prescrise de soțul ei, drept care se retrăsese de foarte timpuriu din tot ce însemna viață socială. De fapt, părinții Auersbergerei trăiau în Gentzgasse din averea soției, această avere provenind de la proprietățile din Stiria ale părinților *ei*. Soția acoperea financiar tot, soțul nu câștiga nimic ca medic. Era un om căruia îi plăcea viața de

1. Landul Steiermark.

societate, un filfizon, care frecventa în perioada Faschingului[1] toate balurile vieneze mai importante și avusese până la sfârșitul vieții abilitatea de a-și ascunde prostia îndărătul zvelteței sale plăcute la vedere. Pentru mama Auersbergerei, viața alături de soțul ei nu fusese niciodată un dans pe roze, însă ea se mulțumise cu rolul ei modest, care a fost nu atât nobil, cât mai degrabă mic-burghez. Ginerele ei, mi-am amintit deodată stând în fotoliul cu urechi, îi ascundea peruca uneori, când avea chef, fie în Gentzgasse, fie în Maria Zaal din Stiria, și sărmana femeie nu mai putea ieși din casă. Pe Auersberger îl distra *să-și scoată din pepeni* soacra, cum se zice, ascunzându-i perucile, căci până la urmă ea își făcuse rost de mai multe, dar el a continuat să-i ascundă perucile și când avea deja vreo patruzeci de ani, semn al perversității și infantilității lui. Eu însumi fusesem adesea martorul acestui joc de-a v-ați ascunselea în Maria Zaal și în Gentzgasse și, ca să fiu sincer, mă amuzasem fără nici cea mai mică jenă. Mai cu seamă la aniversările și sărbătorile importante, soacra lui Auersberger era silită să rămână acasă pentru că ginerele ei îi ascunsese perucile. Abia când îi venea din nou cheful, Auersberger îi arunca drept în față perucile ascunse mai-nainte.

1. Fasching – carnaval ținut în Germania și Austria înaintea postului Paștelui, care se încheia în ajunul Miercurii Cenușii.

Avea nevoie de umilirea soacrei sale, mă gândeam șezând în fotoliul cu urechi și urmărindu-l cu privirea în zona din fund a salonului de muzică, așa cum avea nevoie și de triumful pe care i-l aducea modul acesta de-a dreptul diabolic de a se comporta. Îmi repugna felul în care Auersberger tocmai făcea la pian un mic exercițiu pentru dezlegarea degetelor, ridicându-și în acest timp fața palidă care-i lucea nerod de la consumul de alcool și scoțându-și vârful limbii din gurița învinețită. Pentru acest moment pervers a ales Giovanni Gabrieli, mă gândeam. Și mă mai gândeam că în vremea în care prietenia mea cu soții Auersberger fusese foarte strânsă, ba chiar foarte profundă, stătusem adesea la acest Steinway auersbergerian pentru a cânta arii italienești, nemțești și englezești, într-o supraapreciere de sine pe care acum, retrospectiv, o percep că fusese cât se poate de perversă. O făcusem pentru că absolvisem așa-numita Academie de muzică și arte plastice Mozarteum din Salzburg, fără a profita vreodată de acest lucru, ba dimpotrivă, odată ce absolvisem Mozarteum ca bas-bariton lipsit de perspectivă, nu avusesem nici cea mai mică intenție sau dorință să profesez ca muzician artist. Însă după-amiezile la Maria Zaal erau lungi, iar după-amiezile și nopțile în Gentzgasse la fel de lungi, așa că Auersberger se așeza aproape în fiecare zi la pian, eu mă instalam lângă el și, mai multe săptămâni la rând, din câte îmi aminteam din fotoliul cu urechi, parcurgeam împreună întregul repertoriu clasic italienesc, german și englezesc de arii și lieduri. Auersberger, pe care l-am numit odată un *Novalis al sunetelor*, a fost întotdeauna un pianist de primă mână, mă gândeam din fotoliul cu urechi, și nici acum nu-i trebuiau mai mult de două-trei minute la Steinway ca să-și demonstreze măiestria, chiar și când era în stare de ebrietate. Însă omul a decăzut, totul s-a degradat la el în anii dominați de maladiva patimă a beției, chiar și tot ce ținea de muzică și fusese odinioară pentru el mai presus de orice, mă gândeam șezând în fotoliul cu urechi. Putem ști de zeci de ani că cineva care ne este apropiat e un om ridicol, dar *vedem* brusc acest lucru abia după niște decenii, mă gândeam din fotoliul cu urechi, așa cum văd eu acum deodată cu toată claritatea că Auersberger, ca așa-numit succesor al lui Webern, este un om ridicol; și cum Auersberger, cel veșnic beat, este în felul său un om ridicol, și probabil că așa a fost dintotdeauna, mă gândeam acum din fotoliul cu urechi, la fel este și soția lui un om ridicol și așa a fost dintotdeauna. De acești oameni ridicoli ai fost tu odată îndrăgostit, ba chiar ai fost nebun după ei, îmi spuneam acum în fotoliul cu urechi, de acești oameni ridicoli și josnici și netrebnici, care te-au zărit deodată, prima oară după douăzeci de ani, tocmai pe Graben și tocmai în ziua în care s-a omorât Joana și te-au abordat și te-au invitat în Gentzgasse la *cina lor artistică cu renumitul actor de la Burgtheater*. Ce oameni ridicoli și josnici, mă gândeam șezând în fotoliul cu urechi, și imediat după aceea m-am gândit ce om josnic și ridicol sunt eu însumi, căci le-am acceptat invitația și m-am așezat total fără jenă, de parcă nimic nu s-ar fi întâmplat, în fotoliul lor cu urechi din Gentzgasse, întinzându-mi picioarele și încrucișându-le, și cu siguranță că dădusem deja pe gât al treilea sau al patrulea pahar cu șampanie; și mă gândeam că eu însumi sunt mult mai josnic și mai netrebnic decât acești Auersbergeri, care m-au tras pe sfoară cu invitația lor pe care eu am acceptat-o. Îl așteptau, ce-i drept, pe actor, erau însă *obsedați* de sinuciderea Joanei, a cărei înmormântare din această după-amiază nu trecuse pe lângă ei fără a lăsa urme. În timp ce stăteam în fotoliul cu urechi, așteptând, la fel ca Auersbergerii și ca toți ceilalți, până după miezul nopții, sosirea actorului de la Burgtheater, mă gândisem numai la înmormântarea Joanei și la împrejurările care duseseră la această înmormântare cumplită, la cauzele deznădejdii crunte care o făcuse să-și pună capăt vieții. Pe fotoliul cu urechi eram lăsat în pace, întrucât se afla în spatele ușii pe care intrau nou-veniții, fiind exact în acel semiîntuneric în care fantezia și gândurile mele se pot desfășura și concentra cel mai bine la subiectul în speță; când intrau oaspeții, mă vedeau abia după ce trecuseră de mine, și chiar și-așa, numai dacă se întorceau spre ușă, ceea ce făcuseră foarte puțini dintre ei; cei mai mulți o luau imediat prin antreul în care mă așezasem pe fotoliul cu urechi, spre așa-numitul salon de muzică, a cărui ușă stătea mereu deschisă. De când îmi amintesc, ușa antreului spre salonul de muzică nu fusese niciodată închisă, nici măcar când soții Auersberger erau singuri cu mine nu închideau vreodată această ușă spre salonul de muzică; asta datorită acusticii excelente pe care o înlesnea ușa deschisă a salonului de muzică și pe care Auersberger punea foarte mare preț, lucru firesc pentru un compozitor. Din fotoliul cu urechi în care ședeam, vedeam oamenii în salonul de muzică, în schimb, invers, oaspeții care se aflau în salonul de muzică nu mă vedeau. Toți intrau pe ușa locuinței și se îndreptau îndată spre salonul de muzică, așa se întâmpla întotdeauna, iar în această seară treceau – asta-i impresia pe care mi-o lăsaseră – cu vehemență pe ușa locuinței și se năpusteau pur și simplu din antreu în salonul de muzică, în care îi întâmpina Auersbergera cu brațele întinse, ca și cum *ei* ar fi trebuit să i se adreseze condoleanțele cu privire la Joana, de parcă *ea* s-ar fi folosit acum de moartea Joanei în scopuri personale pentru această primire la cină. Întrucât cei mai mulți tocmai se văzuseră în această după-amiază la Kilb, le-a fost suficientă o îmbrățișare scurtă, ca apoi să se așeze în salonul de muzică pe un fotoliu cu un pahar cu șampanie. În vreme ce Auersbergera tot vorbea despre *actorul mare* și *cel mai mare* și *cel mai aparte* și *genial*, din gura musafirilor se auzea aproape încontinuu doar numele *Joana*, care într-adevăr sunase bine întotdeauna, însă pentru *Elfriede Slukal* din Kilb fusese mereu doar un nume de artist care, la urma urmelor, nu-i folosise la nimic, întrucât Elfriede Slukal își dorise, ce-i drept, să facă la Viena carieră cu numele Joana, dar n-a făcut niciodată carieră cu el; un fost dansator și coregraf, care realizase odată chiar coregrafia unui balet la Staatsoper, o sfătuise pe Elfriede – venită plină de candoare din Kilb la Viena, vrând să facă neapărat teatru și în cele din urmă balet – să-și schimbe numele în *Joana*, cu rezonanțe exotice cel puțin la Viena, iar *copila Elfriede*, cum îi spunea mereu mama ei, îi urmase imediat sfatul în speranța de a face carieră ca Joana, ceea ce i-ar fi fost cu certitudine imposibil ca Elfriede, și cu atât mai puțin ca Elfriede Slukal. Numai că se înșelase profund, mă gândeam din fotoliul cu urechi, căci Elfriede Slukal n-a făcut carieră nici cu numele Joana, după cum se vede, dar acum, aici, în seara aceasta, cei veniți la *cina artistică* din Gentzgasse rosteau neîncetat numele Joana ca și cum îndărătul său s-ar ascunde un miracol omenesc. Din câte puteam auzi de pe fotoliul meu cu urechi, toți vorbeau despre *moartea* Joanei, niciunul despre *sinuciderea* ei, iar cuvântul *spânzurat* sau chiar *strangulat* nu-l auzisem nici măcar o singură dată. Vreo șaisprezece sau șaptesprezece persoane trebuie să fi venit între timp la *cina artistică*, mă gândeam din fotoliul cu urechi; pe cei mai mulți îi cunoșteam și îi salutasem scurt din cap și fără să mă ridic de pe fotoliul cu urechi, pe cinci sau șase dintre ei nu-i știam, doi păreau a fi scriitori tineri. Am darul de a mă comporta la nevoie în așa fel încât să pot rămâne singur oricând doresc, iar în timp ce ședeam în fotoliul cu urechi am stăpânit excelent această artă de a rămâne singur și a fi lăsat în pace. Oamenii mă recunoșteau în întunericul antreului, voiau să înceapă o conversație cu mine, însă eu îi făceam să renunțe imediat, căci rămâneam pur și simplu așezat în fotoliul cu urechi, prefăcându-mă că nu înțeleg ce-mi spun, eventual exact în momentul decisiv mă uitam în jos, și nu în ochii lor. În seara aceasta mă purtam de parcă aș fi fost încă profund marcat de sinuciderea Joanei și aveam o atitudine total absentă, înfundat în fotoliul cu urechi, ori de câte ori păndea pericolul ca unuia dintre invitați să-i vină ideea să-mi țină companie, ceea ce eram hotărât să împiedic în această seară cu orice preț. Mi-am asumat chiar riscul ca oamenii să mă considere nu doar lipsit de amabilitate, cum se spune la Viena, ci realmente distant și disprețuitor, dacă nu chiar respingător. Este complet împotriva felului meu de a fi să mă arăt nerușinat în societate, însă în această seară am fost nesimțit, nesuferit, respingător, trebuie să recunosc. La urechile unora dintre acești oaspeți ajunsese între timp notorietatea ciudățeniei, bizareriei, stranietății mele, ba chiar a *excentricității* mele *periculoase*, căci anii șederii mele la Londra îmi produseseră *o nebunie de-a dreptul enervantă*, cum mi se spusese odată, și mă urau pe mine și-mi urau scrierile și își permiteau totodată să fie cât se poate de josnici cu mine, dacă mă vedeau. De când m-am întors de la Londra și sunt iarăși la Viena, m-am ferit mereu de ei și în general de toți cei dinainte, însă în special de toți acești așa-ziși *oameni artistici din anii cincizeci* și mai cu seamă de cei care veniseră aici, acum, la această *cină artistică* în Gentzgasse. Intrau în casă și deja cădeau, mai mult sau mai puțin, în capcana mea, căci, intrând, se prefăceau că nu i-aș fi observat, dar eu îi observam cât se poate de insistent din locul meu în fotoliul cu urechi. Se îndreptau direct spre Auersbergera care stătea în ușa deschisă a salonului de muzică și se îmbrățișau cu ea. Jucau, fără excepție, un teatru excelent, știind cum să se folosească în mod isteț de *cazul Joana*. Soții Auersberger fuseseră întotdeauna ceea ce se cheamă niște *gazde bune*, cel puțin în aparență, și erau de-o mare insolență în megalomania lor socială generoasă și în zelul lor nesfârșit pentru lucrurile artistice și culturale, în vânătoarea lor de celebrități și de vedete. Trebuie să recunoaștem că, în felul lor monstruos și dezgustător de a fi, aveau și *șarmul* lor *austriac*, ca să zicem așa. Dar nu acest *șarm austriac* fusese ceea ce mă făcuse să accept invitația auersbergeriană, ci pur și simplu impertinența invitației lor exercitată nemijlocit asupra mea pe Graben, mă gândeam din fotoliul cu urechi în timp ce-l urmăream cu privirea pe Auersberger cum, așezat la Steinway și aplecat mult în față din cauza miopiei, răsfoia într-un caiet cu note muzicale, despre care mi-am dat seama până la urmă că era *albumul Anton von Webern*, care-mi era atât de familiar; Auersberger pregătea deja notele pentru un scurt recital de canto al soției lui. În mod ciudat, mi-am păstrat acuitatea vizuală până la această vârstă marcată de obicei deja de miopia (*sic!*) care avansează rapid, mă gândeam din fotoliul cu urechi, căci după patruzeci și ceva de ani, oamenii încep să vadă prost, dându-și seama că trebuie să țină ziarul la jumătate de metru distanță, pentru a-l putea citi[1]; eu fusesem deocamdată cruțat de aceste fenomene de slăbire a vederii, văzând, după părerea mea, mai bine ca oricând, mai ager ca oricând, mai lipsit de scrupule ca oricând, cu ochi londonezi, ca să zic așa. Șampania pe care o servesc Auersbergerii în această seară nu este de cea mai

1. După descriere, autorul se referă de fapt la hipermetropie, nu la miopie.

bună calitate, mă gândeam din fotoliul cu urechi, dar face totuși parte din cele mai scumpe trei-patru sortimente, ceea ce este adecvat apariției unui actor de la Burgtheater, așa cum gândeau ei pesemne. La înmormântarea Joanei transpirasem, după cum e firesc, și întrucât nu dorisem să mă mai schimb pentru această *cină artistică*, îmi stropisem hainele cu apă de colonie, prea mult, mă gândeam în acest moment, căci întotdeauna mi se părea de neiertat să put dezgustător a colonie. În această seară însă, duhoarea mea nici nu se remarca, pentru că toți își turnaseră, după părerea mea, prea mult parfum pe haine și mirosul din locuința auersbergeriană era o combinație de parfumuri. Bucătăreasa Auersbergerilor scotea din când în când capul din bucătărie și arunca o privire prin crăpătura ușii în salonul de muzică, după cum puteam să văd, pentru a-și da seama dacă să aducă deja cina, dar actorul de la Burgtheater tot nu ajunsese. Auersbergera ședea în acel fotoliu Empire delicat, al cărui spătar nu este altceva decât o liră cioplită artistic din lemn de nuc, și își amăgea oaspeții cu ce putea. Majoritatea fumau și beau șampanie, la fel ca mine, în timp ce ronțăiau pateurile și prăjiturelele pe care Auersbergera le împrăștiase prin toată locuința în castronașe vechi din porțelan Herend; și lângă mine se afla un astfel de castronaș din porțelan Herend, însă eu am detestat dintotdeauna castronașele din porțelan Herend și orice ronțăieli; eu nu ronțăiam și nu mi-a plăcut niciodată patiseria, ca să nu mai vorbim de cea sărată și mai ales de sortimentele japoneze, ajunse în ultimii ani la modă și în Viena la toate recepțiile. O impertinență de fapt, îmi spuneam, să-i lași pe musafiri să-l aștepte pe actor, pe toți musafirii inclusiv pe mine, transformându-ne prin acest „să-l-așteptăm-pe-actor“ în culisele actorului de la Burgtheater și degradându-ne total. Auersberger a spus la un moment dat că el urăște teatrul. Când bea mai mult decât îi îngăduia soția, își întorcea fulgerător, ca să zic așa, universul lăuntric înspre exterior; așa că acum se năpustise brusc asupra actorului, când acesta încă nici nu apăruse, numise pe bună dreptate, trebuie să admit, Burgtheaterul o *cocină de porci*, iar pe actorul cel așteptat un *dătător de replici grandoman*, dar fusese imediat pus la punct de soția lui: să se așeze la pian, unde-i era locul, și să tacă din gură, îi spuse, dând ochii peste cap. Auersbergerii nu s-au schimbat, mi-am zis din fotoliul cu urechi, ea tremură pentru armonia *cinei* lor *artistice*, iar el amenință să distrugă această *cină artistică*. Amândoi trag la aceeași căruță, și anume căruța societății, mă gândeam, numai că, atunci când orele sunt avansate, el mimează dorința de evadare, amintindu-și după câteva pahare cu șampanie de personalitatea lui artistică. De fapt, amândoi au în cap doar societatea, fără de care nu pot exista, întotdeauna societatea așa-zis mai bună, căci la cea mai bună nu ajunseseră niciodată, fără a renunța vreodată, pe de altă parte, la arta lor și la breasla artiștilor, deci la Webern și la Berg și la Schönberg, de care se prevalau și cu care se făleau, oricând aveau ocazia, cu cea mai mare vehemență în delirul lor social sinistru specific nebuniei pentru recunoașterea socială. Joana nu fusese prietena cea mai bună a Auersbergerilor, cum s-a afirmat atunci foarte des, însă cu certitudine prietena *artistică*, mă gândeam din fotoliul cu urechi, iar eu o cunoscusem prin el, după cum am spus deja, în atelierul din Sebastiansplatz. Joana era o fată de la țară răsfățată de mama ei, care fusese căsătorită cu un salariat feroviar din Kilb, și căreia părinții îi sorbiseră de pe buze, ca să zicem așa, orice dorință și i-o îndepliniseră în măsura posibilităților, ceea ce este sigur și *una dintre* cauzele sinuciderii Joanei, după cum mă gândeam acum: această *cocoloșire* neîncetată, care se practică în familiile din târgușoarele de provincie, mai cu seamă în Austria Inferioară. Ce sat frumos este Kilb, mă gândeam, am petrecut acolo multe după-amiezi și seri și chiar nopți; de cele mai multe ori nu înnoptam în micuța casă părintească a Joanei, în casa Slukal, cu un singur nivel, care, deși avea igrasie, era totuși foarte plăcută, pentru că acolo nu era loc, ci în hanul *Mâna de fier*, făcând plimbări de ore-ntregi cu Joana și vorbind cu ea mai ales despre așa-numitul ei *studio de mișcare* din Viena și deci despre arta dansului. Joana își dorise din copilăria timpurie, încă de pe când mergea la școala elementară din Kilb, să ajungă o actriță sau balerină celebră, nu-i fusese niciodată foarte clar ce era mai potrivit pentru ea, actriță sau balerină; sfârșise prin a-și spune *coregrafă* și aranjase să apară pe diverse scene mici din Viena în niște feerii, avusese succese mari de presă în așa-numite spectacole de umbre și ținuse odată la Burgtheater un *curs despre tehnica mersului.* Însă era, desigur, total absurd să se creadă că îi putea învăța mersul pe actorii de la Burgtheater care nu știau cum să meargă, întrucât nimeni nu-i poate învăța pe actorii de la Burgtheater cum să meargă, așa cum nu pot fi învățați nici cum să vorbească. Cu ajutorul unui funcționar mai înalt din administrația Burgtheaterului, a fost angajată pe la mijlocul anilor cincizeci să-i învețe pe actorii de la Burgtheater tehnica mersului. Cursul ei a eșuat din cauza dezinteresului total al actorilor de la Burgtheater și apoi chiar al ei. Însă timp de un an primise un onorariu respectabil pentru asta. De fapt, ea nu s-a putut hotărî niciodată dacă să fie actriță sau balerină; așa că a dansat și a jucat teatru toată copilăria și s-a dus la Viena, unde a studiat arta actoriei la Seminarul Max Reinhardt până la examenul de absolvire, dar n-a primit niciodată un angajament. La apogeul indeciziei ei, pe care ea însăși o numea mereu *criză artistică*, s-a căsătorit cu artistul de covoare, *tapiserul*, cum îi spunea ea, mă gândeam din fotoliul cu urechi. Joana și tapiserul ei au locuit mai mult de zece ani în districtul al treilea, în Sebastiansplatz, într-o casă patriciană construită în anii optzeci, într-un atelier de trei sute de metri pătrați, aflat la mansardă, sub trei cupole imense de sticlă, unde tapiserul a confecționat covoarele de pereți care l-au făcut renumit nu doar în Europa. Pictorul provenea dintr-o familie evreiască veche, iar arta țesutului și a goblenurilor fusese *salvarea* lui, după cum afirma adesea; dăduse de Joana exact la momentul potrivit, căci naturalețea și frumusețea ei au transformat în scurt timp atelierul din Sebastiansplatz într-un centru artistic al societății vieneze: el țesea covoarele, ea le vindea. Farmecul Joanei a făcut renumite covoarele tapiserului ei mai întâi la Viena, apoi în Europa, iar în cele din urmă și în America, mă gândeam din fotoliul cu urechi și apoi mi-a trecut prin minte că, exact la apogeul faimei lui (pe care o datora fără îndoială Joanei!), tapiserul „fugise“, cum se spune, în Mexic cu cea mai bună prietenă a Joanei. Tapiserul s-a căsătorit cu această prietenă la Ciudad de México, însă a divorțat de ea după numai un an, pentru a se însura cu o mexicancă (fiica unui ministru mexican!), cu care mai este căsătorit și azi. Joana a fost, de fapt, de la început și până la sfârșitul vieții, un *copil nefericit*, mă gândeam din fotoliul cu urechi. Tocmai în ziua în care s-a sinucis Joana m-am dus pe Graben și i-am întâlnit pe soții Auersberger, ceea ce nu cred că este o coincidență, mă gândeam din fotoliul cu urechi. De peste zece ani nu mă mai interesasem de Joana, o pierdusem complet din vedere de ani întregi și nici nu mai auzisem ceva de ea. Acum am aflat la Kilb că în ultimii săi ani îi fusese alături un așa-numit *tovarăș de viață*, deci a avut din nou un tovarăș de viață, și m-am gândit că-l văzusem pentru prima dată la hanul *Mâna de fier*; era un tip din Salzburgul cel mai obscur, care se tot străduia să vorbească limba germană cultă, dar, ieșită din gura lui, era cea mai nefericită pe care o auzisem vreodată. Omul își pusese un palton negru, lung până la glezne, la înmormântarea tovarășei lui de viață și o pălărie neagră cu boruri largi pe cap, o pălărie moale, pleoștită, ca să zic așa, cum este din nou la mare modă azi, mai cu seamă printre actorii de provincie. Sigur că nu-i putem judeca pe oameni numai după îmbrăcămintea lor, mă gândeam, eu n-am făcut niciodată această greșeală, dar din prima clipă mi-a repugnat totul la acest tovarăș de viață al Joanei, care se pare că a trăit cu ea opt ani: felul în care vorbea, ce spunea, cum umbla, mai ales cum mânca la *Mâna de fier*. M-a cutremurat faptul că Joana ajunsese în cele din urmă la un astfel de om *decăzut*, care, după ce jucase pe o scenă mică din Josefstadt, umbla prin regiune ca reprezentant de vânzări al unei firme de cercei ieftini din Hong Kong; până și pentru un astfel de reprezentant arăta jerpelit, amintea de negustorii ambulanți, și anume de unii de cea mai joasă speță. Felul în care rostise cuvântul *Kartoffelsalat*[1] adresându-se chelneriței de la *Mâna de fier* aproape că-mi făcuse greață, m-am gândit din fotoliul cu urechi, de unde urmăream oaspeții aflați în salonul de muzică; aceștia se mișcau și gesticulau ca pe o scenă îndepărtată, asemenea unei fotografii mișcătoare, prin vălul fumului de țigară pe care-l produseseră prin fumatul lor continuu. Auersbergerii au declarat brusc că nu mai așteaptă decât un sfert de oră cu servitul cinei, cel mult până la *douăsprezece și jumătate*, după cum i-a zis Auersbergera scriitoarei Jeannie Billroth, devenită dezgustătoare și grasă și urâtă, cu care stătea de vorbă deja de-un timp încoace, desigur despre Joana. Scriitoarea Jeannie Billroth se crezuse întotdeauna o Virginia Woolf a Vienei, deși era cel mult o palavragioaică sentimentală umflată în pene și o producătoare foarte slabă de kitsch pe hârtie, prin romanele și povestirile ei. Scriitoarea Jeannie Billroth, care apăruse în Gentzgasse îmbrăcată într-o rochie de lână neagră tricotată de ea, era și ea prietenă cu Joana și locuia în districtul al doilea din Viena, foarte aproape de Prater Hauptallee. De zeci de ani, trăia,

1. Salată de cartofi.

în închipuirea ei, cu convingerea că este *cea mai mare scriitoare, ba chiar cea mai mare poetă a Austriei*, și nici în această seară, mai bine zis, în această noapte în Gentzgasse, nu pregetase vreo clipă s-o asigure pe Auersbergera că în ultimul ei roman *mersese un pas mai departe* decât Virginia Woolf, iar eu auzisem asta pentru că am un auz atât de bun, mai ales noaptea; era de părere că romanul ei depășea cu mult *Valurile* Virginiei Woolf, lucru pe care l-a spus aprinzându-și o țigară și așezându-se picior peste picior. Va merge *încă o dată* să vadă *Rața sălbatică* atât de lăudată în presă, *acest Ibsen plin de dedesubturi*, îi spunea Auersbergerei, iar încercarea ei de a *cumpăra Rața sălbatică* de la o librărie vieneză a eșuat, ce-i drept, pentru că nicio librărie din centru nu avea *Rața sălbatică* acum *în stoc*, așa că n-a putut să-și *procure* nici măcar o ediție de la Reclams Universal-Bibliothek[1]. Dar ea cunoștea desigur *Rața sălbatică*, îl iubea pe Ibsen, mai cu seamă *Peer Gynt*, spunea în mijlocul vălătucilor groși pe care îi producea chiar ea. Era fumătoare înrăită și căpătase o voce răgușită de la fumat și o față buhăită de la consumul de vin alb. În anii în care avusesem des de-a face cu Auersbergerii, petrecusem foarte mult timp și cu scriitoarea Jeannie Billroth, mult prea mult și cu o intensitate aproape sinucigașă, după

1. O serie de cărți de buzunar, vândute la prețuri rezonabile.

părerea mea, în locuința ei proprietate comunală, unde stătea împreună cu un chimist, Ernstl, care nu s-a căsătorit cu ea sau cu care ea nu s-a căsătorit timp de peste un deceniu. Ernstl câștiga banii, Jeannie avea reputația, atrăgea artiști și pseudoartiști, ba chiar oameni de știință și pseudoștiințifici, aducea, după cum obișnuia să zică Joana, *culoare în locuința comunală anostă*, cu aerul ei profund mic-burghez. Scriitoarea Jeannie nu este altceva decât o mic-burgheză, care s-a cuibărit în decursul anilor în capul ei mic-burghez, mă gândeam din fotoliul cu urechi. După moartea prietenului meu Josef Maria, care s-a spânzurat, la fel ca Joana, și care a editat după război, la începutul anilor cincizeci, prima *revistă* oficială *de literatură* a Austriei, Jeannie a preluat ca editor *Literatura în timpul nostru*, cum se numea aceasta, iar de atunci încolo revista n-a mai fost de citit, devenind o publicație total lipsită de valoare și de spirit și extrem de plicticoasă, pe care o subvenționa acest stat oribil, dezgustător și confuz; se tipăreau în ea întotdeauna numai textele cele mai banale și stupide, revista includea periodic în special poeziile lui Jeannie Billroth, care se credea nu numai o urmașă a Virginiei Woolf, pe care chiar o depășea, chipurile, ci și o *succesoare* directă a lui Droste[1], *depășind-o și pe*

1. Se referă la marea poetă, romancieră și compozitoare germană Annette von *Droste*-Hülshoff.

ea și scriind *cele mai bune poezii ale Austriei*. Însă ea scria numai poezii proaste, în care sentimentele și ideile nu aveau nici cea mai mică valoare literară. Cincisprezece ani a editat ea revista asta stupidă, *Literatura în timpul nostru*, până când i-a fost luată din mâini cu promisiunea de a i se plăti o rentă viageră, ceea ce n-a făcut însă ca revista să se îmbunătățească, ci dimpotrivă, editorul prezent fiind mult mai prost și mai incompetent. Din păcate, în acest paisprezece martie mă dusesem pe Graben cu intenția să-mi cumpăr o cravată de pe Kohlmarkt sau Naglergasse[1], întotdeauna mi-am cumpărat cravatele de pe Kohlmarkt sau Naglergasse, și m-am trezit direct în brațele Auersbergerilor, mă gândeam din fotoliul cu urechi. Probabil că Auersbergerii nu m-ar fi abordat dacă n-ar fi avut pretextul de a-mi aduce la cunoștință moartea Joanei, mă gândeam acum, iar eu însumi n-aș fi acceptat niciodată invitația lor la supeu dacă nu mi-aș fi *pierdut* totuși în această zi *echilibrul*, ca să zicem așa, din cauza morții Joanei. Bineînțeles că n-o recunoscusem imediat la telefon pe băcănița din Kilb, adică vocea ei, căci nu-i auzisem vocea decât la Kilb, iar ultima dată cu cel puțin douăzeci de ani în urmă la *Mâna de fier*, unde mă dusesem cu Joana și prietena ei din Kilb să mâncăm

1. Două străzi celebre din centrul Vienei, prima fiind deja menționată anterior de autor.

cârnați și o salată acrită cu oțet, într-o atmosferă, să-i zicem, relaxată, după cum îmi aminteam cu exactitate din fotoliul cu urechi. Băcănița mi-a zis la telefon că Joana se spânzurase probabil între trei și patru dimineața, după spusele medicului, care se pare că-i eliberase trupul tăind cu mâna lui funia pe care Joana o fixase de o bârnă a podului peste intrarea spre verandă. Medicii de țară nu sunt plini de fasoane, mă gândeam. Îl văzusem pe acest medic și la cimitirul din Kilb, era prieten din copilărie cu Joana. Înmormântarea a fost grotescă. Eu am mers cu trenul până la Sankt Pölten și am luat de acolo alt tren spre Mariazell, care sosea la Kilb la zece și jumătate. Pentru a ajunge la Kilb până în zece și jumătate, înmormântarea fiind stabilită la unu și jumătate, trebuia să fiu deja la șapte și jumătate dimineața la gara Wien Westbahnhof. Refuzasem toate propunerile prietenilor de a merge cu ei cu mașina la înmormântarea din Kilb, cel mai mult îmi doresc independența și nu pot să sufăr să mă alătur unor oameni cu mașină și să fiu apoi total la discreția lor, la bine și la rău. Aveam o amintire clară a peisajului dintre Sankt Pölten și Kilb, care nu m-a dezamăgit nici cu această ocazie tristă. Firește că în timpul acestei călătorii prin regiunea deluroasă a Austriei Inferioare mi-am recapitulat vizitele mele de pe vremuri la Joana, pe care le făcusem de obicei cu soțul ei, tapiserul, sau cu soții Auersberger. Dar mă dusesem adesea și singur la Kilb, și anume când veneam periodic să vizitez Austria în anii șederii mele la Londra; îmi aminteam cu cea mai mare bucurie de aceste excursii până la Kilb, când treceam prin mai multe localități ca să ajung acolo. Eu prefer să călătoresc singur, indiferent unde, după cum prefer și să *mă plimb* singur. Dar îmi făcuse întotdeauna cea mai mare plăcere să știu că la capătul călătoriei mele la Kilb se află Joana în mica ei casă părintească, aceea cu un singur nivel. Excursiile la Kilb le făceam primăvara și toamna, niciodată vara, niciodată iarna. De îndată ce pot gândi cu capul lor, fetele de la țară aspiră să plece la Viena, în capitală, mă gândeam din fotoliul cu urechi, ceea ce nu s-a schimbat până în ziua de azi; Joana trebuia să ajungă la Viena, căci voia să facă neapărat *carieră*. Nu s-ar fi așteptat să se urce într-o zi în trenul spre Viena, pentru totdeauna, ca să spunem așa. Numai că Viena i-a adus mai multă nefericire decât fericire, mă gândeam din fotoliul cu urechi. Tinerii pleacă în capitală și sunt distruși, în adevăratul sens al cuvântului, chiar în locul în care își puseseră toate speranțele, din cauza ostilității societății, a lipsei de considerație și de scrupule a societății, din cauza propriei naturi, care de obicei nu este capabilă să facă față acestei metropole antropofage pe nume Viena. În definitiv, și Auersberger dorise să facă la Viena carieră, mă gândeam din fotoliul cu urechi, și a făcut-o la Viena la fel de puțin ca Joana, fiindcă a fugit după o carieră care a fugit mereu de el, până în ziua de azi. El și-a luat viața prea în ușor, mă gândeam acum șezând în fotoliul cu urechi, așa cum de fapt și Joana și-a luat-o prea în ușor, căci într-o metropolă nu se face carieră de la sine, iar la Viena și mai puțin decât altundeva. Asta fusese greșeala ambilor, mă gândeam acum din fotoliul cu urechi, că și-au închipuit că metropola Viena îi va purta, ca să zicem așa, pe brațe; metropola nu poartă pe nimeni pe brațe, ea încearcă, din contră, să-i respingă, să-i distrugă, să-i zdrobească mereu pe cei nefericiți care caută o carieră venind la Viena; a distrus-o și a zdrobit-o pe Joana, ca și pe Auersberger, care crezuse odată că se va putea dezvolta la Viena, devenind un compozitor mare, important, ba chiar de renume mondial, când de fapt, ca să spunem adevărul, nu numai că nu s-a putut dezvolta la Viena, ci a fost chiar complet ruinat de Viena. Geniul stirian, care-și semnalase prezența în Auersberger cu treizeci de ani în urmă, mă gândeam acum, a pierit foarte curând la Viena, mai întâi i s-a dat la cap și apoi chiar a pierit, așa ca înaintea lui mii și mii de genii, mai ales muzicale. Viena l-a minimalizat să fie doar un așa-zis *compozitor în tradiția lui Webern* și l-a lăsat să rămână pentru totdeauna numai și numai un *succesor al lui Webern*. Iar Joana a visat toată viața la o carieră de balerină la operă, vrând apoi să devină o foarte apreciată actriță la Burgtheater. A rămas toată viața numai o diletantă care dansa și juca teatru, o așa-zisă terapeută a mișcării care dădea lecții particulare. Au trecut deja douăzeci și cinci de ani, mă gândeam, de când scriam pentru ea piese scurte de teatru, pe care mi le interpreta după-amiezile și serile în turnul ei de pe Simmeringer Hauptstraße și pe care le-am înregistrat pe bandă, ca să zicem așa, pentru eternitate. Zeci de piese cu două personaje, în care ea încerca să demonstreze cât de mare este talentul ei și în care eu voiam să-mi dovedesc propriile talente, cel de actor și cel de scriitor. Aceste piese s-au pierdut, din punct de vedere literar ele nu valorau nimic, însă ani întregi ne-au ținut pe mine și pe Joana în viață, mă gândeam acum din fotoliul cu urechi. Ani de-a rândul am plecat după-amiezile, o dată la două sau trei zile, de la locuința mea din districtul al optsprezecelea, să prind tramvaiul 71 spre Simmeringer Hauptstraße, pentru a cumpăra de la magazinul de băuturi spirtoase Dittrich, aflat vizavi de turnul Joanei, trei sau patru sticle de doi litri cu cel mai ieftin vin alb și a lua apoi liftul în turn până la etajul unsprezece, la Joana. Beam și ne îndeletniceam cu *arta dramatică totală*, arta actoricească și scrisul de piese de teatru, ajutați mai mult sau mai puțin de sticlele cu vin alb, până la epuizarea completă. Când nu mai eram în stare să jucăm, lăsam pur și simplu să meargă benzile tocmai înregistrate de noi și ne amețeam așa până târziu în noapte, de fapt până mijeau zorile. Relația cu Joana a jucat un rol important pentru evoluția mea, mă gândeam din fotoliul cu urechi, căci Joana a fost cea care m-a îndreptat până la urmă iarăși spre teatrul de care n-am mai vrut să știu nimic după absolvirea Academiei; am ieșit din Academie cu diploma, mă gândeam acum, spunându-mi încă pe când coboram treptele Academiei că mi-am încheiat acum studiile teatrale, dar nu mai vreau să am niciodată în viață de-a face cu teatrul. Și nici nu mai avusesem de-a face cu teatrul ani la rând, până când am cunoscut-o pe Joana prin Auersberger. Joana îmi sugerase încă din prima clipă a întâlnirii noastre ideea să scriu piese scurte pentru ea, un soi de mici schițe dramatice, căci avea vocea adecvată pentru așa ceva. Nu *felul în care arăta* mă stimulase, ci felul în care *vorbea*. Și, într-adevăr, să o cunosc pe Joana și apoi să mă împrietenesc cu ea fusese ceea ce m-a pus pur și simplu iarăși în contact cu arta și cu orice activitate artistică în general, după ce manifestasem atât de mult timp aversiune față de ele. Pentru mine, Joana și tot ce era legat de ea reprezentaseră teatrul, iar soțul ei picta, ceea ce mă fascinase, atrăgându-mă încă de la început, mă gândeam din fotoliul cu urechi. Niște împrejurări fericite ar fi putut face din ea probabil una dintre artistele, dansatoarele sau actrițele cele mai mari, mă gândeam acum din fotoliul cu urechi, dacă n-ar fi dat de Fritz ăsta artistic al ei – pictorul și mai târziu tapiserul – și dacă nu s-ar fi lăsat imediat pradă primelor rezistențe mai serioase ivite în cale. Pe de altă parte, colegele ei de la Seminarul Max Reinhardt, care au ajuns, într-adevăr, actrițe la Theater in der Josefstadt sau la Burgtheater și sunt renumite, n-au reușit să fie altceva decât niște figuri teatrale mai degrabă ridicole și absolut inutile, care apar o dată pe an într-un Shakespeare, o dată într-un Nestroy, o dată într-un Grillparzer și sunt cu siguranță de o mie de ori mai proaste decât a fost Joana în toată viața ei. *Cina artistică* este gândită, ce-i drept, pentru actor, îmi spuneam acum, dar de fapt nu-i nimic altceva decât un fel de recviem pentru Joana; mirosul înmormântării de azi după-amiază de la Kilb a început să planeze acum în Gentzgasse, mirosul cimitirului din Kilb a venit aici, în locuința soților Auersberger. Această așa-zisă *cină artistică* nu este în fond decât un praznic, mă gândeam, și apoi mi-a trecut imediat prin minte că dintre toți cei veniți la supeu numai mult așteptatul actor de la Burgtheater *nu* a cunoscut-o pe Joana, din câte știu. *Cina artistică* fusese stabilită înainte ca Joana să se sinucidă, fiind discutată ziua mai ales cu actorul de la Burgtheater, o sărbătorire întârziată a premierei *Raței sălbatice* la Akademietheater[1], așa cum spuseseră de câteva ori soții Auersberger. Moartea Joanei

1. Akademietheater este sala mai mică în care joacă Burgtheater.

li s-a pus Auersbergerilor de-a curmezişul. Le spuseseră invitaţilor că cina este în onoarea actorului de la Burgtheater, apoi au adăugat, de fapt fără a pronunţa asta în cuvinte: în memoria Joanei. Actorul este sigur că această *cină artistică* e organizată pentru el, ceea ce le este suficient Auersbergerilor, care dau *cina* lor *artistică* mai degrabă pentru Joana, din moment ce are loc în ziua înmormântării Joanei, mă gândeam din fotoliul cu urechi. De altfel, mi-am amintit în această clipă că eu însumi dorisem în ajun să mă uit prin *Raţa sălbatică*, pentru a face faţă discuţiilor cu actorul, fiind convins că trebuia numai să bag mâna în bibliotecuţa mea şi să scot din ea *Raţa sălbatică*, ceea ce fusese greşit. Nu aveam deloc *Raţa sălbatică*, deşi fusesem sigur că e în posesia mea, căci bineînţeles că am *Raţa sălbatică*, mă gândisem în timp ce deschideam bibliotecuţa cu intenţia de a scoate *Raţa sălbatică* din ea, pentru că citisem de mai multe ori în viaţă *Raţa sălbatică* şi-mi amintesc exact în ce ediţii, dar pur şi simplu n-o aveam, aşa că am vrut, la fel ca scriitoarea Jeannie, s-o cumpăr din oraş, dar n-am găsit-o. Mi-am amintit însă în fotoliul cu urechi că în *Raţa sălbatică* apare personajul *bătrânul Ekdal*, care are un fiu, deci pe *tânărul Ekdal*, care este fotograf. Şi că primul act al dramei se petrece în casa unui consul Werle. Atelierul lui Ekdal este în podul casei, mi-am spus şi mi-am amintit încet-încet piesa, aşa că n-am mai căutat-o. Oare ce valoare mai poate să aibă această *Rață sălbatică dacă e jucată la Burgtheater?* mă întrebam din fotoliul cu urechi și mi-am amintit din nou de *Mâna de fier*, unde mă dusesem cu băcănița îmbrăcată complet în negru imediat după ce ajunsesem la Kilb. Intrasem rapid în băcănie, doar pentru a-i spune băcăniței că am ajuns, iar ea își pusese un palton negru și mersese cu mine la *Mâna de fier*, la postul de comandă în legătură cu înmormântarea Joanei, ca să zic așa. La *Mâna de fier* îmi comandasem, la fel ca băcănița, o porție mică de gulaș și-l așteptasem împreună cu băcănița pe tovarășul de viață al Joanei. Pe la unsprezece și jumătate acesta intrase și se așezase la masa noastră. Când oamenii sunt îmbrăcați în negru, par și mai palizi ca de obicei, iar tovarășul de viață al Joanei (băcănița o numise mereu doar *Elfriede*) avea o față atât de palidă, încât părea gata să vomite în orice clipă. În realitate chiar îi venea să verse când a ajuns la masă, căci se întorcea direct de la capela mortuară de lângă biserică, unde, după cum ne-a spus, trebuise să *îndure*, profund zguduit de tot ce-i arătaseră așa pe neașteptate, *s-o vadă pe Joana băgată într-un sac de plastic*; neprimind până la apariția în cursul dimineții a tovarășului de viață al Joanei nicio indicație expresă în legătură cu felul în care urma să fie înmormântată Joana, antreprenorul de pompe funebre, care, conform obiceiului, este maistrul tâmplar local, băgase cadavrul, după metoda cea mai ieftină, pur și simplu într-un sac de plastic și-l lăsase în capela mortuară a bisericii din Kilb pe un catafalc de scânduri. Tovarășului de viață al Joanei i se făcuse rău la vederea sacului de plastic, după cum ne-a spus la *Mâna de fier*, și-i dăduse sarcină paracliserului să îmbrace cadavrul într-o cămașă de mort și să-l pună într-un sicriu de fag, ceea ce se și întâmplase între timp sub supravegherea lui. Pe când mânca și el gulaș la fel ca noi, ne-a spus că nici nu poate să descrie procesul, și anume scosul cadavrului Joanei din sacul de plastic și băgatul într-o cămașă de mort, într-atât de *cumplit* fusese. Alesese pentru Joana sicriul cel mai scump pe care-l avea tâmplarul local în stoc. După ce a mâncat jumătate din gulaș, a ieșit pe coridorul hanului ca să se spele pe mâini; la întoarcere am văzut că avea lacrimi în ochi. Joana nu mai avea rude – toți au *murit* cu mult *înaintea ei*, așa că tot ce era legat de înmormântare a *căzut în seama lui*, a zis tovarășul de viață. Crezuse că băcănița avea să se ocupe de Joana cea moartă și de tot ce a urmat după sinuciderea ei, însă băcănița a clătinat doar din cap că nu, pentru că nu putuse să-și lase magazinul nici măcar o oră și bănuise că el, tovarășul de viață, luase totul, cum se zice, în mâinile lui. În fine, tovarășul de viață și-a mâncat gulașul atât de repede, încât l-a terminat când eu abia ajunsesem la jumătatea porției mele. Își stropise cu sos de gulaș cămașa albă scrobită, de fapt plastronul alb scrobit, căci nu avea deloc cămașă pe el, ci își pusese doar un plastron apretat peste un pieptar de lână, după cum mi-am amintit acum din fotoliul cu urechi. Acest plastron scrobit, stropit cu sos de gulaș, îmi întărește oarecum impresia că tovarășul de viață al Joanei este un om total decăzut, mă gândeam din fotoliul cu urechi. După ce și-a mâncat tot gulașul, a așteptat impacientat ca băcănița și cu mine să terminăm și noi, dar nici băcănița, nici eu n-am fost în stare să mâncăm mai repede, ci dimpotrivă, doar cât se poate de încet. Până la urmă, am lăsat aproape jumătate din gulașul meu în farfurie, în schimb băcănița a reușit să înghită cu de-a sila tot gulașul. Dacă nu este nimeni care să răspundă pentru cheltuieli, a spus tovarășul de viață al Joanei, cadavrul este băgat pur și simplu într-un sac de plastic. După care a spus că în capela mortuară *puțea* înfiorător. Prin geamul hanului vedeam trecând pe lângă noi mașini cu oameni care-mi erau cunoscuți și veniseră la Kilb cu certitudine pentru înmormântarea Joanei. Toți se îndreptau spre cimitir. Ce bine că mi-am luat umbrela englezească! m-am gândit când a început să plouă. Strada s-a întunecat, iar hanul și mai mult. Scriitoarea Jeannie Billroth cu alaiul ei – toți oameni tineri sub douăzeci de ani – a trecut prin dreptul hanului. Când eram la *Mâna de fier*, mi-am amintit că pe Joana am văzut-o pentru ultima dată *în turn;* avea o față buhăită și picioare umflate cu aspect bolnăvicios, mă gândeam acum din fotoliul cu urechi. *O voce răgușită de om bețiv*, ar fi spus toată lumea. Deasupra patului, un covor de perete complet prăfuit al fostului ei soț mai amintea de faptul că fusese odată fericită cu acest bărbat. Locuința ei era plină de rufe murdare și putea. Magnetofonul pe care-l ținea lângă patul în care stătea cam toată ziua, din câte-mi dădeam seama, era stricat. Totul era plin de praf. Pe jos zăceau zeci de sticle goale de vin alb. Am vrut să ascult pe bandă scena scurtă în care eu jucasem un rege și Joana o prințesă, cu patru-cinci ani înainte de vizita mea inopinată la ea în turn, însă banda n-a mai fost de găsit și nici n-ar fi folosit la nimic dacă am fi descoperit-o prin casă, căci n-am fi putut s-o derulăm și s-o ascultăm pe magnetofonul stricat. *Sigur ești o prințesă în pielea goală*, îi spusesem Joanei, care zăcea pe pat. *Iar tu un rege în pielea goală*, răspunsese ea, vrând să râdă, ceea ce nu izbutise. Vizita mea n-avea nimic înduioșător, nimic sentimental în sine, ci mi-a produs silă, mă gândeam din fotoliul cu urechi. Se puteau observa urme lăsate de un tovarăș de viață, mă gândeam din fotoliul cu urechi, ici un pachet de țigări, colo o cravată veche, o șosetă murdară et cetera. Mi-a spus de câteva ori că o dezamăgisem. De-abia reușise să se ridice în capul oaselor, încercase de mai multe ori, însă căzuse imediat la loc în pat. *M-ai dezamăgit, m-ai dezamăgit*, tot repetase. În ultimii ani trăise din vânzarea acelor covoare, adică a tapiseriilor, mi-a spus, pe care i le lăsase Fritz, soțul ei. În rest, nu mai auzise nimic de Fritz al ei. Și nici de ceilalți – se referea la *toată lumea artistică* – nu mai auzise nimic, *de niciunul nimic*. M-a rugat să cobor până la Dittrich și să iau două sticle de doi litri cu vin alb. *Du-te*, îmi spusese, ca pe vremuri. *Du-te! Du-te!* Îmi comandase să merg jos și eu i-am urmat ordinul ca acum douăzeci, douăzeci și cinci de ani. Reîntors de la Dittrich, i-am pus cele două sticle de doi litri cu vin alb lângă pat și mi-am luat rămas-bun de la ea. Doar n-ar fi avut niciun sens să mai vorbesc ceva cu ea, îmi spuneam în fotoliul cu urechi. Mă gândisem că i se apropie sfârșitul. Însă ea a mai trăit mulți ani, iar asta m-a uimit acum cel mai tare. Trebuie să recunosc că până să aflu de moartea ei, presupusesem că murise demult, deci de mulți ani – ăsta-i adevărul. Nemaiauzind atât timp nimic de ea și nemaivăzând-o, o uitasem pur și simplu, mă gândeam din fotoliul cu urechi. Suntem așa de apropiați de unii oameni, încât credem că este între noi o legătură pe viață și, deodată, peste noapte, îi pierdem din vedere și dispar din mintea noastră – ăsta-i adevărul, mă gândeam din fotoliul cu urechi. Este specific actorilor, îmi spuneam în fotoliul cu urechi auersbergerian, să ia cina abia spre miezul nopții, adesea chiar *după* miezul nopții, iar cei care vor să fie împreună cu ei trebuie să plătească pentru această situație teribilă. Dacă mergem cu niște actori la restaurant să cinăm, ni se pune supa pe masă cel devreme la unsprezece și jumătate, iar cafeaua o bem cu ei abia spre unu și jumătate. *Rața sălbatică* este, se știe, o piesă relativ scurtă, mi-am spus, dar de la Akademietheater până în Gentzgasse se face în orice caz cel puțin o jumătate de oră; iar dacă reprezentația se încheie la zece și jumătate, mai durează încă o jumătate de oră până ce se demachiază actorii – care mai trebuie să se și încline la sfârșitul spectacolului în fața publicului și care au mare succes cu această *Rață sălbatică*, din câte am auzit, așa că sunt aplaudați multe minute în șir –, deci actorul pentru care se dă în definitiv această *cină artistică* nu poate ajunge în Gentzgasse înainte de douăsprezece și jumătate. Soții Auersberger și-au invitat oaspeții la unsprezece și jumătate, ceea ce este o nerușinare, îmi spuneam în fotoliul cu urechi, căci soții Auersberger ar fi trebuit să știe că *Rața sălbatică* durează până la ora unsprezece, drept care Ekdal al lor nu poate sosi în Gentzgasse înainte de douăsprezece și jumătate. Dacă m-aș fi gândit mai exact când ar putea începe cu adevărat această *cină artistică*, cu certitudine n-aș fi venit în Gentzgasse. N-am făcut decât să caut o cravată pe Graben, pe care, desigur, n-am găsit-o, mă gândeam, și am dat de Auersbergeri în momentul cel mai nefavorabil. Parcă timpul s-ar fi oprit în loc, mă gândeam: toți cei invitați în Gentzgasse la această *cină artistică* sunt exact acei oameni care erau cei mai apropiați prieteni ai cuplului Auersberger și cu treizeci de ani în urmă, deci în anii cincizeci; toți acești oameni nu și-au întrerupt prietenia cu soții Auersberger nici măcar o singură dată până azi, din câte s-a văzut acum, ci și-au păstrat prietenia cu ei în toți acești douăzeci sau chiar treizeci de ani în care eu n-am mai avut niciun fel de contact cu soții Auersberger. Mi s-a părut deodată că sunt un infidel, un trădător – că i-am trădat pe Auersbergeri și tot ce este legat pentru mine de Auersbergeri, mă gândeam, iar Auersbergerii înșiși și musafirii lor gândiseră exact ca mine. Dar asta nu mă deranja, dimpotrivă, căci chiar și acum, când ședeam în locuința lor în fotoliul lor cu urechi, soții Auersberger îmi erau profund antipatici, și musafirii lor la fel, ba la drept vorbind îi uram pe toți, căci erau exact *opusul* meu din toate punctele de vedere; acum, când ședeam în locuința auersbergeriană și, amețindu-mă cu câteva pahare cu șampanie, încercam să o scot cât de cât la capăt cu această situație, aveam sentimentul că aversiunea mea față de ei fusese dintotdeauna de fapt ură, mai exact ură față de tot ce era legat de ei. De unii oameni ne unește o prietenie foarte strânsă și credem realmente că este pe viață; dar într-o zi suntem deziluzionați de acești oameni foarte apreciați de noi, chiar admirați, ba efectiv iubiți, și începem să-i detestăm, să-i urâm și nu mai vrem să avem nimic de-a face cu ei, mă gândeam din fotoliul cu urechi; nevrând să-i urmărim toată viața cu ura noastră, cum o făcuserăm inițial cu simpatia și dragostea noastră, ni-i ștergem pur și simplu din memorie. Am reușit, într-adevăr, să mă feresc de soții auersbergerieni mai mult de două decenii, am făcut în așa fel încât să nu risc niciodată să dau de ei, căci fusese o strategie foarte precis gândită și elaborată de mine aceea de a nu-i mai întâlni *pe acești neoameni*, cum îi numeam în sinea mea, deci nu era o pură întâmplare că scăpasem de ei timp de peste douăzeci de ani, mă gândeam din fotoliul cu urechi; numai sinuciderea Joanei este de vină că i-am întâlnit totuși așa deodată, adică pe neașteptate, pe soții auersbergerieni pe Graben. Invitația emisă brusc de a veni la cina dată de ei în cinstea *artistului Raței sălbatice*, acceptarea mea la fel de bruscă a invitației lor – un act nechibzuit clasic, mă gândeam. În definitiv, deși am acceptat invitația, ar fi trebuit să nu-i dau curs, mai cu seamă că n-am acordat niciodată mare atenție respectării unor vizite promise, mă gândeam. De fapt, am tot reflectat în zilele care s-au scurs între invitația la această *cină artistică* și seara în care urma să aibă ea loc dacă să merg într-adevăr la Auersbergeri: ba m-am gândit să merg la Auersbergeri, ba m-am gândit să nu merg la Auersbergeri, ba mi-am spus că merg la ei, ba că nu merg la ei; merg la ei, nu merg la ei fusese în toate aceste zile în capul meu ca un joc de cuvinte aproape înnebunitor, și nici în seara aceasta, adică puțin înainte să mă duc totuși în Gentzgasse, nu mă lămurisem clar dacă să mă duc în Gentzgasse. Întrucât Auersbergerii îți sunt și acum la fel de antipatici ca în trecut, după cum ai constatat din nou la înmormântarea din Kilb – mă gândisem până și cu câteva minute înainte să mă hotărăsc totuși să merg la ei –, sigur *nu* o să te duci la ei, căci soții Auersberger sunt niște oameni nesuferiți; *ei* te-au trădat pe tine, nu tu pe ei, mă gândisem în timp ce încercam să mă înviorez în camera de baie, lăsând să curgă apă rece ca gheața din robinetul chiuvetei peste încheieturile mâinilor mele și ținându-mi o dată chiar fața sub jetul de apă, ca s-o răcoresc. Soții Auersberger te-au bârfit, te-au criticat în acești douăzeci de ani peste tot unde au putut, au denaturat tot ce se referea la tine, te-au tot ponegrit cu orice ocazie ivită, mă gândeam; au debitat povești despre tine care nu sunt adevărate, au răspândit minciuni, minciuni ordinare, tot mai multe minciuni, după cum știi, sute, mii de minciuni despre tine în acești douăzeci de ani: că *tu* te-ai folosit de ei la Maria Zaal, nu ei de tine, că *tu* ai fost cel nerușinat, nu ei, că *tu* i-ai denigrat pe ei, nu ei pe tine, că *tu* ești trădătorul lor, nu ei al tău, și așa mai departe. Ținusem cont de toate argumentele împotriva unei vizite la Auersbergeri, nu exista niciun motiv care să pledeze pentru o atare vizită la ei după douăzeci de ani în care a lipsit orice contact și cu toate acestea am luat până la urmă hotărârea, ce-i drept cu cea mai mare repulsie, ba chiar cu cea mai mare ură față de ei, să merg în vizită, așa că mi-am pus paltonul și m-am dus în Gentzgasse. M-am dus în Gentzgasse, deși nu voisem în niciun caz să merg în Gentzgasse, îmi spuneam în fotoliul cu urechi – totul pleda împotriva unei astfel de vizite în Gentzgasse, totul era împotriva unei *cine artistice* atât de ridicole, iar eu m-am dus. *Până și pe drum mi-am spus neîncetat că sunt contra acestei vizite în Gentzgasse, că sunt contra Auersbergerilor, că sunt contra tuturor oamenilor care participă la această cină, că-i urăsc, îi urăsc pe toți și totuși mi-am continuat drumul spre Gentzgasse și am sunat în cele din urmă la ușa locuinței auersbergeriene.* Totul pleda împotriva apariției mele în Gentzgasse și totuși mi-am făcut apariția în Gentzgasse, îmi spuneam în fotoliul cu urechi. Și m-am gândit iarăși că ar fi fost mult mai bine să-l citesc pe Gogol sau pe Pascal sau pe Montaigne ori să cânt Schönberg sau Satie sau, pur și simplu, doar să mă plimb pe străzile vieneze. Iar Auersbergerii au fost chiar mai surprinși de apariția mea în Gentzgasse decât mine, mă gândeam, ceea ce s-a văzut din felul în care m-a întâmpinat Auersbergera, fiind și mai vizibil în felul în care m-a întâmpinat soțul ei. N-ar fi trebuit să te duci în Gentzgasse, îmi spusesem încă din momentul în care mă trezisem față-n față cu Auersbergera, era un act nebunesc, îmi spusesem, în timp ce încercam să dau mâna cu Auersberger, iar el nu întindea mâna, pentru că era beat și/sau teribil de infam, nu pot ști exact, mă gândeam din fotoliul cu urechi. Îmi lansaseră invitația pe Graben cu convingerea că n-aveam să vin sub nicio formă, mă gândeam din fotoliul cu urechi; nici ei înșiși nu știuseră de ce mă invitaseră în fond la cina pe care o și denumiseră pe Graben imediat în mod fatal *cină artistică*, făcându-se astfel de râs în fața mea, mă gândeam. Însă Auersbergerii s-ar fi putut abține să mă abordeze pe Graben, îmi ziceam, ar fi putut foarte bine să mă ignore așa cum m-au ignorat zeci de ani, după cum și eu i-am ignorat zeci de ani, mă gândeam din fotoliul cu urechi. De vină pentru această invitație este Joana, mă gândeam, ea a pricinuit acest act nechibzuit, moarta are pe conștiință această fatalitate respingătoare, și în același timp mă gândeam cât de absurd este acest gând, numai că îl gândeam tot mereu, tot mereu gândeam acest gând absurd că Joana cea moartă este de vină pentru *actul nechibzuit de pe Graben*, care, până la urmă, m-a făcut să merg în Gentzgasse la această *cină artistică*. Prin moartea Joanei, soții Auersberger șterseseră pur și simplu în momentul în care mă văzuseră pe Graben cei douăzeci de ani ai lipsei noastre absolute de contact și-și emiseseră invitația pe care eu, din același motiv, n-o refuzasem.

Soții Auersberger adăugaseră de altfel și că-l *invitaseră pe actorul de la Burgtheater*, care *se bucura de un mare triumf* în *Rața sălbatică*, după spusele Auersbergerilor pe Graben, iar eu acceptasem. În ultimii zece sau cincisprezece ani n-am acceptat niciodată o invitație la o cină la care este invitat un actor, mă gândeam din fotoliul cu urechi, nici măcar nu m-am dus vreodată acolo unde mergea și un actor, și deodată se spune că un actor, ca să nu mai vorbim de faptul că acest actor este unul de la Burgtheater, vine la o cină, ca să nu mai vorbim că această cină este la Auersbergeri în Gentzgasse, iar eu mă duc acolo. N-avea niciun sens să-mi mai dau acum pumni în cap. În fond, eu nu-mi maschez repulsia față de toți acești oameni, nici față de Auersbergeri, îmi spuneam în fotoliul cu urechi, ba din contră, toți simt că îi disprețuiesc, că îi urăsc. Ei văd că-i urăsc, ei aud că-i urăsc. Și invers, aveam impresia că toți acești oameni sunt împotriva mea, căci în tot ce vedeam la ei și în tot ce auzeam de la ei era repulsie față de mine, ba cu siguranță chiar ură. Soții Auersberger mă urau, ei pricepuseră: eram micul defect al acestei cine, invitat în mod pripit, și se temeau de clipa în care actorul de la Burgtheater va intra pe ușă și ei îi vor pofti pe toți la masă și va începe cina. Vedeau că eram observatorul lor, omul dezgustător care s-a instalat comod în fotoliul cu urechi și-și execută, protejat de semiobscuritatea antreului, jocul scârbos de a-i *distruge bucățică cu bucățică*, așa cum se spune, pe oaspeții auersbergerieni. Mi-au luat-o întotdeauna în nume de rău că i-am distrus cu orice ocazie bucățică cu bucățică, într-un mod, ce-i drept, lipsit de scrupule, numai că aveam de fiecare dată o circumstanță atenuantă; mă disecam pe mine și mai mult decât pe ei, nu mă menajam niciodată, nu pierdeam nicio ocazie să mă demontez pe mine însumi *în toate părțile componente*, cum ar zice ei, îmi spuneam în fotoliul cu urechi, cu aceeași lipsă de jenă, cu aceeași josnicie, cu aceeași metodă lipsită de scrupule. Atunci rămânea din mine însumi mult mai puțin decât din ei, îmi spuneam. Aveam o mângâiere: nu numai *eu* ocăram faptul că m-am dus în Gentzgasse, că am făcut această prostie, că am dat dovadă de această lipsă de caracter, ci și soții Auersberger, la rândul lor, se ocărau *pe ei* pentru faptul că mă invitaseră. Dar acum eram prezent, nu se mai putea schimba nimic. În această locuință intram și din ea ieșeam acum treizeci de ani împreună cu ei, de parcă ar fi fost și casa mea, mă gândeam șezând în fotoliul cu urechi și urmărind ce se petrecea în salonul de muzică, iar acesta era atât de bine luminat, încât mie nu-mi putea scăpa nimic, pe când eu însumi rămăsesem în tot acest timp complet în întuneric, deci exact în poziția care fusese fără îndoială cea mai favorabilă pentru mine în această situație dezgustătoare. Îi cunoșteam de câteva zeci de ani pe oaspeții veniți la această *cină artistică*, la fel ca și pe soții Auersberger, cu excepția unor tineri, mai ales a celor doi scriitori tineri, dar care nu mă interesau; nu-i cunoșteam, așa că n-aveam absolut niciun motiv să mă preocup de ei altfel decât urmărindu-i din priviri; n-aveam nici cea mai mică pornire să mă ridic măcar o dată și să mă duc la ei ca să stăm de vorbă, să-i incit la o discuție, la o dispută, pesemne eram și prea obosit pentru așa ceva, întrucât întregul efort cu înmormântarea mă epuizase complet: tot ce trebuisem să îndur la Kilb în legătură cu Joana, aceste grozăvii mai cu seamă *după* înmormântare, mă gândeam, care au fost atât de incredibile, încât abia treptat voi fi în stare să le înțeleg. Încă nu aveam în capul meu claritatea necesară pentru o astfel de înțelegere și mă gândeam că mai întâi va trebui să dorm bine ca să ajung la o atare claritate; în timp ce stăteam în fotoliul cu urechi, mă gândeam deja că odată ajuns acasă mă voi băga imediat în pat, iar a doua zi nu mă voi ridica deloc, și nici în noaptea următoare, și poate că nici în ziua următoare, și nici în cealaltă noapte, într-atât eram acum de epuizat în fotoliul cu urechi, pur și simplu *făcut praf*. Ne închipuim că avem douăzeci de ani și acționăm ca atare, când în realitate avem peste cincizeci și suntem total epuizați, mă gândeam; ne purtăm cu noi înșine de parcă am avea douăzeci și ne ruinăm și ne comportăm și cu toți ceilalți de parcă am avea douăzeci, când de fapt avem cincizeci; în realitate nu mai suntem în stare să ținem pasul deloc, totuși uităm că avem o suferință, mai multe suferințe de fapt, un număr de boli, așa-numite *boli fatale*, cu care trebuie să conviețuim deja de mult timp, le ignorăm însă și nici nu le considerăm a fi adevărate, doar că ele sunt aici, sunt prezente mereu, continuu, tot timpul, și într-o zi ne ucid. Ne purtăm cu noi înșine de parcă am avea încă puterea pe care o aveam cu treizeci de ani înainte, când de fapt nu mai avem nici măcar o fracțiune din forțele noastre de acum treizeci de ani, nu mai avem nimic din această energie, mă gândeam din fotoliul cu urechi. Căci acum treizeci de ani n-aveam nicio problemă să stau treaz două-trei nopți la rând și să beau aproape fără pauză orice și să-i întrețin pe toți ca o *mașină de conversație și distracție;* și să fiu nopți în șir, douăzeci și patru de ore din douăzeci și patru, cum se zice, prostul atâtor oameni care-mi erau cu toții prieteni pe-atunci, fără ca asta să-mi facă vreun rău, și da, ani la rând ajungeam într-adevăr abia pe la trei sau patru dimineața acasă, băgându-mă în pat odată cu ciripitul păsărilor, fără să-mi fi dăunat cu nimic. Ani în șir mă duceam pe la orele unsprezece în *Apostelkeller* și în tot felul de alte crame din centru, și nu le părăseam înainte de trei sau patru dimineața, și-mi consumam în acele nopți până la ultima fărâmă de energie, aș putea spune, cu acea nechibzuință extremă care-mi era proprie pe vremea aia și care se pare că nu mi-a dăunat absolut deloc atunci. Și exact cu Joana am petrecut trăncănind și bând atâtea nopți, încât nici n-am cum să le știu numărul, mă gândeam din fotoliul cu urechi. În realitate n-aveam niciun ban și nici altceva n-aveam, cu toate acestea am pălăvrăgit și am băut și nu mi-a tăcut gura și am dansat fără pauză, pot zice, ani întregi, tocmai cu Joana și soțul ei și cu Jeannie Billroth și mai ales cu soții Auersberger. Pe-atunci aveam toată energia pe care o poate avea un tânăr și mă lăsam întreținut fără scrupule de toți cei care o duceau mai bine decât mine, mă gândeam din fotoliul cu urechi. N-aveam o para în buzunar și totuși îmi permiteam orice, mă gândeam din fotoliul cu urechi, observându-i pe oaspeții din salonul de muzică. Atâția ani m-am dus, trebuie să spun, în fiecare după-amiază târziu la Joana în Simmeringer Hauptstraße, iar înainte la Dittrich, ca să-mi umplu brațele cu sticle cu vin și să stau apoi cu Joana până în zori și să iau primul *Șaptezeci și unu* înapoi în oraș sau pur și simplu s-o pornesc de la ea pe jos iarăși pe Simmeringer Hauptstraße, apoi pe Rennweg și, trecând prin Schwarzenbergplatz, până în Währing. Încă erau timpurile în care căruțele trase de cai se opreau noaptea în fața magazinelor de lapte, mă gândeam din fotoliul cu urechi, iar eu puteam să merg chiar pe mijlocul Rennwegului și să traversez apoi Schwarzenbergplatz și s-o iau spre casă de-a lungul Ringului, care era complet gol, fără să mă tem că sunt călcat. Dacă se întâmpla să întâlnesc pe cineva, atunci doar pe unii ca mine, adică beți, iar un automobil care să treacă noaptea era o raritate. Niciodată în viața mea n-am mai cântat atâtea arii italienești ca atunci pe drum, de pe Simmeringer Hauptstraße pe Rennweg și prin Schwarzenbergplatz spre Währing, mă gândeam din fotoliul cu urechi. Pe-atunci aveam puterea să merg *și* să cânt, mă gândeam din fotoliul cu urechi, acum nu mai am putere *să merg și să vorbesc*, asta-i diferența. Treizeci de ani au trecut de când parcurgeam pe jos fără probleme circa cincisprezece kilometri noaptea spre casă, mă gândeam din fotoliul cu urechi, *cântând, în entuziasmul meu de-atunci pentru Mozart și Verdi, și dând frâu liber amețelii și beției propriilor simțuri*. Treizeci de ani au trecut, mă gândeam din fotoliul cu urechi, de când făcusem în acest fel istoria operei, treizeci de ani. Adevărul este că fără Joana aș fi luat-o pe alt drum, mă gândeam acum din fotoliul cu urechi; dacă nu l-aș fi cunoscut pe Auersberger, aș fi mers eventual pe drumul opus – mi-am continuat acum această idee în trecutul și mai îndepărtat. Căci întâlnirea mea cu Auersberger a însemnat în fond întoarcerea la lucrurile artistice, de care mă îndepărtasem total după absolvirea Mozarteumului și pentru totdeauna, după cum credeam atunci; după ce am încheiat Mozarteumul, n-am mai vrut brusc să am nimic de-a face cu așa-zisa lume artistică, hotărându-mă pentru opusul a ceea ce numesc eu *artisticul*, dar întâlnirea cu Auersberger a produs încă o dată, după cum mă gândeam acum din fotoliul cu urechi, o cotitură totală în mine. Iar apoi am întâlnit-o pe Joana, această chintesență a artistului, mă gândeam. Acum treizeci și cinci de ani decisesem definitiv pentru ceea ce este *artisticul*, nu pentru artă, întotdeauna numai pentru *artistic*, mă gândeam din fotoliul cu urechi, *chiar dacă nu știam ce înseamnă asta, adică artisticul*, dar decisesem pentru *artistic*, chiar dacă nu știam ce formă va lua acel *artistic*. Decisesem pur și simplu pentru Auersberger, pentru acel Auersberger care era atunci, cu treizeci și cinci sau treizeci și patru de ani, ba chiar cu treizeci și trei de ani în urmă, *Auersberger cel artistic*. Și pentru Joana, acea *Joana artistică* până în temelie. Și pentru Viena. Și pentru lumea artistică, mă gândeam din fotoliul cu urechi. Lui Auersberger îi datorez faptul că am făcut stânga-mprejur spre lumea artistică, mă gândeam acum din fotoliul cu urechi, și Joanei și tuturor celor legate atunci, adică cu treizeci și cinci, ba încă și cu treizeci și doi de ani în urmă, de Auersberger și de Joana – ăsta-i adevărul, mă gândeam din fotoliul cu urechi. Am rostit de mai multe ori ca pentru mine cuvintele *lumea artistică* și *viața artistică*, dar de fapt cu glas tare, în așa fel încât oamenii din salonul de muzică să audă, și chiar au auzit, căci deodată s-au uitat toți spre mine, din salonul de muzică spre antreu, fără să mă poată vedea cu adevărat; dar mă auziseră spunând *viața artistică* și *lumea artistică* și mă auziseră repetând iar și iar aceste cuvinte, și mă gândeam ce însemnaseră pentru mine pe vremea aceea noțiunile de *lume artistică* și *viață artistică* și mai înseamnă de fapt și astăzi – înseamnă, aș putea spune, *totul*, mă gândeam acum din fotoliul cu urechi, și cât de lipsit de gust este ca Auersbergerii să-și numească cina, mai exact supeul, cum se spune la Viena, o *cină artistică*. Ce jos au ajuns Auersbergerii, mă gândeam din fotoliul cu urechi, acești Auersbergeri care dăduseră în ochii mei deja de mult, de zeci de ani, faliment artistic și erau din punctul meu de vedere faliți: spiritual, ba chiar și emoțional. Dar toți acești oameni din salonul de muzică auziseră când spusesem *lume artistică* și *viață artistică* de parcă aș fi spus *cină artistică* așa ca soții Auersberger și, în afara intensității cu care rostisem *lume artistică* și *viață artistică*, nu-i frapase nimic, n-au remarcat câtuși de puțin semnificația pe care o aveau pentru mine această *viață artistică* și *lume artistică* în timp ce rosteam cuvintele. Toți acești oameni chiar au fost odinioară artiști sau cel puțin *talente artistice*, mă gândeam din fotoliul cu urechi, iar acum nu mai sunt altceva decât o *adunătură artistică* și atât, care nu mai are nimic în comun cu arta și deci cu ceea ce este artistic, în afara cinei la cuplul Auersberger. Toți acești oameni, care au fost cândva efectiv artiști sau cel puțin artistici, mă gândeam din fotoliul cu urechi, nu mai sunt acum decât larvele și păstăile a ceea ce fuseseră odată; nu trebuie decât să-i aud ce spun, nu trebuie decât să mă uit la ei, nu trebuie decât să vin în contact cu produsele lor, ca să simt același lucru pe care-l simt acum în legătură cu acest supeu, cu această *cină artistică* insipidă. Când te gândești ce s-a întâmplat în acești treizeci de ani cu toți acești oameni, ce au făcut din ei în acești treizeci de ani! Și ce am făcut eu însumi din mine în acești treizeci de ani, mă gândeam. În orice caz este deprimant ce au făcut din ei acești oameni în acești treizeci de ani și ce am făcut eu din mine: din toate situațiile și împrejurările odinioară fericite toți acești oameni au făcut situații și împrejurări deprimante, mă gândeam din fotoliul cu urechi; din toate au făcut ceva cu desăvârșire deprimant, toată fericirea lor au transformat-o în pură depresie, mă gândeam din fotoliul cu urechi, așa cum și eu însumi am făcut din fericirea mea o pură depresie. Căci fără îndoială toți acești oameni fuseseră cândva, adică atunci, cu treizeci, ba încă și cu douăzeci de ani în urmă, oameni fericiți, da, fuseseră fericiți, iar acum nu mai sunt decât niște oameni care te deprimă, da, te deprimă, așa cum în definitiv nici eu nu mai fac altceva decât să-i deprim pe alții și să fiu nefericit. Dintr-o fericire pură au făcut o catastrofă pură, mă gândeam din fotoliul cu urechi, au transformat speranța pură într-o totală lipsă de speranță. Căci dacă îmi aruncam privirea în salonul de muzică, priveam de-a dreptul la nimic altceva decât la o lipsă de speranță, mă gândeam din fotoliul cu urechi, la nimic altceva decât la o lipsă omenească de speranță și, de fapt, la nimic altceva decât la o lipsă artistică de speranță – ăsta-i adevărul. Toți acești oameni veniseră la Viena odinioară, în anii cincizeci, deci cu treizeci sau chiar cu patruzeci de ani înainte, în speranța să ajungă ceva la Viena, cum se spune, și, *într-adevăr*, la Viena au ajuns niște artiști de provincie cât de cât apreciați; și se pune întrebarea dacă într-o altă metropolă ar fi ajuns ceva, dar probabil că nicăieri n-ar fi făcut ceva în viață, mă gândeam. Dar când mă gândesc că la Viena n-au ajuns nimic, absolut nimic, îmi dau seama că ei nici măcar nu știu că n-au realizat nimic în viață, întrucât nu se comportă ca și când ar ști că n-au ajuns nimic în viață, din contră, se dau toți de parcă ar fi ajuns ceva la Viena, de parcă ar fi devenit ceva la Viena; deci ei consideră că speranțele pe care și le puseseră în legătură cu Viena s-au împlinit în totalitate, gândeam eu acum, sau cred cel puțin în cea mai mare parte a timpului că au ajuns ceva și cred cu tărie în cea mai mare parte a timpului că au devenit ceva, cu toate că n-au devenit nimic, după părerea mea. Deoarece și-au făcut *un nume*, și au primit *multe premii*, și au publicat multe cărți, și și-au vândut tablourile multor muzee, și și-au publicat cărțile la cele mai bune edituri, și și-au expus tablourile în cele mai bune muzee, iar acest stat odios le-a decernat toate premiile posibile și le-a prins în piept toate decorațiile posibile, toți cred că au devenit ceva în viață, dar n-au devenit nimic, mă gândeam. Sunt cu toții așa-ziși *artiști cunoscuți, chiar renumiți*, și stau ca senatori în așa-numitul *Kunstsenat*[1] și se numesc profesori și ocupă toate catedrele posibile în academiile noastre și sunt invitați ba de o facultate sau universitate, ba de alta, și vorbesc la cutare sau cutare simpozion și călătoresc când la Bruxelles, când la Paris, când la Roma, când în Statele Unite ale Americii, când în Japonia, când în Uniunea Sovietică sau China, unde au fost cu toții invitați sau vor fi invitați cu timpul, și țin prelegeri despre ei înșiși și inaugurează expoziții cu tablourile lor – și totuși eu sunt de părere că n-au devenit nimic. Pur și simplu n-au atins *supremul*, iar eu credeam și cred și acum că numai *acest suprem* este *satisfacție*. Compozițiile lui Auersberger nu rămân neinterpretate, mă

1. Der Österreichische Kunstsenat (Senatul austriac pentru artă) este un for austriac oficial, format din 21 de artiști recunoscuți, reprezentând domeniile arhitectură, bele-arte, literatură și muzică. Sunt numiți de ministrul austriac al culturii pe viață.

gândeam acum din fotoliul cu urechi; lui *Auersberger, succesorul lui Webern, nu-i lipsește recunoașterea*, mă gândeam, ci din contră, în fiecare clipă ceva de-al lui se cântă din voce, se cântă prin suflare, se cântă la coardă (are el grijă de asta!), în fiecare clipă ceva de-al lui este lovit sau ciupit, ba la Basel, ba la Zürich, ba la Londra, ba la Klagenfurt (are el grijă de asta!), ici un duet, colo un terțet, ici un cor de patru minute, colo o operă de douăsprezece minute, ici o cantată de trei minute, colo o operă de-o secundă, ici un lied de-un minut, colo o arie de două sau una de patru minute. O dată s-a asigurat că are interpret englez, o dată că are unul francez, o dată unul italian, o dată îl interpretează un violonist polonez, o dată unul portughez, o dată o clarinetistă chiliană, o dată una italiană. Părerea mea este că acest neobosit succesor Webern al nostru, acest Auersberger al nostru umblat prin lume, străbătând-o în pași mici și grăbiți, neobositul imitator Webern și Grafen, compozitorul stirian snob și fanfaron nici n-ajunge bine într-un oraș, că se și gândește la următorul. Așa cum Bruckner este insuportabil de monumental, Webern este insuportabil de mediocru, dar de o sută de ori mai mediocru decât mediocrul Anton von Webern este Auersberger, pe care trebuie să-l numesc compozitorul *aproape fără sunete*, așa cum literații stupizi îl numesc pe Paul Celan poetul *aproape fără cuvinte*. Epigonul stirian nu este neinterpretat, numai că deja de treizeci de ani, deci încă de la mijlocul anilor cincizeci, a rămas blocat în tradiția lui Webern; nu există nici măcar trei note scrise de el, mă gândesc, din care să nu se fi făcut nimic. După părerea mea, compozițiilor lui Auersberger le lipsește Auersberger. Așa-zisa lui muzică aforistică (aceasta fiind propria mea denumire pentru felul lui de a compune prin imitare în anii cincizeci!) nu este decât un Webern *epigonic insuportabil*, care, după cum îmi dau seama acum, nu a fost nici el un geniu, ci doar un acces de slăbiciune brusc, chiar dacă genial, al istoriei muzicii. În realitate, mă gândesc acum din fotoliul auersbergerian, fiindu-mi foarte rușine de mine, Auersberger n-a fost niciodată un geniu, chiar dacă în anii cincizeci am crezut-o cu tărie, ci numai un biet mic-burghez talentat, care și-a jucat talentul încă din primele săptămâni de Viena și l-a pierdut, în adevăratul sens al cuvântului. Viena este o mașină cumplită de distrugere a geniilor, mă gândeam din fotoliul cu urechi, o instituție teribilă de nimicire a talentelor. Toate aceste genii și talente distruse și ucise pe care le observ acum prin fumul lor scârbos de țigară au venit acum treizeci și acum treizeci și cinci de ani la Viena în speranța să ajungă ceva, dar în realitate toate aceste genii și talente care se nasc an de an cu sutele, dacă nu cu miile pe pământ austriac au fost distruse și ucise de Viena. Ei înșiși n-au decât să creadă că au realizat ceva în viață, mă gândeam din fotoliul cu urechi, dar n-au realizat nimic, pentru că au rămas la Viena și s-au mulțumit cu Viena și n-au plecat în singurul moment decisiv din Viena în străinătate cum au făcut cei care au devenit cu adevărat ceva în străinătate; cei rămași la Viena n-au ajuns nimic, cei plecați în străinătate au ajuns ceva, asta pot să afirm clar. N-au ajuns nimic pentru că s-au mulțumit cu Viena, spre deosebire de cei cărora Viena nu le-a fost suficientă și care au plecat la momentul decisiv din Viena în străinătate, mă gândeam din fotoliul cu urechi. Nu vreau să fac acum speculații în legătură cu ce ar fi devenit acești oameni, care au așteptat aici în salonul de muzică să vină actorul și deci să înceapă *cina artistică*, dacă ar fi plecat cu toții din Viena în singurul lor moment decisiv. Un mic succes, deci o mică recenzie pozitivă în presă despre primul ei roman i-a fost suficientă scriitoarei Jeannie Billroth pentru a rămâne la Viena, achiziționarea în muzeele de stat a două tablouri i-a fost suficientă pictorului Rehmden pentru a rămâne la Viena, câteva menționări laudative stupide, în *Kurier* sau în *Die Presse*, i-au fost suficiente cutărei sau cutărei actrițe pentru a rămâne la Viena. Mulți dintre cei rămași la Viena se află aici în salonul de muzică, mă gândeam din fotoliul cu urechi, mulți dintre cei rămași la Viena, aproape sufocați în viața lor mic-burgheză confortabilă, au mers la cimitirul din Kilb în urma sicriului

Joanei. Ce impresie deprimantă mi-a lăsat înmormântarea din Kilb chiar și din acest motiv, mă gândeam din fotoliul cu urechi în timp ce-i observam pe acești oameni. La Kilb m-a deprimat mai puțin faptul că era înmormântată Joana, cât mai ales că în urma sicriului ei mergeau în pas măsurat tot felul de leșuri artistice, tot felul de ratați, de ratați la Viena, cadavre vii ale artei, scriitori, pictori, actori, dansatori și suita lor, ca niște cadavre vii, ca niște cadavre – *încă* vii – ale artei, arătând jalnic de grotesc până la ridicol în ploaia care cădea fără încetare. Priveliștea lor era mai puțin tristă, cât mai degrabă dezgustătoare, mă gândeam. Ce eșecuri artistice oribile, ratați ipocriți, mă gândisem tot timpul, care merg încet în spatele sicriului, pășind greoi prin mocirla cimitirului, adoptând o poziție a corpului îndoliată respingătoare, îmi ziceam din fotoliul cu urechi. La Kilb m-a necăjit mai puțin înmormântarea, cât apariția acestor participanți la funeralii, veniți cu automobilele lor pompoase din Viena. Nu Joana cea moartă m-a tulburat atât de mult la Kilb, încât a trebuit să iau câteva pastile pentru inimă, cât *modul* în care și-au făcut apariția la Kilb acești oameni de artă ca niște farse artistice, mă gândeam – și mi-a trecut prin minte și că propria mea apariție la Kilb poate fi considerată la fel de dezgustătoare, da, dezgustătoare în orice privință. Însuși faptul că îmi pusesem costumul negru fusese respingător, îmi spuneam acum, la fel și modul în care-mi mâncasem gulașul la *Mâna de fier* și în care vorbisem cu tovarășul de viață al Joanei la *Mâna de fier;* mă comportasem ca și cum aș fi fost singurul realmente apropiat de Joana, ca și cum numai eu aș fi avut un drept asupra Joanei. Reflecțiile mele cu privire la înmormântarea Joanei au scos acum la iveală tot mai multe lucruri dezgustătoare (în ceea ce mă privește): orice gândeam în legătură cu acest eveniment, orice îmi readuceam în memorie era la fel de dezgustător. Percepându-i pe ceilalți ca fiind dezgustători, eram desigur silit să mă percep și pe mine însumi ca dezgustător, mă gândeam, și am început să-mi percep acum comportamentul ca fiind și mai respingător, dacă țineam seamă de tot ce era legat de înmormântarea Joanei. Fusese ceva dezgustător să merg *singur* la Kilb, cu toate că, sincer vorbind, mi se oferise de mai multe ori *să mă ia* cineva cu mașina la Kilb, mă gândeam, fusese ceva dezgustător să stau de vorbă cu băcănița, prietena Joanei, așa de parcă *eu* aș fi fost persoana cea mai apropiată de Joana și să nu-i las timp să se ocupe de ceilalți veniți la înmormântarea Joanei, monopolizând-o, ca să zic așa, fără scrupule din primul moment, mă gândeam. Mi-am pus *mie* la Kilb *coroana funerară*, ceea ce a fost dezgustător, mă gândeam acum. Îl subapreciasem pe tovarășul de viață al Joanei, îi subapreciasem pe toți cei veniți la această înmormântare și mă supraapreciasem pe mine, ceea ce fusese josnic. Pe de altă parte, la înmormântare crezusem că mă comportasem *corect*, n-am fost conștient de vreo vină a mea în timpul înmormântării, și abia acum, pe fotoliul cu urechi, am dezvoltat ceea ce s-ar putea numi conștiința vinovăției mele în ceea ce privește înmormântarea din Kilb. Moartea Joanei, sinuciderea ei, nu m-a făcut mai trist la Kilb, mă gândeam din fotoliul cu urechi, ci m-a montat împotriva prietenilor ei, fără să fi fost capabil să mă lămuresc de ce. În realitate, apelul telefonic în care băcănița mi-a comunicat vestea sinuciderii Joanei nu m-a zdruncinat deloc, m-am *arătat* zdruncinat, mă gândeam acum, dar nu am *fost*, am fost *curios*, *dar nu zdruncinat*, m-am *prefăcut* doar față de băcăniță că aș fi șocat, dar de fapt n-am fost decât curios: am vrut să aflu imediat de la băcăniță toate detaliile sinuciderii Joanei, cu o lipsă de scrupule fără seamăn; ceea ce m-a șocat abia acum pe fotoliul cu urechi este că nu fusesem trist, ci curios, și că la telefon storsesem de la băcăniță mai mult decât dorise ea să comunice, pentru că avea bună-cuviință, spre deosebire de persoana mea, căreia îi lipsise orice bună-cuviință în momentul convorbirii noastre telefonice. Firește că, după atâția ani de lipsă de contact între noi, Joana fusese deja atât de departe de mine, încât telefonul băcăniței n-avea cum să-mi provoace un șoc și, după cum am spus, nici nu se putea solda cu o tristețe resimțită de mine brusc, ci doar cu o curiozitate, iar aceasta storsese pe loc din băcăniță tot ce știa despre sinuciderea Joanei. Mă interesau împrejurările, nu faptul în sine. Abia după ce am închis telefonul am conștientizat întreaga amploare a convorbirii și dintr-odată n-am mai fost *curios*, ci *trist*. Eram *cu adevărat trist* și, pradă acestei tristeți, mersesem în oraș, pe Graben, pe Kärntnerstraße, în Kohlmarkt, în Spiegelgasse la *Bräunerhof*, unde, așa cum obișnuisem ani de zile, răsfoisem *Corriere*, *Le Monde* și *Zürcher Zeitung*, precum și *Frankfurter*[1]; apoi, scârbit de aceste ziare nerușinate, m-am dus iarăși pe Graben ca să-mi cumpăr o cravată, dar, în loc să-mi cumpăr o cravată, am dat peste soții Auersberger, care mi-au comunicat și ei, la rândul lor, vestea sinuciderii Joanei. În acel moment știam deja mult mai multe decât soții Auersberger despre sinuciderea Joanei și totuși pretinsesem în fața lor că n-aș fi știut nimic, că n-aș fi avut habar; mă prefăcusem atât de consternat, încât soții Auersberger avuseseră probabil senzația că sunt șocat de sinuciderea Joanei, în timp ce eu doar îmi *simulasem* pe Graben față de soții Auersberger șocul, mă gândeam acum din fotoliul cu urechi. O pornisem prin oraș încolo și-ncoace într-o tristețe reală din cauza sinuciderii Joanei și, deodată, mă prefăcusem cu

1. *Frankfurter Allgemeine Zeitung.*

nerușinare față de soții Auersberger că sunt șocat de sinuciderea Joanei. Întrucât starea mea de șoc fusese una doar pretinsă, și acceptarea invitației Auersbergerilor la *cina* lor *artistică* o pretinsesem doar, căci toată atitudinea mea față de Auersbergeri pe Graben fusese pură prefăcătorie. Mă gândeam din fotoliul cu urechi că mă *prefăcusem* în fața lor șocat de sinuciderea Joanei și mă prefăcusem, de asemenea, că accept invitația lor la *cina artistică*. Totul fusese prefăcătorie față de ei. M-am prefăcut doar că le accept invitația și totuși i-am dat curs în realitate, ideea este grotescă, mă gândeam, amuzându-mă de această idee chiar în timp ce o gândeam. În fond, mă gândeam din fotoliul cu urechi, m-am prefăcut în fața soților auersbergerieni în toate cele, iar acum stau în fotoliul lor cu urechi și din nou doar mă prefac; nu sunt cu adevărat și în realitate aici la ei în Gentzgasse, ci mă prefac că aș fi în Gentzgasse, și deci în locuința lor, îmi spuneam. Întotdeauna am simulat totul în fața lor, îmi spuneam. Întotdeauna am simulat totul în fața tuturor, toată viața mea n-am făcut decât să mă fac și să mă *pre*fac, îmi spuneam în fotoliul cu urechi, eu nu duc o viață reală, adevărată, ci trăiesc și exist doar într-o viață *simulată*, întotdeauna am avut *doar o viață simulată*, niciodată una reală, adevărată, îmi spuneam, și am dus această idee atât de departe, încât până la urmă chiar am *crezut* în ea. Am tras adânc aer în piept și mi-am spus, astfel încât oamenii din salonul de muzică să audă, *ai trăit doar o viață simulată, nu una adevărată, doar o existență simulată, nu una reală, tot ceea ce te privește și tot ceea ce ești tu a fost întotdeauna numai ceva pretins, nu ceva real și nu ceva adevărat.* A trebuit să întrerup însă această speculație, ca să nu înnebunesc, după cum gândeam din fotoliul cu urechi, și am luat iarăși o înghițitură zdravănă din paharul cu șampanie. În timp ce eu însumi nu băusem decât șampanie, oamenii din salonul de muzică se mulțumiseră până la urmă cu cherry și apă simplă, după cum am văzut, căci nu voiau să se îmbete înainte de supeu și deci de așa-numita *cină artistică* într-un chip atât de nechibzuit precum Auersberger, dar *eu* nu mă temeam să beau prea mult, așa că am băut. Dar firește că n-am turnat băutură în mine atât de nechibzuit ca Auersberger, încât să fi fost la fel de beat ca el, am băut, dar luând câte o înghițitură numai o dată la zece sau chiar cincisprezece minute – ăsta-i adevărul; doar nu mai aveam douăzeci de ani, ci cincizeci și doi, lucru pe care nu l-am uitat în această seară în Gentzgasse. Acești *oameni artistici* lăsaseră o impresie grotescă la Kilb, mie cel puțin îmi păreau desfigurați de la *intențiile* lor *artistice* și de la *activitatea* lor *artistică*, aveau un fel *artificial de a merge* și o *voce artificială*, la ei *totul* era artificial, în timp ce eu percepusem cimitirul ca pe cel mai firesc lucru din lume. Când se aplecau, se înclinau *prea mult* în față, când se ridicau în picioare, se ridicau *prea târziu* (sau prea devreme), când se așezau, se așezau *prea târziu* (sau prea devreme), când începeau să cânte, cântau *prea devreme* (sau prea târziu), când își scoteau acoperământul de pe cap, și-l scoteau *prea devreme* (sau prea târziu), când îi spuneau ceva preotului, i-o spuneau *prea devreme* (sau prea târziu). În schimb, localnicii din Kilb, care, după cum s-a spus, veniseră *în număr foarte mare* la înmormântarea Joanei, procedaseră cât se poate de firesc în toate privințele: spuseseră totul cu naturalețe, cântaseră totul cu naturalețe, merseseră tot timpul cu naturalețe, se ridicaseră în picioare cu naturalețe și se așezaseră cu naturalețe, nefăcând nimic nici prea târziu, nici prea devreme, nici prea repede, nici prea încet. Și, în timp ce oamenii artistici din Viena se îmbrăcaseră grotesc-ridicol pentru această înmormântare, locuitorii din Kilb erau îmbrăcați foarte corect, mă gândeam din fotoliul cu urechi. Kilbenii se potriveau cu Kilb și erau adecvați cimitirului din Kilb, de care le păsa, oamenii artistici din Viena nu se potriveau cu Kilb și nu erau adecvați cimitirului din Kilb, de care nu le păsa. Nota orășenească a participanților vienezi la funeralii nu era adecvată cimitirului din Kilb, mă gândisem încă în timp ce eu însumi mergeam împreună cu ei în lungul cortegiu funebru. Fiecare dintre acești vienezi din cortegiu este un corp străin la Kilb, mă gândisem mergând în pas domol în spatele coșciugului, între băcănița și nefericitul tovarăș de viață al Joanei; acesta tușise atât de tare pe tot traseul de la biserică la cimitir, care este cu siguranță lung de doi kilometri, de parcă ar fi fost bolnav de plămâni. Faptul că el, care mersese lângă mine, putea fi tuberculos m-a speriat, așa că, de fiecare dată când a tușit, mi-am ținut respirația ca să nu mă molipsesc, până ce m-am gândit brusc că eu însumi sunt bolnav de plămâni, probabil mult mai bolnav decât tovarășul de viață al Joanei, și deodată am început să tușesc mai tare decât el, care mergea lângă mine; de îndată ce am început eu să tușesc, tovarășul de viață al Joanei s-a oprit din tuse, de parcă și-ar fi dat seama că *eu* eram tuberculos și că *eu* îl puteam molipsi pe el, căci, cum am început *eu* să tușesc, și-a pus o batistă de hârtie în fața nasului și și-a întors fața în direcția cealaltă în timp ce mergea. Băcănița avea un pardesiu gri impermeabil, îmbrăcămintea cea mai potrivită pe care am văzut-o la înmormântare, mă gândeam din fotoliul cu urechi. Dar toți cei din Kilb aveau haine adecvate, numai cei din Viena nu, așa că s-au și udat cu toții, iar cei care veniseră în haine de blană, crezând că este frig, când de fapt fusese destul de cald, nu numai că arătau grotesc și ridicol cu paltoanele lor de blană pe care și le etalau, ci s-au și murdărit imediat în ploaie. Pe toate paltoanele lor de blană s-a format curând un strat de jeg, care li se scurgea pe picioare. Umbrelele lor deschise fuseseră răsturnate și rupte curând de o rafală de vânt care se pornise din munți peste morminte imediat ce ajunsese cortegiul funebru la cimitir, devenind inutilizabile. Ca întotdeauna în astfel de situații, mă gândeam din fotoliul cu urechi, preotul a ținut o slujbă dezagreabilă. Și totuși vremurile s-au schimbat, mă gândisem în fața mormântului deschis și mă gândesc și acum din fotoliul cu urechi, *un preot măcar a ținut o slujbă* în memoria Joanei, cu zece sau doisprezece ani în urmă niciun preot n-ar fi rostit într-un cimitir austriac la mormânt niște cuvinte în memoria unei sinucigașe. Discursul lui a fost foarte primitiv, ca toate cele pe care le auzisem până acum la înmormântări, iar vocea neplăcută a preotului, care părea să fie bolnav de gât, era atât de pițigăiată și de stridentă, încât mă dureau urechile. Din păcate însă, discursul lui a fost totuși inteligibil, conținând toate minciunile și ipocriziile pe care le propagă biserica catolică în astfel de ocazii. La sfârșit, preotul a spus că în copilărie mersese la școala din sat cu Joana și că-și amintea cu plăcere de *fetița drăguță din Kilb*. Perioada petrecută de Joana la Viena o caracterizase prin cuvintele *mocirla metropolei*. Fața lui era ca a unui mic funcționar de provincie, nu avea o figură tipică de țăran; când intrăm într-un magazin sau depozit de țară și cerem un ciocan sau un topor, niște cizme de cauciuc sau cârpe de spălat, dăm de astfel de fețe, mă gândeam din fotoliul cu urechi, niște mutre viclene și suspicioase la care nu ne hazardăm să privim mai mult de câteva secunde. Toată această societate artistică din Viena, mă gândeam din fotoliul cu urechi, se supunea în cimitirul din Kilb unui ceremonial catolic, pe care nu numai că nu-l mai stăpânea (sau nici nu-l stăpânise vreodată), ci îi era total necunoscut sau îi devenise așa cu timpul, la fel ca mie, căci eu nu mai am de multe zeci de ani nicio legătură cu acest ceremonial, părându-mi-se probabil și de aceea atât de ipocrit. Se prefăceau că ar ști când să se ridice și când nu, când să se roage și cum, ce să cânte, deși, ca și mine, nu aveau nici cea mai vagă idee. Drept care această societate artistică din Viena se ruga doar cu jumătate de glas și deci ininteligibil, cânta doar cu jumătate de glas și ininteligibil, așa cum, de altfel, se și așeza la o secundă după kilbeni, se și ridica la o secundă după kilbeni și așa mai departe. Societatea artistică din Viena își mișca doar gura, efectul produs fiind deci numai unul teatral, mă gândeam, așa cum și eu am produs doar un efect teatral cât am stat la cimitirul din Kilb. Sau poate n-am reușit să-l produc nici pe ăla, cine știe. În timpul înmormântării mă preocupase numai și numai conținutul sicriului Joanei, *cum* o arăta el în realitate. În timpul întregii înmormântări mă concentrasem doar pe acest unic gând, fusesem, ca să zic așa, captivul acestei idei atroce. Având în vedere toate cele spuse de tovarășul de viață al Joanei la *Mâna de fier*, toate cele prin care *trecuse* el în capela mortuară, mă obsedase ceva realmente înfiorător în timpul întregii înmormântări, ceva de la care nu mă putea abate nimic, oricât încercasem, căci adevărul e că eu chiar nu voiam să mă preocupe acest gând, sigur că nu-l voiam, mă gândeam din fotoliul cu urechi. Și mă mai gândeam că lipsa de reținere a tovarășului de viață al Joanei – căruia băcănița i se adresase mereu cu *John* la *Mâna de fier*, fără să mă fi lămurit nici până acum de ce –, când ne dăduse relatarea aceea oribilă la *Mâna de fier*, după ce obținuse la morgă mutarea cadavrului Joanei, fusese cauza care mă făcuse să mă gândesc la conținutul sicriului. Tovarășul de viață John n-ar fi trebuit să se întoarcă de la capela mortuară din Kilb și să dea acest raport în timp ce noi mâncam gulaș, dar pe de altă parte îl admiram acum tocmai pentru această lipsă de jenă și pentru conținutul indubitabil adevărat al descrierilor sale și m-am gândit că mie, ca de altfel și tuturor acestor oameni artistici, mi-ar fi fost imposibil să relatez cu o atare lipsă de reținere despre mutarea cadavrului. Simpla menționare *sac de plastic* îmi provocase greață, iar tovarășul de viață al Joanei nu lăsase deoparte niciun amănunt în zugrăvirea procedurii din capela mortuară. Tocmai un astfel de om neartistic este în stare, mă gândeam, să facă fără pic de jenă o relatare atât de oribilă, nelăsând impresia că este indecent, căci tovarășul de viață nu fusese indecent când spusese ceea ce spusese, în timp ce oricare altul ar fi relatat și descris același lucru ar fi fost indecent. Mă gândeam că ar fi fost indecent din partea mea, chiar josnic și mârșav, dacă aș fi făcut aceeași relatare pe care o făcuse tovarășul de viață John. Acest John tăcuse pe parcursul întregii înmormântări, pe când toți ceilalți șușotiseră măcar la un moment dat, măcar o dată ceva, mă gândeam. El înaintase primul la marginea mormântului pentru a arunca, din lopata pe care i-o întinsese groparul, puțină țărână peste sicriul coborât deja adânc în groapă, ceea ce toți ceilalți consideraseră straniu, deși probabil că niciunul n-ar fi putut spune de ce; însă chiar fusese logic, odată ce Fritz, primul bărbat la Joanei, artistul tapiser, nu venise la înmormântare și, după toate aparențele, Joana realmente nu mai avea rude. În timp ce stătea la mormântul Joanei, tovarășul ei de viață era urât și înduioșător în același timp, iar pe cei care se uitau la el îi deranjase profund; mie însumi realmente îmi repugna, cu toate că în sinea mea – deci firește fără să rostesc vreodată asta cu glas tare sau chiar numai să sugerez – eram pregătit să-l consider *om bun; un om bun*, îmi spusesem la mormânt, în timp ce-l vedeam pe tovarășul de viață al Joanei stând așa acolo – nu știu cum de ajunsesem la concluzia asta și nici nu conta. Încă de când eram la marginea mormântului Joanei,

Auersbergera mă întrebase dacă nu voiam să mă întorc cu ei cu mașina la Viena, iar eu refuzasem pe loc cu acea lipsă de considerație care îi ofensează pe toți fără excepție când recurg la ea. Spusesem *nu* și nimic în plus. Majoritatea celor veniți de la Viena se întâlniseră apoi la *Mâna de fier* și se așezaseră la o masă mare și lungă, la care trebuise să iau loc și eu, după ce soții Auersberger mă forțaseră cu modul lor de a proceda, adresându-mi-se în fața tuturor în așa fel, încât nu putusem să nu mă așez cu ei la masa lor. Aș fi preferat să stau la masa la care ședea tovarășul de viață al Joanei cu băcănița și alți câțiva din Kilb, prieteni ai Joanei din copilărie. Prin *felul* în care mă poftiseră soții Auersberger să iau loc la masa lor mă siliseră să fac ceva de care mă temusem pe tot parcursul înmormântării: să fiu împreună cu ei chiar și pentru cel mai scurt timp *încă de la Kilb*, când de fapt eram invitat în aceeași seară la ei în Gentzgasse la *cina* lor *artistică*. M-am făcut că durerea provocată de sinuciderea Joanei îmi gâtuie glasul și n-am spus o vorbă în tot timpul în care Auersbergerii și ceilalți au mâncat după înmormântare același fel de gulaș ca și mine înainte. Îmi comandasem un cârnat și o salată acrită cu oțet și alături multă ceapă, mâncând, de atâția nervi, și două chifle, ceea ce nu mai făcusem niciodată până atunci. Auersbergerii au vorbit tot timpul despre *cina* lor *artistică* la care-l invitaseră pe actorul de la Burgtheater și repetau mereu cât de mult le plăcuse acest *tragedian* (așa tot repeta Auersbergera) în *Rața sălbatică*. Auersbergera tot voia să spună în *ce rol* apăruse actorul în *Rața sălbatică* și avusese un succes atât de mare, dar nu-și putea aminti, până ce *eu* am spus *Ekdal*, la care s-a pornit, într-o izbucnire isterică, să strige de câteva ori numele *Ekdal* în sala de mese a hanului, ceea ce a fost penibil, și a tot strigat *Ekdal, Ekdal, Ekdal, corect, Ekdal*, până ce Auersberger i-a spus să se potolească. Auersberger cel scund și burtos era beat, desigur, și în această zi, deci luase parte la înmormântare fiind deja în stare de ebrietate, mă gândeam acum din fotoliul cu urechi, de când îl cunosc, el este aproape tot timpul beat și e un miracol că omul ăsta mai trăiește; merge de două ori pe an la clinica de dezintoxicare din Kalksburg, ceea ce este probabil suficient ca să-l țină în viață, mă gândeam. Avea aceeași față buhăită ca acum douăzeci de ani, aproape niciun rid, fața tipică cenușiu-gelatinoasă, ochii albaștri sticloși dintotdeauna, mă gândeam. *Ekdal, Ekdal*, strigase de mai multe ori Auersbergera, dar nimeni din sala hanului *Mâna de fier* nu știa ce însemna strigătul ei. Întrucât Auersbergera mi se păruse atât de dezgustătoare în clipa în care strigase *Ekdal, Ekdal*, am întrebat cu mojicie: *Care Ekdal?* Atunci m-a întrebat ea pe mine: *Cum care Ekdal?* La care eu: *Bătrânul sau tânărul Ekdal?* A urmat o pauză și toți s-au uitat la Auersbergera, care s-a simțit luată în zeflemea de mine în mod josnic, recunosc, și a zis, fără să privească în sus din gulașul ei: *Bătrânul.* Auersbergera m-a urât în acel moment, mă gândeam din fotoliul cu urechi, era ca și cum i-aș fi tras o palmă. Chiar atunci soțul ei, care lăsa deja impresia că e beat criță, și-a împins deodată gulașul în mijlocul mesei și a strigat înspre ușa bucătăriei: *O mâncare oribilă!* Cu toată josnicia arivistului în glas, trântise vorbele *o mâncare oribilă* înspre ușa bucătăriei, deși eu însumi mâncasem tocmai acest gulaș kilban înaintea înmormântării și-l găsisem excelent, iar toți cei care încă mâncau din gulaș fuseseră de părerea mea, și nu a lui Auersberger, a acelui Auersberger care, de când îl cunosc, a căutat întotdeauna nod în papură la toate mâncărurile din toate hanurile și restaurantele, oricât de gustoase ar fi fost. Fusese cel puțin o lipsă de cuviință să facă o scenă în acest mod ordinar, după cum mi se păruse mie, tocmai într-un han de prim rang cum este *Mâna de fier* din Kilb, care e condus foarte bine, din câte știu, gândeam din fotoliul cu urechi despre Auersberger, care, de când este căsătorit cu Auersbergera, a fost întreținut de ea și s-a purtat întotdeauna în toate hanurile și restaurantele cu o necuviință crasă, la modul cel mai dezgustător. După ce și-a trântit cuvintele *o mâncare oribilă* în direcția bucătăriei, s-a lăsat pe spătarul scaunului și i-a scos nevestei lui limba. De când era căsătorită cu el, Auersbergera se obișnuise cu numeroasele glume de prost gust ale soțului ei, așa că n-a fost surprinsă de această grimasă a lui cu scosul limbii. A lăsat pur și simplu capul în jos și a încercat să-și termine gulașul, deși soțul ei dorise să-i strice pofta de mâncare. Felul în care mânca ea nu era cu totul lipsit de eleganță, dar nici cel mai fin, pe când felul în care mânca soțul ei a fost dintotdeauna comic, m-am gândit deodată din fotoliul cu urechi. Arivistul dorise să deprindă un mod aristocratic de a mânca și rămăsese blocat într-un stil grotesc-comic de a folosi tacâmurile. Era întotdeauna ridicol când mânca, mă gândeam acum din fotoliul cu urechi, așa cum orice făcea a devenit tot mai ridicol cu timpul, căci exact în acești ani a încercat tot mai mult să-și rafineze comportamentul, deci să se rafineze pe sine, să aplice în toate domeniile ce văzuse la alții ca fiind așa-zis aristocratic, ceea ce nu numai că l-a făcut și mai grotesc și mai comic cu timpul, ci și tot mai respingător, mă gândeam din fotoliul cu urechi. După ce a trântit acel *o mâncare oribilă* înspre ușa bucătăriei și s-a lăsat pe spate în scaun și a scos soției limba și a urmat o pauză, a spus deodată *mie nu-mi place deloc Strindberg* și s-a uitat împrejur. Atunci m-am ridicat brusc și m-am așezat demonstrativ la masa lui John și a băcăniței. Nu, mă gândisem în timp ce mă ridicam, nu vreau să am nimic de-a face cu această societate. După ce m-am așezat la masa la care stăteau tovarășul de viață al Joanei și băcănița, am auzit-o deodată pe Auersbergera zicând: *Rața sălbatică e de Ibsen*. Apoi am ignorat pur și simplu masa cu artiști și mi-am comandat la masa lui John și a băcăniței un pahar cu bere. Aveam intenția să scot de la așa-numitul John mai multe decât scosesem deja, nu numai în ceea ce privea procedura mutării cadavrului în capela mortuară din Kilb, ci în tot ce se referea la Joana, iar băcănița era la fel de avidă ca mine să afle în sfârșit de la John cum fusese în realitate viața lui cu Joana. Tovarășul de viață o cunoscuse pe Joana în locuința ei din Simmeringer Hauptstraße, pe care Joana chiar o transformase la mijlocul anilor șaizeci într-un *studio de mișcare*, cum îl numise ea. O prietenă a lui care luase deja ore cu Joana venise într-o zi cu el în Simmeringer Hauptstraße ca să-i arate ce om grozav era această Joana, ce natură de artist, după cum s-a exprimat John, mă gândeam acum din fotoliul cu urechi. Venise o a doua și o a treia oară cu prietena lui la Joana și apoi tot mai des și deodată începuse să vină singur, fără prietena lui, de care se despărțise peste noapte *din cauza Joanei*. Dar el nu luase lecții de mișcare cu Joana, din câte ne-a zis, ci *găsise* în ea *un sprijin*, așa cum și Joana, la rândul ei, *găsise* în el *un sprijin*. De fapt, John n-avusese o părere bună despre acest studio de mișcare, ci fusese încă din primul moment convins că era vorba doar de o modalitate a Joanei *de a se menține pe linia de plutire* din punct de vedere *personal*, după cum s-a exprimat el, căci din punct de vedere *spiritual sau financiar* nu avea ce să iasă din studioul de mișcare de pe Simmeringer Hauptstraße. În acest studio al Joanei veniseră mai degrabă oameni lipsiți de mijloace bănești, tineri actori în devenire, oameni de teatru diletanți mai în vârstă care încă mai credeau la cincizeci și șaizeci de ani într-o carieră, dar nu mai aveau, firește, absolut nicio perspectivă, nici cea mai mică șansă de a mai face carieră. În cele din urmă, John se mutase la ea cu chirie, după ce se culcase cu ea de câteva ori. În realitate îl chema *Friedrich*, dar cum Joanei nu-i plăcuse acest nume, îi spusese de la început *nu Friedrich, ci John*, așa că de-atunci încolo fusese pentru toată lumea *John*. Era originar din Schwarzach Sankt Veit, un nod de cale ferată salzburghez pe care-l știam bine, iar tatăl lui era, bineînțeles, salariat feroviar, mersese la școală în Sankt Johann și ulterior la un colegiu tehnic din orașul Salzburg. La douăzeci și trei de ani plecase la Viena și, pentru a-și putea câștiga existența acolo, lucrase la o societate de film din Sievering, unde o cunoscuse pe fosta lui prietenă, care-l prezentase Joanei, mă gândeam din fotoliul cu urechi. La început s-a prefăcut față de Joana că-l interesa cursul ei de mișcare, dar nu-l interesase câtuși de puțin; ca să demonstreze ce mare era interesul lui pentru cursul de mișcare, *țopăise și el de câteva ori*, așa se exprimase John, împreună cu prietena lui, dar apoi renunțase, dându-i foarte curând de înțeles Joanei că-l interesa ea, nu cursul ei de mișcare. După cum ne spusese John, ea nu fusese deloc dezamăgită, mă gândeam din fotoliul cu urechi. Joana nu câștiga de fapt nimic și vânduse deja aproape tot ce avusese și nici tapiserul ei n-o mai sprijinea financiar deloc, chiar nu mai auzise absolut nimic de el și nu știa nici măcar dacă tapiserul ei mai stătea în Mexic sau nu, habar n-avea în fond unde locuia și nici dacă mai era împreună cu prietena ei pe care o luase cu el în Mexic, adică o *răpise*, după cum îi spusese Joana mereu. Așa că până la urmă a preluat el și întreținerea Joanei. Ea a continuat încă doi ani să dea lecții în studioul ei de mișcare și după mutarea lui în Simmerringer Hauptstraße, dar până la urmă, la ordinul lui, a renunțat la acest studio de mișcare, căci nu adusese decât nefericire în tot și în toate, numai supărare și discordie. A încercat s-o facă să nu mai bea, i-a plătit *șapte internări la clinica din Kalksburg*, fără niciun rezultat, căci de îndată ce se întorcea din Kalksburg începea să bea din nou, până ce a ajuns să-și *bea mințile*, ne-a zis John. Dar el n-a lăsat-o baltă. A *iubit-o cu adevărat*, astea-s vorbele lui, mă gândeam șezând în fotoliul cu urechi și privind în salonul de muzică, a vrut să-i fie *un tovarăș de viață bun acestui om nefericit*, așa cum s-a exprimat la *Mâna de fier*. *Joana a fost întotdeauna un om nefericit*, ne-a spus, mă gândeam din fotoliul cu urechi, John repetase de mai multe ori această propoziție, dar eu n-o percepusem pe Joana așa, căci o cunoscusem și ca om fericit: în orice caz, în anii cincizeci, chiar și până la mijlocul anilor șaizeci, de fapt până când o părăsise Fritz al ei, artistul tapiser, fusese fericită. Atunci dăduse nenorocirea peste ea, mă gândeam. Dar John o știa probabil efectiv doar ca om nefericit pe care dorise să-l facă fericit, ceea ce nu reușise, mă gândeam. *Am vrut s-o fac fericită pe Joana*, a spus de mai multe ori, *dar n-am izbutit*. Această frază cuprindea întreaga neajutorare a situației lui, mă gândeam din fotoliul cu urechi. Pleca adesea la Kilb, dar nu întotdeauna cu el, ci de multe ori singură, la casa ei părintească, pentru a se întoarce apoi dezamăgită la Viena. El încercase *mai întâi* cu *gentilețe și grijă*, apoi mai *energic și insistent*, cum se exprimase el, mă gândeam acum. Până la urmă conștientizase că Joana nu putea fi salvată. În seara sinuciderii își luase rămas-bun de la el, ca de obicei când se ducea la Kilb. La șase dimineața, băcănița îl sunase la Viena că Joana se spânzurase; băcănița i-o spusese lui *imediat, fără ocolișuri*, spre deosebire de cum procedase cu mine, nespunându-mi imediat, ci doar treptat și abia după ce o descususem eu. Băcănița i-a spus lui John imediat că Joana s-a omorât, că s-a spânzurat, mie însă *nu* imediat. Această constatare fusese cauza unei speculații mai îndelungi la care reflectasem în timp ce ședeam în fotoliul cu urechi. John îi este mai familiar decât îi sunt eu, îmi spusesem în timp ce ședeam cu John și cu băcănița la masă la *Mâna de fier*, mă gândeam acum din fotoliul cu urechi, lui i s-a destăinuit imediat; cu el vorbește cum gândește, cu mine nu, cu mine vorbește ceremonios, ba chiar afectat, așa cum vorbesc oamenii de la țară cu cei de la oraș, așa-numiții oameni needucați cu așa-numiții educați, cei de categorie mai joasă, cum se cred ei, cu cei așa-zis sus-puși. John n-a fost surprins, după cum îi spusese deodată la masă băcăniței, cu care părea să fi avut deja de-un timp un contact mai strâns, mă gândeam din fotoliul cu urechi. Își luase paltonul, își pusese servieta neagră pe umăr și o pornise spre Kilb. Tot ce urmase fusese extrem de neplăcut, ne-a spus. Dacă a existat cineva în această zi la Kilb într-adevăr îndurerat, de-a dreptul zguduit de sinuciderea Joanei, atunci sigur acest John, mă gândeam, care nu este deloc așa decăzut precum crezusem tot timpul; la o privire mai atentă am remarcat deodată atâtea calități la acest om, încât curând am fost de părere că – deși până la urmă ea tot se sinucisese – el fusese o salvare pentru Joana, un om în care chiar își putuse găsi *refugiul*, un om în care se putuse încrede totuși șapte-opt ani, mi-am spus, căci fără acest *refugiu*, cum i-am zis eu, Joana s-ar fi sinucis probabil cu mulți ani în urmă, mă gândeam acum din fotoliul cu urechi. Joana își dorise să ajungă ceva deosebit la oraș, însă nu se putuse desprinde niciodată de Kilb, după spusele lui John, mă gândeam din fotoliul cu urechi; dar nu mai știu cum l-a întâlnit pe artistul tapiser Fritz. Când o cunoscusem eu pe Joana, era deja de mulți ani căsătorită cu Fritz al ei și, din câte credeam pe-atunci, erau foarte fericiți, în orice caz aceasta fusese impresia pe care mi-o lăsaseră de fiecare dată când îi vizitasem în Sebastiansplatz. De fapt, și în Sebastiansplatz mă simțisem la un moment dat ca la mine acasă, în acest atelier mare în care putusem întotdeauna să fac și să las, mai mult sau mai puțin, ce doream. Fritz și soția sa, Joana, născută Elfriede, fuseseră un *focar al vieții artistice vieneze*, în care așa-numita artă dramatică și așa-numitele arte plastice se uniseră într-o căsnicie ideală, așadar arta – sau cel puțin ceea ce consideram eu pe-atunci a fi artă în general – își găsise acolo un centru. În atelierul din Sebastiansplatz făcusem cunoștință la mijlocul anilor cincizeci cu aproximativ toți artiștii și pseudoartiștii și oamenii de știință și pseudoștiințifici vienezi importanți; chiar dacă pe-atunci încă nu erau faimoși, erau totuși deja cunoscuți și, cu timpul, am ajuns să mă consider și pe mine un astfel de artist, un scriitor în devenire, ca să zicem așa, *cu* ei și *prin* ei. Pe Nußdorferstraße din districtul al optsprezecelea aveam locuința, acolo dormeam pe săturate, iar în Sebastiansplatz din districtul al treilea aveam *templul de artă*, unde ajungeam spre ora cinci după-amiază și-l părăseam de obicei din nou abia spre trei dimineața. În niște încăperi înalte de șase sau șapte metri se aflau războaiele de țesut ale lui Fritz, la care lucra cu două sau trei ajutoare; la aceste războaie a creat covoarele lui căutate și lăudate încă de-atunci în toată Europa, cel puțin în rândul experților. O coincidență a făcut ca Fritz să ajungă dintr-un pictor care lucra în ulei, cum se exprima el foarte simplu, artist tapiser. Dădea întotdeauna impresia unui om liniștit, care nu făcea caz de inteligența lui și pentru care împărțirea precisă a programului de lucru era alfa și omega existenței lui; în tot timpul în care am avut de-a face cu el, n-a lăsat pe nimeni și nimic să-i perturbe vreodată ziua de muncă de opt ore, mă gândeam din fotoliul cu urechi. Ținea în colțul gurii o pipă englezească scurtă pe care n-o scotea din gură nici când vorbea cu cineva, ceea ce nu-i plăcea niciodată să facă în timp ce țesea, dar o făcea totuși cu sânge-rece, cum se spune. Continua să țină în gură această pipă englezească scurtă și când se răcea complet. Fratele lui era un arhitect de vază la Viena care construia clădiri mari de locuințe la periferie și pe care tapiserul nu-l pomenea niciodată altfel decât ca *distrugătorul urban genial*. Cu toate că a crescut într-o familie înstărită cu casă la oraș și o moșie ca să zicem așa princiară în regiunea viticolă din Baden, Fritz fusese totuși un *om* cât se poate de *modest*, cel puțin așa lăsase impresia până în momentul în care, cum am spus deja, *a fugit în Mexic*. Însă în Sebastiansplatz nu veneau doar artiști, ci tot felul de oameni așa-zis importanți, pe care-i descoperea Joana și-i invita acolo doar cu scopul de a-i satisface nevoia deja bolnăvicioasă de societate, pe de o parte, și de a face tapiseriile soțului ei mai cunoscute, mai renumite și mai scumpe, pe de alta; așa că era cât se poate de firesc că în Sebastiansplatz erau tot mereu invitați și ziariști și politicieni, adică de fapt exact acel amestec de oameni de care eu, un tânăr cu o dorință fierbinte de a-mi lărgi orizontul asupra lumii, aveam nevoie ca de aer, mă gândesc acum. În Sebastiansplatz am cunoscut o selecție reprezentativă ideală a populației urbane, care este necesară, ba chiar indispensabilă pentru un artist în devenire, cum se spune, dar mai cu seamă pentru un scriitor în devenire cum deja mă simțeam atunci prin toți porii; pot să spun cu convingere că Sebastiansplatz a constituit un fundament important pentru dezvoltarea mea intelectuală, al cărei curs mi s-a decis atunci, la începutul anilor cincizeci, o dată pentru totdeauna. Joana era atât de atrăgătoare – așa cum pot fi femeile frumoase din împrejurimile Vienei – și avusese pentru scopurile ei gustul ideal, exercitând o forță magnetică mare asupra societății vieneze artistice, științifice și politice. Își întâmpina oaspeții în Sebastiansplatz în rochii lungi cu modele schițate de ea, chiar dacă nu croite de ea, care imitau ba stilul indian, ba pe cel egiptean, ba pe cel spaniol sau roman. Manifesta la toate aceste recepții o veselie cuplată cu farmecul unei inteligențe originale foarte speciale, întruchipând ca să zicem așa spiritul artistic vienez, ceea ce, după cum e și firesc, le plăcuse întotdeauna tuturor celor veniți în Sebastiansplatz. După ce am participat la două-trei recepții ale lor, al căror mijlocitor fusese Auersberger, am devenit deodată oaspetele lor permanent preferat. Pe vremea aceea, nicio adresă vieneză nu mă atrăgea mai mult decât Sebastiansplatz și am ajuns să iubesc atelierul și pe artistul tapiser Fritz și pe Joana. Înainte de Sebastiansplatz nu cunoscusem niciodată un astfel de atelier, nu cunoscusem niciodată un *focar* autentic *al artei* atât de mare, și efectiv m-a fascinat totul în Sebastiansplatz, care a fost mulți ani centrul meu vienez. Am căpătat treptat în Sebastiansplatz o *noțiune a artei*, cum se spune, am cunoscut artiști, genii și oameni care voiau cu orice preț să fie și să devină artiști și genii. Observând-o pe Joana în Sebastiansplatz, putusem să văd cum *acționează* societatea, cum se dezvoltă ea și cum poți atrage și cultiva o atare societate și cum o poți întreține mereu și cum o poți cultiva iarăși și cum i te supui și în cele din urmă abuzezi de ea și profiți de ea. Ca să mă exprim simplu, în Sebastiansplatz studiasem societatea, nu numai societatea artei și a artiștilor, mă lămurisem ce este ea și mă clarificasem asupra ei. În Sebastiansplatz am văzut pentru prima dată corect *ce* sunt artiștii, *cum* sunt ei, *prin ce* sunt ceea ce sunt. Am văzut și ce nu sunt, ce nu pot să fie cât or trăi. În Sebastiansplatz am putut să-i studiez total nestingherit așa cum n-am mai putut niciodată după aceea, cu o intensitate maximă și deci cu o receptivitate maximă, pentru că atunci eram omul cel mai receptiv și mai intens. Abia în Sebastiansplatz am cunoscut corect ființele omenești; aș putea spune, desigur, că le cunoșteam deja dinainte, le cunoșteam mai bine decât alți semeni de-ai mei, dar abia în Sebastiansplatz am cunoscut corect oamenii, căci acolo am studiat în mod conștient toate tipurile umane. În Sebastiansplatz am început să fac din metoda mea de a privi și observa oamenii o artă personală și am deprins această artă pentru tot restul vieții. În Sebastiansplatz am învățat nu doar să admir rasa și societatea omenească, ci deopotrivă să le disprețuiesc, mă gândeam acum, ființele omenești făcându-mă să mă simt fericit și totodată să detest toți oamenii. Puterea și neajutorarea artiștilor și oamenilor în general mi-au devenit clare pentru prima dată în Sebastiansplatz, de parcă acolo aș fi putut ridica ceața de nepătruns care acoperise până atunci așa-numita societate artistică, mă gândeam. Niciodată înainte și niciodată după aceea n-am mai văzut atâția artiști la un loc aproape în fiecare zi și aproape în fiecare noapte, ca în Sebastiansplatz. Iar toți acești artiști – care probabil erau și au rămas în cea mai mare parte ceea ce am numit eu *nonartiști*, din câte mă gândesc acum – veneau în Sebastiansplatz și plecau de acolo zilnic, pe când eu *rămâneam* în Sebastiansplatz în cea mai mare parte a timpului, admirându-l pe Fritz, care ședea în fața tapiseriilor lui și lucra cu cea mai mare tenacitate la aceste tapiserii, și iubind-o pe Joana, care visa în cel mai mare dintre toate atelierele vieneze la faima ei. Dacă citesc astăzi în ziar un nume așa-zis important sau celebru, este aproape de la sine înțeles să mă gândesc că l-am cunoscut în Sebastiansplatz pe purtătorul acestui nume. În timp ce colegele Joanei care urmaseră și absolviseră odată cu ea Seminarul Max Reinhardt dispăruseră de mult în haznalele scenelor vieneze încă numeroase pe-atunci, Elfriede Slukal se transformase, într-un moment de clarviziune – cum voia ea însăși să creadă –, în Joana, iar apoi imediat și în soția artistului tapiser Fritz. În timp ce colegele ei trebuiseră să se prostească ani de zile spetindu-se și măcinându-și nervii în toate teatrele posibile și imposibile, în fața unui public cu o poftă patologică insațiabilă de distracții și amuzament, ridiculizându-se la picioarele unei literaturi iremediabil deplorabile, Joana renunțase probabil deja la visul unei cariere proprii și se concentrase întru totul pe cariera artistului ei tapiser. Întregul ei talent, care nu fusese numai unul artistic, ci și un *talent social fenomenal*, cum se spune, i l-a dedicat lui Fritz cel în totalitate devotat ei, iar în această privință, Joana a avut succes de la început. Căci fără Joana, Fritz n-ar fi devenit niciodată *artistul tapiser internațional* – așa cum a fost numit – care este astăzi și n-ar fi primit cu certitudine nici marele premiu de la São Paulo pentru creația sa *Munții asociativi* și, în concluzie, fără Joana n-ar fi nici profesorul faimos despre care se vorbește din când în când în ziare și reviste. Joana a renunțat la ea pentru Fritz, mă gândesc, însă nu și-a revenit niciodată după acest sacrificiu, ci l-a considerat probabil mereu doar cauza disperării pe care a trebuit s-o îndure toată viața, fără s-o arate niciodată în exterior, numai că această disperare a fost pesemne ceea ce a frânt-o, chiar dacă abia opt sau nouă ani mai târziu, după ce căsnicia ei se prăbușise și nefericita de ea încercase să se consoleze cu agentul comercial John. A făcut din Fritz ceea ce voise să facă din ea însăși, dar nu putuse, o personalitate artistică de vază, faimoasă, ba chiar renumită pe plan mondial. L-a propulsat pe Fritz la înălțime, întrucât nu reușise să ajungă ea însăși acolo, *Fritz* fusese deci în realitate cel potrivit să atingă renumele mondial, nu ea. În momentul în care Joana și-a dat seama că nu este adecvată pentru așa-numita carieră și cu atât mai puțin pentru așa-numita carieră internațională și un renume internațional, l-a forțat pe Fritz în carieră și în așa-numita carieră internațională, băgându-l într-un soi de cămașă de forță a carierei internaționale, după cum mă gândesc acum, ceea ce ei nu-i putea oferi satisfacție decât pe o perioadă limitată, nu pentru totdeauna. Fără Joana, Fritz ar fi rămas numai un pictor și țesător de covoare șarmant, mereu cu pipa-n colțul gurii, adecvat cerințelor clasei de mijloc, cred eu, tipul omului afabil care este mulțumit cu munca sa, pipa sa și un pahar cu vin, singur sau în doi, înainte de culcare. Joana, într-adevăr, l-a trezit brusc din mediocritatea lui, făcându-l mai întâi să se zbată ca să se ridice din punct de vedere artistic, pentru ca apoi să-l aducă la o adevărată înflorire artistică. Dar tapiseriile lui Fritz care atârnau pe pereții tuturor muzeelor importante ale Europei și tuturor etajelor directoriale importante ale unor concerne industriale și societăți de asigurare și bănci n-au putut s-o satisfacă pe Joana pe termen lung; cu cât numele și arta lui au devenit mai cunoscute și mai celebre, cu atât ea, autoarea acestei ascensiuni, s-a simțit mai abătută. Când Fritz și-a atins apogeul carierei, Joana și-a atins, firește, descurajarea maximă; dar ea nu și-a mai putut întrerupe munca, înălțarea și desăvârșirea lui Fritz tocmai în acest punct culminant care pentru ea a însemnat punctul cel mai de jos; în consecință, și-a ridicat opera de artă pe nume Fritz – la care a continuat să lucreze în exterior –, treptat spre culme, atunci când ea o ura deja de mult timp în străfundul ființei ei. Cred că Joana s-a distrus din cauza acestui proces care a forțat-o să-și propulseze opera de artă numită Fritz tot mai sus și mai sus pe înălțimi, prăbușindu-se astfel pe sine însăși într-un abis tot mai adânc. Cred că Joana a fost strivită în cele din urmă de greutatea imensă a operei mărețe de artă Fritz, pe care chiar ea o crease și desăvârșise și pe care o avea pe conștiință și deci, la o privire mai atentă, de Fritz al ei, pe care-l iubea din toată inima. Cred că ceea ce nu putuse realiza cu sine însăși, și anume nașterea unui mare artist, ba chiar a unuia de talie mondială, cum se spune, realizase cu Fritz, până ce acest lucru a devenit efectiv o realitate și, când a văzut ce făcuse, când și-a dat seama ce făcuse de fapt, s-a speriat de moarte și asta a omorât-o. Dacă noi înșine nu putem fi și deveni ceea ce vrem să fim și să devenim, hai să facem din altcineva ceea ce n-am putut face din noi înșine, recurgând, forțați de împrejurări, la persoana cea mai la îndemână, probabil că asta gândise Joana; așa că făcuse din Fritz această operă supradimensionată, care până la urmă o distrusese și o zdrobise pe ea, mă gândesc. Oricine îl cunoștea pe Fritz ar fi considerat imposibil ca acest om să devină un artist atât de faimos, renumit chiar pe plan mondial, ca opera lui să devină atât de renumită la nivel internațional, căci era evident pentru fiecare că tot ce-l definea se *împotrivea* tocmai unei astfel de faime, una de nivel mondial. Joana a făcut însă din Fritz un om renumit și celebru în toată lumea, cred eu, contrar a tot ceea ce gândeau alții. Joana a făcut din acest Fritz cumsecade omul de lume renumit pe plan mondial, cum este prețuit artistul nostru tapiser astăzi, mă gândesc, întrucât a investit în el fără reținere, cu o dorință pătimașă, tot ceea ce și-a refuzat ei înseși – o sete de glorie realmente neînfrânată. Fritz este opera Joanei, pot spune pur și simplu, și pot să merg încă mai departe și să spun că și arta lui Fritz, deci operele de artă ale lui Fritz, toate aceste tapiserii ale lui Fritz care sunt atârnate pe pereții muzeelor renumite din întreaga lume, sunt în realitate ale Joanei, așa cum tot ceea ce este Fritz astăzi *este de la* Joana, *este* Joana. Dar o astfel de idee nu este luată în serios, cred, cu toate că, de fapt, numai astfel de idei neluate în serios există cu adevărat, numai *astfel de* idei sunt și vor fi întotdeauna cele mai serioase. Noi gândim numai cu astfel de idei serioase neluate în serios, pentru a putea supraviețui, mă gândesc eu. Ce caut în această societate, cu care n-am mai avut niciun contact de douăzeci de ani și cu care n-am vrut să am niciun contact de douăzeci de ani și care și-a urmat drumul, așa cum și eu mi-am urmat drumul? mă gândeam din fotoliul cu urechi. Ce caut deci în Gentzgasse? m-am întrebat și mi-am spus că *am cedat* pe Graben în fața *unei sentimentalități de moment* și că n-ar fi trebuit niciodată să cedez unei astfel de sentimentalități detestabile. Și că pe Graben am avut un moment de slăbiciune și am procedat nedemn acceptând invitația soților Auersberger, disprețuiți și urâți de mine deja de atâția ani, mi-am spus în fotoliul cu urechi. Devenim pentru o clipă sentimentali și ne manifestăm ca atare la modul cel mai dezgustător, mi-am spus în fotoliul cu urechi, și comitem fărădelegea prostiei și mergem unde n-ar fi trebuit să mergem niciodată, mergem chiar la persoane disprețuite și urâte de noi, mă gândeam din fotoliul cu urechi; am venit în Gentzgasse, ceea ce a fost fără îndoială nu numai o prostie din partea mea, ci și o mârșăvie sfruntată. Devenim slabi și intrăm în capcană, cădem în capcana societății, căci această locuință din Gentzgasse nu este nimic altceva acum pentru mine decât o capcană socială în care am intrat. Căci este indubitabil că soții Auersberger nu simt decât ură față de mine, la fel ca toți acești oameni adunați aici în salonul de muzică deja rău mirositor de la ei, așteptându-l pe actorul de la Burgtheater care are *un succes atât de mare* în *Rața sălbatică*, după cum nu pregetă să tot repete Auersbergera, mă gândeam din fotoliul cu urechi. Îl așteaptă pe actor mult mai mult timp decât m-ar fi așteptat vreodată pe mine, mă gândeam. Actorul de la Burgtheater trebuie să fie punctul culminant al seratei lor, mă gândeam, acest nătărău teatral înfumurat! Numai din pricina acestui om respingător întârzie deja de două ore servirea unui supeu pe care Auersbergera l-a numit mereu *cină artistică*, pentru că, mă gândeam acum din fotoliul cu urechi, probabil își numește toate cinele de fiecare dată *cine artistice*, iar eu îmi amintesc de altfel foarte bine de ele ca fiind niște *cine respingătoare*. Indiferent că aveau loc în Maria Zaal sau în Gentzgasse, la soții Auersberger, cinele au fost întotdeauna mai mult sau mai puțin respingătoare; voiau să dea întotdeauna mesele cele mai grozave și fuseseră mereu convinși că cinele sau, mai bine zis, supeurile lor sunt cele mai grozave, dar întotdeauna fuseseră doar niște supeuri respingătoare, ridicole, cât se poate de grotești, ba chiar dezgustătoare, mă gândeam din fotoliul cu urechi. Trebuiau să fie cele mai fine și fuseseră întotdeauna cele mai insipide, trebuiau să fie cele mai grozave, cum am spus, și fuseseră totuși întotdeauna numai nereușite, ratate deplorabil, din câte îmi aminteam în fotoliul cu urechi. Trebuiau să fie puse pe masă întotdeauna mâncărurile cele mai bune, și totuși fusese mereu numai ceva nesatisfăcător, mă gândeam, avuseseră întotdeauna dorința ca supeurile lor să fie ceva realmente grozav și totuși rezultatul era de fiecare dată numai ceva de calitate inferioară, ba chiar penibil. De fapt, în ceea ce privește supeurile lor, nimic nu corespundea cu ce ar fi trebuit să fie: nici mâncărurile nu erau deosebit de bune, chiar dacă adesea *destul de* bune, și nici băuturile, care nu erau niciodată deosebit de bune, dar niciodată nici *destul de* bune, pentru că erau proaste întotdeauna, proaste din punct de vedere calitativ, și fie prea calde, fie prea reci, prea dulci sau prea acre, din câte îmi aminteam în fotoliul cu urechi. Iar ca amfitrioni, soții Auersberger *se făceau bucăți*, cum se spune, chiar de la începutul supeurilor sau cinelor date de ei; erau încontinuu pradă propriilor provocări oribile deja după primele îmbucături, după primele înghițituri, și-și târau oaspeții în viața lor haotică, fie că aceștia o voiau sau nu, netratându-și niciodată oaspeții cu considerație. Și când terfelirea reciprocă nu le mai ajungea, azvârleau fără scrupule cu murdăria lor conjugală în oaspeți și, pe lângă mâncarea lor realmente nesatisfăcătoare, își etalau și viscerele perverse, alungându-și în cele din urmă oaspeții a căror sensibilitate era pusă la încercare, cu certurile lor conjugale ordinare, cu insultele rușinoase și cu torentul de acuzații. Nu-mi amintesc de vreun supeu la ei, fie în Maria Zaal, fie în Gentzgasse, care să se fi încheiat fără o explozie conjugală – toate cinele lor, mai bine zis supeurile, explodau în final și lăsau în urma lor, întotdeauna în Gentzgasse și de cele mai multe ori la Maria Zaal, în adevăratul sens al cuvântului o ruină conjugală și o putoare maritală cumplită, mă gândeam din fotoliul cu urechi, în timp ce mă uitam în salonul de muzică. Soții Auersberger au avut, probabil în conștiința perversă a sărăciei lor sociale, întotdeauna senzația că trebuie să se ridice cât mai mult pe scara socială; *ea* din cauză că este numai vlăstarul unei familii nobile montane din Stiria mai mult sau mai puțin ridicole, iar *el* din cauză că mama lui a fost numai fiica unui ajutor de măcelar din Feldbach și tatăl un mic slujbaș comunal. Acest lucru le-a solicitat în final toată forța și energia, ceea ce se putea observa în orice moment la o privire mai atentă, din câte mă gândeam din fotoliul cu urechi: Auersbergera a vrut continuu, toată viața, să scape din originea ei, la fel ca Auersberger din a lui: Auersbergera să se desprindă din nobilimea idilică stiriană, Auersberger din destinul de slujbaș comunal al tatălui său și din presiunea deprimantă în care trăise mama lui ca fiică de ajutor de măcelar, ceea ce n-a putut lăsa decât o impresie grotescă asupra celor din jurul lor care aveau ochi să vadă și minte să gândească. Auersbergera a încercat mereu prin toate mijloacele să urce o treaptă mai sus față de ceea ce numesc eu nobilime idilică, dar care este mai degrabă respingător-înduioșătoare, deci să ajungă cel puțin pe treapta nobilimii rurale a baronilor și conților, pe care s-a străduit în van s-o atingă în numeroasele decenii de când îi cunosc. De fiecare dată când a atins măcar cu mâinile această treaptă mai sus-pusă a nobilimii rurale, a fost împinsă înapoi de cei care ocupau această treaptă mult dorită la care ajunsese în sfârșit, a fost respinsă brutal și cu putere de cei la care tânjea intens să ajungă, fapt care a durut mereu, din câte știu. Toate încercările ei de a ajunge pe această treaptă mai înaltă a nobilimii rurale și de a se agăța strâns de ea pentru mai mult timp, chiar dacă nu pentru totdeauna, au eșuat mereu, mă gândeam din fotoliul cu urechi. Costumările ei nu i-au folosit la nimic, mă gândeam din fotoliul cu urechi, așa cum nici soțului ei nu i-au folosit niciodată; acesta a eșuat mult mai drastic și lamentabil decât ea în eforturile lui de a urca pe scara socială, de a fi aristocrat și, din câte știu, toată viața și-a dorit mai mult să fie un aristocrat nătărău decât un compozitor bun, asta-i realitatea. De când îl cunosc, s-a îmbrăcat întotdeauna ca un conte stirian, deci firește că nu putuse renunța la un inel pompos cu sigiliu la mâna stângă, și întotdeauna a fost doar o apariție ridicolă, nu lipsit de spirit, cum s-a tot spus, dar ridicol până-n măduva oaselor. Auersberger doar nu este un prost, ci din contră, mă gândeam din fotoliul cu urechi, însă numai în această dorință de a fi aristocrat, cel puțin conte, și nimic altceva fusese mereu cel mai prost dintre toți așa-numiții *arivişti*, mă gândeam din fotoliul cu urechi. Așa cum a strigat la Kilb *o mâncare oribilă!*, apărând astfel ridicol și vulgar în fața tuturor, așa se arătase în prezența mea de sute, ba chiar de mii de ori ridicol și vulgar. Când își înălța capul și-și țuguia gurița pronunțând o sentință de moarte asupra mâncării și băuturii sau a oricărei alte bagatele, nu era nici spiritual, nici înduioșător, ci doar stupid și dezgustător.

Și, după cum mă gândeam acum din fotoliul cu urechi, cel mai dezgustător lucru la Auersberger era că el, care se numește oficial Auersberger și pentru mine s-a numit desigur întotdeauna doar Auersberger, și-a spus deodată *Auersberg* în loc de Auersberger, într-un acces de grandomanie socială. În clipa în care a cunoscut-o în Gentzgasse pe viitoarea lui soție, care făcea parte din nobilimea rurală și era atunci cea care-i închiriase camera, din câte știu, și-a retezat pur și simplu coada, deci ultima silabă din numele de familie, spunându-și din acel moment, în loc de Auersberger, doar *Auersberg*, pentru a da măcar impresia că provine dintr-o dinastie princiară austriacă veche de secole. Dacă dezgustul n-ar fi singurul cuvânt corect pentru această castrare perversă de nume, am putea să zicem, ignorând toate regulile jocului, că este cel puțin deplorabilă. Auersberger nu s-a comportat la Kilb altfel decât îl știam deja din anii cincizeci, când petreceam timp împreună. Nu s-a schimbat câtuși de puțin, mă gândeam din fotoliul cu urechi. După două-trei pahare s-a prostit în fața tuturor celor aflați la masă la *Mâna de fier* și și-a etalat circul auersbergerian infantil, mă gândeam, devenind deodată conștient de rolul său central și, cum se spune, *surclasându-i pe toți ceilalți*. Iar eu, după ce a spus *o mâncare oribilă*, m-am așezat la *Mâna de fier* la masa lui John și a băcăniței, întrucât ambii Auersbergeri, fiecare în felul său, îmi erau deja insuportabili prin simpla lor prezență. De îndată ce-i văzusem în hainele lor lipsite de gust, ea în acea *dirndl* a ei stiriană cu imprimeu albastru, el în haina stiriană scurtă din pânză de in, mi se făcuse rău, căci îmi dădusem seama imediat că cei doi nu se schimbaseră între timp, că ultimii douăzeci de ani, care aduseseră atâtea monstruozități peste lume și în lume, trecuseră într-adevăr fără urmă pe lângă cuplul Auersberger. Cât de jalnic de respingători erau acești Auersbergeri la masă la *Mâna de fier* și totuși și aici se adunaseră în jurul lor toți prietenii lor de altădată, fiind atrași de Auersbergeri ca de un centru magic, mă gândeam din fotoliul cu urechi. Oricât de ridicoli și de nemernici sunt, mă gândeam din fotoliul cu urechi, tot au în jurul lor ceata socială de acum treizeci și douăzeci de ani, ceata socială din anii cincizeci. De parcă într-adevăr nu s-ar fi schimbat nimic în acești douăzeci de ani, soții Auersberger se aflau iarăși în centrul acelor artiști care se strângeau în jurul lor și acum treizeci de ani. Care poate fi motivul? mă gândeam din fotoliul cu urechi. N-am ajuns la nicio concluzie. Fenomenul acesta m-a preocupat deodată în fotoliul cu urechi: Cum este posibil ca soții Auersberger, care n-au câștigat niciodată niciun ban, să continue să existe – și m-am gândit cât de inepuizabilă trebuie să fi fost inițial bogăția lor, încât și după treizeci și cinci de ani care trecuseră de la căsătoria lor să fie în continuare nu numai protejați și întreținuți de această bogăție, ci de-a dreptul extrem de răsfățați și în ziua de azi, după cum văd. Auersberger n-avea decât geniul său natural, mă gândeam din fotoliul cu urechi, o muzicalitate realmente extraordinară, un talent colosal pentru limbi, o inteligență ieșită din comun, chiar dacă se înrudea cu nebunia, în fond tocmai din acest motiv; dar n-avea nicio para chioară, dacă fac abstracție de faptul că înainte de căsătorie fusese ani de zile profesor la un Conservator din Viena, ceea ce nu putuse să-i aducă însă decât salariul unui foarte mic funcționar, în timp ce Auersbergera, care se numea înainte *von Reyer*, provenea, așa cum am crezut mereu, dintr-o familie înstărită, dar, din câte știu acum, realmente bogată. Sursa bogăției ei erau, printre altele, o serie de proprietăți funciare, pe care tatăl ei le cumpărase între cele două Războaie Mondiale pe o nimica toată în jurul lui Maria Zaal, printre care și acel așa-numit *Ansitz*[1], o clădire veche de cinci sute de ani, fost tribunal salzburghez pentru litigii medicale, în care Auersbergerii locuiesc peste vară, când în Gentzgasse li se pare zăpușeala prea mare și aerul prea închis, așa că, la fel ca toți vienezii înstăriți, fug și ei la sfârșitul lui iulie la țară, ba ei chiar de la sfârșitul lui mai. Aceste proprietăți sunt situate în jurul lui Maria

1. Reședință.

Zaal[1], care a fost odată una dintre localitățile stiriene cele mai frumoase, faimoasă mai ales pentru o biserică mare de pelerinaj, numită cu respect de locuitorii de acolo *Dom*, într-adevăr o bijuterie arhitectonică romano-gotică. Din aceste proprietăți trăiesc Auersbergerii deja de aproape treizeci și cinci de ani, mă gândeam din fotoliul cu urechi, din vânzarea acestora. Un unchi al soților Auersberger, care este un avocat stirian renumit, a pus să fie parcelate aceste terenuri și le-a vândut și le mai vinde și în ziua de azi. E jalnic să vezi ce a devenit Maria Zaal prin vânzarea terenurilor auersbergeriene, mă gândeam din fotoliul cu urechi. Acolo unde încă acum douăzeci de ani se întindeau cele mai frumoase câmpii și pajiști au fost ridicate zeci de așa-numite case pentru o familie, o casă mai urâtă ca cealaltă, în cea mai mare parte prefabricate, pe care cumpărătorii lor le puteau comanda direct din depozitele din împrejurimi, cuburi oribile de beton pe care au fost bătute în cuie de tot felul de maiștri tinichigii șleampeți acoperișuri ondulate ieftine din azbociment. Acolo unde fusese o pădurice, acolo unde înflorea o grădină primăvara și se veștejea în culorile cele mai pitorești toamna, se întind acum abcesele de beton ale vremurilor noastre, care nu mai țin deloc cont de

1. A se vedea nota de la pagina 18, în care am explicat că localitatea reală este Maria Saal.

peisaj, în general de natură, fiind guvernate numai de lăcomia de bani motivată politic, de isteria proletară de beton, mă gândeam din fotoliul cu urechi. În fiecare an, una sau mai multe proprietăți din Maria Zaal ale soților Auersberger sunt vândute acelor oameni din zona Maria Zaal care o ruinează treptat complet prin atitudinea lor primitiv-josnică față de construcții, de fapt au ruinat-o deja, căci am fost o dată, acum vreo doi sau trei ani, la Maria Zaal, incognito ca să zic așa, în drumul meu din Italia la Viena, și nu mi-a venit să-mi cred ochilor, mă gândeam din fotoliul cu urechi, în ce măsură Maria Zaal este deja distrusă chiar și numai din cauza vânzării perverse a terenurilor cuplului Auersberger. Fiecare vânzare a unui teren al Auersbergerilor, care nu câștigă bani prin muncă, nefiindu-le necesar, cum vă puteți imagina, distruge o bucățică din natura din Maria Zaal și, așa cum am văzut cu propriii ochi, distruge Maria Zaal; căci dacă acum douăzeci de ani Maria Zaal era pur și simplu unul dintre cele mai frumoase locuri din Stiria, acum este, prin lipsa de scrupule a Auersbergerilor, unul dintre cele mai urâte – ăsta-i adevărul, mă gândeam din fotoliul cu urechi. Auersbergerii au această bijuterie stiriană pe conștiință, mă gândeam din fotoliul cu urechi, după care mi-am dat seama deodată că nu acei oameni mărunți din regiune mânați în isteria construcțiilor de timpurile noastre oribile sunt cei care au distrus peisajul din Maria Zaal, ci soții Auersberger. Nu cei ale căror case respingătoare au pocit și ruinat aproape întreaga regiune a localității Maria Zaal, odinioară atât de frumoasă, nu cei care, ca pretutindeni în Austria, și-au *scremut* pur și simplu casele lor în zonă, pentru că nimeni nu le-a spus cum să le *construiască*, trebuie să fie oamenii cărora să li se reproșeze, așa cum se face, ci soții Auersberger, care se află de fapt în spatele acestei situații, căci ei îl îmboldesc în fiecare an pe unchiul lor avocat să vândă și ultimele lor terenuri rămase, iar acesta le va și vinde până la ultima proprietate, pentru ca ei, fără a trebui să miște nici măcar un deget, să-și poată continua viața socială mai mult sau mai puțin inutilă, mă gândeam din fotoliul cu urechi. *Onaniști perfizi ai societății*, mă gândeam în timp ce ședeam în fotoliul cu urechi, ce cuvinte adevărate, cum bine le-a spus-o odată în față tapiserul Fritz, așa cum îmi amintesc din fotoliul cu urechi. Auersberger a vrut să fie compozitor și totuși acest epigon al lui Webern n-a devenit nimic altceva decât un *copist social* decăzut, transformat într-un neghiob din cauza averii soției sale. Rareori am fost atât de furios pe Auersbergeri ca în această seară. Oameni ca Joana se sinucid, mă gândeam din fotoliul cu urechi, iar paraziți și copiști sociali ca Auersbergerii trăiesc și trăiesc și trăiesc și se plictisesc toată viața și îmbătrânesc și îmbătrânesc și îmbătrânesc și nu sunt decât nefolositori. Oameni ca

Joana sfârșesc cu o funie pusă de ei înșiși în jurul gâtului și sunt băgați într-un sac de plastic și înmormântați la modul cel mai ieftin, iar oameni ca Auersbergerii nu știu câte supeuri să mai dea câtor actori de la Burgtheater dintr-o plictiseală scârboasă și o sastisire generală stupidă, mă gândeam din fotoliul cu urechi. Oameni ca Joana au ani de-a rândul numai strictul necesar și se omoară până la urmă, în timp ce oameni ca Auersbergerii au totul din abundență și ajung bătrâni și foarte bătrâni și fac umbră pământului degeaba, mă gândeam. Pe un om ca Joana îl părăsesc până la urmă toți și nu-i mai pasă nimănui de el, în timp ce astăzi, la fel ca acum douăzeci și acum treizeci de ani, ei se adună în jurul unor oameni ca soții Auersberger. Cinele auersbergeriene nu sunt altceva decât un obicei pervers, îmi spuneam în fotoliul cu urechi. Acești oameni au o casă la țară și o deschid pentru această adunătură artistică urbană nu din filantropie, firește că nu, ci din plictis scârbos și interes personal nerod și se folosesc de această adunătură artistică urbană care tânjește după o gură de aer de țară și continuă să vină acolo la ei sub pretextul prieteniei din tinerețe. Auersbergerii îi jignesc, storc totul din ei și îi bruschează, așa cum m-au jignit, m-au stors și m-au bruscat și pe mine ani de zile, iar această adunătură artistică urbană, așa cum i-am numit acum pentru mine pe toți cei care stau jos și stau în picioare prin salonul de muzică, mai și vine în Gentzgasse, ca să le *mulțumească* pentru asta. Toți cei care stau jos și stau în picioare acum prin salonul de muzică, inclusiv eu, au fost ani la rând, decenii la rând în Maria Zaal oaspeții soților Auersberger și i-au lăsat să se folosească de ei acolo, i-au ajutat să-și depășească plictiseala auersbergeriană rurală și să facă față extravaganțelor lor rurale, zile întregi, săptămâni întregi, luni întregi, ani întregi și nu și-au dat seama că n-au fost decât maltratați și exploatați și abuzați de Auersbergeri; erau invitați spre a se abuza de ei, și nu, cum le-au dat întotdeauna de înțeles soții Auersberger, din prietenie, din dragoste sau din orice alt motiv absurd ipocrit ar fi născocit aceștia, mă gândeam din fotoliul cu urechi. Ca să-și cimenteze căsnicia destrămată, soții Auersberger mă invitaseră la ei în Maria Zaal nu pentru a-mi oferi un loc în care să-mi *petrec vacanța*, așa cum pretinseseră, ci ca să aplanez dezbinările mariajului lor – cum se gândiseră ei, dar nu-mi spuseseră, desigur, nimic în acest sens –, mă invitaseră nu pentru a mă răsfăța câteva săptămâni sau luni, ba chiar *un an întreg* sau *doi*, cum spuseseră ei. Prima dată când m-au invitat la Maria Zaal nu o făcuseră ca să mă dădăcească în chip altruist pe mine, care le lăsasem probabil impresia unui om decăzut și degradat și pe jumătate flămând, ci efectiv mă ademeniseră fără scrupule în capcana lor de la Maria Zaal, pentru a le face suportabil infernul conjugal, nu ca tânăr subalimentat, ca să zicem așa, care avea nevoie de grija și dragostea lor, ci ca mijloc salzburghez nebunesc ca să-și atingă *ei* scopul de a fi salvați de el din infernul lor conjugal. Și fusesem suficient de naiv ca să nu recunosc imediat capcana pe care mi-o întinseseră ca fiind capcană și am intrat orbecăind în această capcană și am fost prostul lor salzburghez deja de la început și apoi m-au prostit tot mai mult în Stiria lor oribilă, după cum mă gândeam acum din fotoliul cu urechi. Îmi amintesc cum, când am terminat Mozarteum, mi-am mototolit furios cu ambele mâini diploma de absolvire, așa că devenise un ghem lipicios de hârtie pe care l-am băgat în buzunarul pantalonilor. Apoi, aflându-ne la aniversarea unei anume zile de naștere în Sebastiansplatz, m-au invitat la Maria Zaal, mă gândeam acum din fotoliul cu urechi, iar eu le-am acceptat invitația, pentru că n-am știut că soții Auersberger mă invitaseră la Maria Zaal în infernul lor conjugal. Se năpustiseră cu infamie pe acel tânăr salzburghez naiv și îl invitaseră la reședința lor din Maria Zaal. Și eu le-am acceptat invitația, ceea ce fusese o nebunie, după cum mi-am dat seama, din păcate, abia mai târziu. Oameni ca soții Auersberger spun că au bani și o bucată de pământ frumoasă și mare, chiar imensă și o casă la fel de frumoasă și de mare, chiar imensă, iar noi, care n-aveam toate astea, cădem în capcana lor, mă gândeam. Suntem influențați de abundența lor și cădem în capcana lor. Vedem numai fațada lor, auzim numai suprafața din ceea ce spun și cădem în capcana lor. Suntem impresionați de ceea ce ne debitează și cădem în capcana lor, mă gândeam din fotoliul cu urechi. Vorbesc ceva despre o casă mare, veche, cu încăperi boltite mari și frumoase și ceva despre plimbări lungi pe tot felul de terenuri care sunt ale lor și despre mese delicioase în grădina lor și despre excursiile lor zilnice cu mașina de la un castel la altul, iar noi suntem impresionați și cădem în capcana lor. Ne zugrăvesc o lume rustică de un lux absolut și suntem impresionați și cădem în capcana lor rustică luxuriantă, mă gândeam din fotoliul cu urechi. Tot timpul vorbesc despre ceea ce posedă, *despre bogăția lor fără margini*, fără să vorbească efectiv despre ea, iar noi suntem impresionați și cădem în capcana lor. Vorbesc despre bucătăriile lor bine utilate și pivnițele lor pline și bibliotecile lor cu zece mii de volume, iar noi suntem impresionați și cădem în capcana lor. Menționează apele lor pline de pești și morile lor și gaterele lor, însă nu și paturile lor, iar noi suntem impresionați de ei și intrăm în capcana lor și în paturile lor, mă gândeam. Și pentru că noi înșine am ajuns mai mult sau mai puțin la un capăt de drum, așa ca mine atunci la începutul anilor cincizeci, și nu știm încotro s-o luăm mai departe, nu știm încotro s-o apucăm, suntem *profund impresionați de ei* și cădem de bunăvoie în capcana lor.

Când am terminat Mozarteum, eram dezorientat și nu știam ce să fac, așa că am plecat la Viena, dar Viena n-a fost pentru mine o soluție, ci doar deznădejdea rece, brutală, și sigur că am căzut în capcana auersbergeriană, în capcana lor, care era cât pe ce să fie capcana destinului meu, mă gândeam din fotoliul cu urechi. Instinctul lor n-a dat greș, instinctul lor a nimerit drept la țintă, căci atunci, la începutul anilor cincizeci, eu eram cea mai bună dintre toate posibilitățile pentru soții Auersberger, pe care acum, deodată, nu-mi mai amintesc cum și unde i-am cunoscut. Știu, ce-i drept, mă gândeam din fotoliul cu urechi, că pe Joana am cunoscut-o prin Jeannie Billroth în Sebastiansplatz, dar nu mai știu unde i-am cunoscut pe *ei*, pe soții Auersberger. Și brusc m-am întrebat, oare unde am făcut cunoștință cu Auersbergerii, dar nu mi-am mai adus aminte, n-am reușit să-mi mai amintesc, uitasem pur și simplu. M-am tot gândit, dar degeaba, nu mi-am adus aminte. În ultimul timp am adesea astfel de stări de slăbiciune momentane, de debilități mintale, mă gândeam din fotoliul cu urechi, ceea ce nu este de mirare având în vedere toate bolile mele, toate bolile mele de nervi – și este de la sine înțeles după toate prin care trecusem deja astăzi. Și mi-am spus că în anul acesta, din care nici nu s-a scurs încă prea mult, am fost deja *de cinci ori* la înmormântarea unui prieten sau a unei prietene. Deodată mor toți, mă gândeam, și cei mai mulți și-au luat singuri viața, mi-am spus. Sunt la cafenea și deodată îi apucă s-o ia agitați la fugă pe stradă și îi calcă o mașină, sau își pun ștreangul de gât, sau îi lovește damblaua. După ce am depășit cincizeci de ani, ne ducem toată ziua la o înmormântare, mă gândeam. Curând o să am mai mulți prieteni și mai multe prietene la cimitir decât în oraș, mă gândeam. Cei născuți la țară se duc la țară ca să se omoare, mă gândeam. Preferă sinuciderea în casa părintească. Și de fapt sunt toți bolnavi, fără excepție. Dacă nu se omoară, atunci mor de la bolile lor, cu care s-au pricopsit din neglijență, și am repetat de câteva ori ca pentru mine cuvântul *neglijență*, de parcă mi-ar fi făcut plăcere să-l rostesc în fotoliul cu urechi, și am tot spus cuvântul *neglijență* până ce i-a frapat pe oamenii din salonul de muzică faptul că spuneam încontinuu cuvântul *neglijență*, așa că nu l-am mai spus când am observat că au început deodată să se uite la mine din salonul de muzică spre antreu. Cu ei toți fusesem prieten cu treizeci, ba chiar cu douăzeci și cinci de ani în urmă, mă gândeam, fără să mai pot înțelege acum de ce. Mergem un timp cu unii oameni în aceeași direcție, după care ne trezim și le întoarcem spatele. Eu am fost cel care le-a întors lor spatele, nu ei mie, mă gândeam. Ne prindem de ei și deodată îi detestăm și ne desprindem de ei. Alergăm ani de zile în urma lor și le cerșim afecțiunea, mă gândeam, și când, deodată, obținem afecțiunea lor, n-o mai vrem deloc. Fugim de ei, iar ei ne ajung din urmă și ne trag cu putere spre ei și noi ne supunem lor, fiecărui ordin al lor, mă gândeam, și capitulăm în fața lor, până ce fie murim, fie ne dezlănțuim. Fugim de ei și ei ne ajung din urmă și ne zdrobesc. Fugim după ei, îi implorăm să ne accepte și ei ne acceptă și ne ucid. Sau îi evităm încă din start și reușim toată viața noastră să-i evităm, mă gândeam. Sau cădem în capcana lor și ne sufocăm. Sau reușim să scăpăm de ei și îi criticăm aspru, îi ponegrim, răspândim minciuni despre ei, mă gândeam, ca să ne salvăm pe noi, îi defăimăm oriunde putem, ca să ne salvăm din mâinile lor, fugim de ei de parcă ar depinde viața noastră de asta și îi acuzăm peste tot că ne-ar avea *ei pe noi* pe conștiință. Sau reușesc ei să scape de noi și ne ponegresc și ne acuză și răspândesc toate minciunile posibile despre noi, ca să se salveze din mâinile noastre, mă gândeam. Credem că au murit deja și apoi îi întâlnim și ei ne salvează, dar nu le suntem recunoscători că ne-au salvat, dimpotrivă, îi blestemăm, îi urâm pentru asta, îi urmărim tot restul vieții cu ura noastră pentru faptul că ne-au salvat. Sau ne băgăm în sufletul lor, ei ne resping, noi ne răzbunăm și îi ponegrim, îi criticăm aspru peste tot și îi urmărim cu ura noastră chiar până-n mormânt. Sau ne ajută la momentul decisiv să ne redresăm, iar noi îi urâm pentru că ne-au ajutat să ne redresăm, așa cum ei ne urăsc pentru că i-am ajutat să se redreseze, mă gândeam din fotoliul cu urechi. Le-am făcut o dată un serviciu și credem apoi că avem dreptul la recunoștința lor veșnică, mă gândeam din fotoliul cu urechi. Suntem prieteni cu ei ani de zile și dintr-odată nu mai suntem prieteni tot restul vieții și n-avem habar de ce. Îi iubim cu atâta pasiune, încât pur și simplu ne îmbolnăvim de dragoste și ei ne resping, urăsc dragostea noastră, mă gândeam. Primim de la ei totul și îi urâm pentru asta. Nu suntem nimic și ei fac ceva din noi și îi urâm pentru asta. Venim din Nimic, cum se spune, și ei fac uneori din noi un geniu și nu le iertăm niciodată că au făcut un geniu din noi, de parcă ar fi făcut din noi un criminal, mă gândeam din fotoliul cu urechi. Căpătăm totul de la ei, mă gândeam din fotoliul cu urechi, și-i pedepsim din cauza asta pe viață cu dispreț și ură. Le datorăm totul și nu le iertăm niciodată că le datorăm totul, mă gândeam. Credem că avem drepturi când de fapt n-avem niciun fel de drept, mă gândeam. Nimeni nu are vreun drept, mă gândeam. Totul pe lume este *numai* nedreptate, mă gândeam. Oamenii sunt nedreptatea și nedreptatea este totul – ăsta-i adevărul, mă gândeam. Dispunem numai de nedreptate, mă gândeam. Acești oameni au pretins mereu că sunt ceva, în realitate n-au fost nimic; ba pretind că sunt cultivați și nu sunt, ba că sunt dotați cu simț artistic, cum se zice, și nu sunt, ba că sunt omenoși și nu sunt, mă gândeam. Și doar n-au făcut întotdeauna decât să pretindă că ar fi cumsecade, odată ce numai cumsecade nu sunt. Și mai ales pretind că ar fi naturali, dar n-au fost niciodată naturali, totul la ei a fost mereu numai artificial, iar când susțineau și deci pretindeau că sunt filozofici, nu erau nimic altceva decât niște suciți; și mi-am amintit din nou cu ce ostilitate îmi spuseseră pe Graben că-și cumpăraseră *totul de Wittgenstein*, la fel cum spuseseră cu douăzeci și cinci de ani înainte că aveau acum *totul de Ferdinand Ebner*[1]*;* pe-atunci pretinseseră, cu aceeași lipsă de gust, că au cunoștințe de filozofie sau cel puțin un interes în ale filozofiei, întrucât fuseseră de părere că așa ar trebui în prezența mea, în fața mea, care – după cum crezuseră atunci și probabil mai cred și azi – sunt un om filozofic, un filozofant, ceea ce însă nu sunt, căci în fond eu nu știu nici până azi ce este *un filozof* și deci nici ce înseamnă a *filozofa*. Ba pretindeau că ar înțelege ceva din literatura franțuzească, ba din cea spaniolă, ba din cea nemțească, și este adevărat că am luat cunoștință la ei și deci prin ei de foarte mulți poeți spanioli și francezi și cu cei mai mulți germani, mai ales la Maria Zaal, unde au o bibliotecă mare, mult mai mare și decât cea din

1. Ferdinand Ebner (1882–1931) – profesor și filozof austriac, considerat, împreună cu Martin Buber și Franz Rosenzweig, unul dintre reprezentanții de seamă ai filozofiei dialogice.

Gentzgasse, care poate fi considerată deja destul de mare și de reprezentativă, ba chiar științifică. Pe aceasta și-a alcătuit-o străbunicul Auersbergerei, tot de dragul aparenței, iar urmașii lui, adică soții Auersberger, au scos probabil în treizeci de ani cel mult de douăzeci sau treizeci de ori un volum din ea, pe când eu mă năpustisem de-a dreptul, cum s-ar putea zice, asupra acestor biblioteci din Gentzgasse și din Maria Zaal, cu patima neștiutorului, după cum trebuie să admit acum. Poate că nu atât Auersbergerii înșiși au fost ceea ce m-a legat la început de Gentzgasse iar apoi și de Maria Zaal, ci mai degrabă bibliotecile vaste constituite de strămoșii lor efectiv numai pentru aparență – aparența științificității, a culturii, a omniștiinței metropolitane, care a fost mereu la modă. Omniștiința, mă gândesc eu, a fost în toate timpurile la modă și chiar dacă în ultimele două decenii a devenit puțin desuetă, acum este din nou ultimul răcnet. Au vrut întotdeauna să salveze aparențele, pentru că n-au fost niciodată capabili de ceva real, mă gândeam, totul la ei a fost mereu doar aparență, chiar și relațiile sociale, chiar și propria lor relație, chiar și propria căsnicie au fost numai aparență, s-au prefăcut doar că ar avea o căsnicie, întrucât nu puteau și nu pot avea de fapt una reală, mă gândeam din fotoliul cu urechi. Și nu numai soții Auersberger au dus dintotdeauna o viață a aparențelor, ci toți acești oameni din salonul de muzică au trăit mereu numai după aparențe, niciodată în mod real, n-au trăit niciodată un moment de realitate, mă gândeam. Toți oamenii ăștia n-au avut niciodată curajul și niciodată puterea și niciodată dragostea de adevăr necesare pentru o viață reală, mă gândeam. Au trăit toți mereu numai *în conformitate cu moda*, mă gândeam, și-au înfășurat întotdeauna moda în jurul lor pentru ca aceasta să fie aparența lor și au devenit în totalitate sclavii acestei înveșmântări, și cum era la modă în Viena să-l citești pe Ferdinand Ebner, l-au citit pe Ferdinand Ebner, iar cum astăzi este la modă să-l citești pe Wittgenstein, îl citesc pe Wittgenstein; însă sigur că nu l-au citit niciodată pe Ferdinand Ebner și nici azi nu-l citesc pe Wittgenstein, ci căraseră acum treizeci de ani volumele lui Ebner acasă, cum fac azi cu volumele lui Wittgenstein, și vorbesc despre ele și nu le citesc, și vorbesc atât de mult timp despre ele, fără să le citească, până când, deodată, cele despre care vorbesc neîncetat, uneori chiar ani întregi, nu mai sunt la modă, așa că brusc nu mai vorbesc despre ele. Întrucât în ziua de azi se vorbește atât de mult despre Wittgenstein, cum se vorbise odinioară la Viena despre Ferdinand Ebner, mă gândesc acum că Wittgenstein a fost mai degrabă filozof decât profesor, iar Ferdinand Ebner mai degrabă profesor decât filozof, și că Wittgenstein va supraviețui și va intra în istorie ca filozof, nu însă și Ferdinand Ebner, care a intrat în istorie numai ca profesor. Soții Auersberger și-au dat întotdeauna aere că ar fi măreți, așa cum și-au dat și aere că ar fi artiști și desigur în primul rând aere că ar fi umani, dacă nu chiar supraumani, mă gândeam, când de fapt nu *puteau* fi în acest teatru al lor altceva decât jalnici și niciodată ceea ce *voiau* să fie cu adevărat, ceea ce voiau să fie în realitate: oameni de cel mai înalt rang, aristocrați, aparținând *înaltei* aristocrații, ce mai încolo și-ncoace. Ce a fost atât de grotesc la ei e că toată viața au ținut morțiș la această imagine respingător-comică asupra lumii care i-a sleit zi și noapte de puteri, mă gândesc. Dar soții Auersberger s-au pretins și mecena, mă gândeam, și oricând invitau pe cineva din afara aristocrației considerau că au făcut un act de mecenat. În cele din urmă, eu le acordasem titlul de *mecena rurali*, ca pe un soi de ordin carnavalesc, iar ei îmi luaseră în serios gluma amarnică. În loc să fi făcut călătorii *însemnate* și să se fi perfecționat în toate privințele în timpul lor, ei – care au avut mereu atâția bani, încât și-ar fi permis toate călătoriile *însemnate* posibile – își risipeau timpul și deci deceniile imitând așa-numita clasă de vârf, vrând să fie aristocrați. Se epuizau ca imitatori de aristocrați în megalomania lor aristocratică, de care nu-i putea vindeca nimic, de fapt nici nu voiau să fie vindecați, după cum mă gândeam. Își dădeau aere de artiști, mă gândeam, dar erau în fond numai niște mic-burghezi, fiind mult prea slabi ca să se comporte ca și cum ar face parte din burghezia adevărată, și cu atât mai puțin din marea burghezie, ceea ce, în această slăbiciune a lor, și disprețuiau. Astfel îi prădau la maximum pe cei care le căzuseră vreodată pradă. Dar cei prădați erau ei înșiși vinovați de prădarea lor, mă gândeam, căci se lăsau cu bună știință prădați de cuplul Auersberger și trăgeau din această prădare cele mai mari foloase; da, victimele prădării auersbergeriene savurau în realitate prădarea lor, așa cum și eu am savurat ani la rând prădarea mea de către Auersbergeri, beneficiind finalmente de ea ca de o cură tămăduitoare – ăsta-i adevărul; și în cele din urmă chiar m-am însănătoșit prin această cură auersbergeriană salutară de prădare și m-am vindecat în adevăratul sens al cuvântului, căci fusesem bolnav când i-am cunoscut pe Auersbergeri, grav bolnav, la trup și la cap, o singură mare boală învăluindu-le. Cura auersbergeriană de prădare m-a făcut acum treizeci de ani să-mi redobândesc sănătatea (chiar dacă nu și fericirea), mă gândeam. Dar eu îi disprețuiesc și îi urăsc, deși m-au vindecat acum treizeci de ani, mă gândeam acum din fotoliul cu urechi. Cu toate că ei m-au salvat acum treizeci de ani, mă gândeam, și eu i-am salvat – ăsta-i adevărul. Acum ei pretind că dau *cina artistică* pentru artiști, dar în realitate o dau numai pentru propria lor stare jalnică, o dau, ce-i drept, așa cum pretind acum, pentru actorul care acceptă să fie sărbătorit peste tot ca actor la Burgtheater – așa cum toți actorii de la Burgtheater acceptă să fie sărbătoriți mereu și peste tot și în cotloanele cele mai îndepărtate ale acestui oraș –, pentru *interpretul principal*, plin de succes și puternic aclamat din *Rața sălbatică*, pentru Ekdal, dar de fapt o dau numai pentru ei înșiși, o dau pentru invitați, dar în realitate numai pentru ei înșiși, așa ca întotdeauna, mă gândeam din fotoliul cu urechi. Au cumpărat cantități imense de mâncare, ca să le prepare pentru oamenii artistici și apoi să-i trateze, când de fapt cumpăraseră numai pentru ei înșiși, gătiseră numai pentru ei înșiși, iar la urmă numesc mecenat această *cină artistică* a lor. Povestesc săptămâni întregi la Viena că au dat o cină pentru Ekdal din *Rața sălbatică*, dar nu spun că actorul de la Burgtheater a venit la ei pentru că s-au milogit de el săptămâni întregi să le facă această vizită, că aproape s-au sfâșiat între ei pentru a pune ghearele pe el, cum se spune la Viena. Ei spun că au dat o cină pentru actorul de la Burgtheater, o *cină artistică*, și totodată și pentru o mulțime de alți artiști, care, ca să zicem așa, nu sunt chiar la fel de grozavi ca actorul de la Burgtheater, dar sunt totuși artiști mari, tot niște artiști, un fel de „tot-artiști-și-ei". Ei spun că-i dau actorului de la Burgtheater o cină, dar în realitate probabil că l-au șantajat pe acest actor de la Burghteater să vină la cina lor, căci toate invitațiile lor au fost în definitiv întotdeauna niște șantaje, mă gândeam din fotoliul cu urechi. De fapt, toată viața lor socială s-a datorat întotdeauna șantajului; oricare ar fi fost modalitatea în care s-au dat importanți pe plan social și au încercat să atragă atenția asupra lor și o mai fac și azi, a fost și este mereu numai pe bază de șantaj, mă gândeam. Chiar dacă oamenii merg la cinele lor mai mult sau mai puțin de bunăvoie, cuplul Auersberger i-a șantajat totuși să vină. Mai bine ar avea acum la masa lor din Gentzgasse aristocrați, adică oameni despre care ei, Auersbergerii, credeau că sunt aristocrați, deci ceea ce ei, Auersbergerii, înțeleg prin aristocrați, și nu pe cei care chiar au venit în această seară la ei, mă gândeam din fotoliul cu urechi, mai bine un prinț scăpătat, un conte decăzut și suita sa decât *acești oameni artistici*, care de fapt îi oripilau, căci adevărul e că nu dădeau doi bani pe tot ce era artistic, pretinzând doar că i-ar interesa, așa cum pretind și că acest supeu pe care îl dau ar fi o *cină artistică*, dar de fapt îl dau pentru aparențe, mă gândeam. Dar dacă tot nu au nici prinț, nici conte la masa lor, atunci *măcar un actor de la Burgtheater*, considerau ei probabil – asta gândeam din fotoliul cu urechi, exact în momentul în care și-a făcut intrarea actorul căruia i s-a spus tot timpul numai *actorul de la Burgtheater*, pentru că este angajat de treizeci sau patruzeci de ani la Burgtheater și este numit de treizeci sau patruzeci de ani actorul de la Burgtheater. Auersbergerii m-au pus la masă tocmai vizavi de scriitoarea Jeannie Billroth, adică față în față taman cu acea persoană de care fusesem dezgustat în această după amiază la Kilb în mod special. Luaseră deja cu toții loc în sufragerie, înainte să mă poftească și pe mine să iau loc la masă, mă poftiseră atât de târziu, încât trebuia să presupun că or fi uitat de mine și probabil că și uitaseră de mine, mă gândesc. Ațipisem efectiv de epuizare o clipă sau mai multe pe fotoliul cu urechi, căci m-am trezit când m-au poftit în sufragerie, în oribilitatea lor Empire desăvârșită. Auersbergera mă chemase pesemne când ieșise din salonul de muzică și pășise în antreu, dar eu n-o auzisem un timp, căci când am auzit-o prima dată rostindu-mi numele, am știut pe loc că mă chemase deja de câteva ori. Auersbergera chiar a crezut că trebuie să mă trezească zgâlțâindu-mă de umăr, dar eu i-o luasem înainte, împingându-i poate nițel cam brusc mâna la o parte, fără ca aceasta să apuce să-mi atingă umărul. În semiîntunericul antreului nu i-am putut vedea expresia feței, dar gestul meu neașteptat de respingere trebuie s-o fi jignit, mă gândesc. Însă m-am ridicat imediat și am urmat-o în sufragerie, în care, după cum am spus, ședeau deja toți la masă, în centrul lor fiind actorul de la Burgtheater, a cărui apariție o ratasem dormind, după cum îmi dau acum seama. Nu-l auzisem intrând, dar cum trebuise să treacă pe lângă mine ca să ajungă în sufragerie, adică direct prin dreptul meu, fără ca eu să-l fi auzit, înseamnă că ațipisem de-a binelea – presupun că oi fi adormit câteva minute, aproape o jumătate de oră sau poate mai mult. M-am așezat încă buimac la masă. Am văzut cum bucătăreasa aduce supa, ce chestie absurdă la unu fără un sfert noaptea, m-am gândit. Toți au mâncat iute, ascultând ce avea de spus actorul de la Burgtheater, în timp ce-și înghițea supa. Azi *n-a fost o seară bună*, zicea actorul de la Burgtheater, nu *seara mea cea mai bună*, cum s-a exprimat el; spectatorii strigaseră de câteva ori la Akademietheater *mai tare, mai tare*, pentru că vorbise probabil prea încet, ne spunea el, nu știa cum și de ce, dar se mai întâmplă ca un actor, complet mistuit în arta sa, ca să zicem așa, să uite total, în timp ce-și joacă absorbit rolul, de public, care însă mai vrea să și audă ceva inteligibil, pe lângă ceea ce vede de la el. Își mănâncă supa la fel de șleampăt cum joacă, mă gândeam, în timp ce nu la el mă uitam, ci la scriitoarea Jeannie Billroth, care și ea, firește, îl observa pe actorul de la Burgtheater, părând să înregistreze ca pe ceva total ieșit din comun, extraordinar, unic, tot ce spunea actorul în timp ce-și vâra repede supa în gură. Iată-mă vizavi de Virgina Woolf vieneză, această creatoare insipidă de poezie și proză, care, asta mi-a devenit deodată clar, toată viața s-a scăldat numai în kitsch-ul ei mic-burghez. Și o atare persoană îndrăznește pur și simplu să spună că scrie mai bine decât Virginia Woolf – pe care eu, de când mi-am putut forma o opinie literară competentă, am admirat-o, considerând-o în fruntea tuturor scriitoarelor –, că ea, Billroth, ajunsese în romanele ei *mai departe* decât *Valurile*, mai departe decât *Orlando*, mai departe decât *Spre far*. Jeannie și-a arătat la Kilb din nou latura mic-burgheză, mă gândeam acum în timp ce ședeam vizavi de ea și blestemam această *cină artistică* grotescă și dezgustătoare, devenită acum efectiv și în cel mai adevărat sens al cuvântului un *supeu artistic* din cauza actorului de la Burgtheater. Să servești la ora unu fără un sfert noaptea supă de cartofi și să anunți că urmează șalău fiert este deja o perversitate de care numai soții auersbergerieni sunt capabili, îmi spuneam în timp ce ședeam vizavi de Jeannie, care-și mânca supa ca întotdeauna în maniera ei, cu degetul mic de la mâna dreaptă ridicat cu cel puțin un centimetru prea mult. Să servești un șalău la unu fără un sfert noaptea din cauza unui actor de la Burgtheater, în a cărui barbă – întrucât înfulecase deja cu mare viteză jumătate din supa lui de cartofi, de parcă ar fi fost *lihnit de foame* – se prinseseră acum resturi de supă! Ekdal, spuse în timp ce lua din supă, Ekdal a fost deja de zeci de ani *rolul visurilor mele*. Apoi a continuat, băgând iar o lingură de supă în gură, luând de fapt o dată la două cuvinte o lingură de supă, așa că spunea

Ekdal a și lua supă și spunea *fost mereu* și lua supă și *rolul meu* și lua două linguri de supă și zicea *preferat de* și lua iar două linguri de supă și spunea *zeci de* și pauză pentru supă *ani și* – și iar supă – *a fost* și apoi, după alte două linguri, a spus *rolul visurilor mele*, exact de parcă ar fi vorbit despre o prăjitură, mă gândesc. A zis de mai multe ori *Ekdal este rolul meu preferat* și m-am întrebat imediat dacă ar fi repetat iar și iar despre Ekdal că este rolul său preferat și în cazul în care n-ar fi avut succes cu Ekdal al lui. Dacă un actor are succes într-un rol, spune că este rolul său preferat, dar dacă n-are succes în rolul lui, nu spune că este rolul lui preferat, mă gândeam. Actorul de la Burgtheater lua mereu câte o lingură de supă și spunea că Ekdal este rolul său preferat. Ca și cum doar el ar avea ceva de spus, toți ceilalți n-au rostit mult timp nicio vorbă, ci și-au mâncat supa și s-au holbat la actor. Dacă actorul de la Burgtheater mânca repede supa, mâncau și ei repede supa, dacă mânca mai încet, mâncau și ei mai încet, iar când el a terminat și ultima lingură de supă, au fost și ei gata cu supa lor. Ei își terminaseră de mult supa, iar farfuria mea era încă pe jumătate plină. Nu mi-a plăcut, așa că n-am mâncat-o. În *Rața sălbatică* a putut să joace în fine așa cum și-a dorit dintotdeauna să joace, spuse patetic actorul de la Burgtheater. Dacă ar fi avut parteneri ceva mai buni și deci ideali, spuse – numai că n-a avut partenerii cei mai buni, n-a avut niște parteneri ideali, căci în afara lui, toată *distribuția* din *Rața sălbatică* este penibilă –, această *Rață sălbatică* ar fi fost *un succes imens* nu doar în ceea ce-l privește pe el însuși, ci *ca întreg*. Așa că totul s-a concentrat pe el și ziarele au scris exclusiv despre el; nu *Rața sălbatică* a fost un eveniment, ci el; Ekdal al lui a fost marele eveniment, nu această reprezentație, ne-a zis. Și ce ar fi această *Rață sălbatică, tot acest Ibsen*, scriseseră cu toții mai mult sau mai puțin voalat, dacă n-ar fi fost el? El unul avea o părere foarte bună despre Ibsen, ca și despre Strindberg, în general despre scriitorii numiți nordici, dar serios acum, ce ar fi acești scriitori fără astfel de actori ca el, asta o zice cu toată modestia și cât se poate de deschis, ne explica el. Dar în acești dramaturgi zăcea mult mai mult decât scriau ziarele, după opinia lui... și *actor măreț ici, actor măreț colea*, Ibsen este cu adevărat scriitor, ca și Strindberg de altfel, amândoi niște *genii foarte mari ale istoriei literaturii, dar ce ar fi ei de fapt fără niște actori măreți!* Actorul de la Burgtheater trebuie să fi băut deja cel puțin două-trei pahare cu șampanie după sosirea lui în locuința din Gentzgasse, m-am gândit când l-am auzit spunând că dramaturgia prinde viață abia *când o aduce la viață un actor bun*. După care și-a pus ambele mâini pe masă, și-a înălțat capul de cabotin și i-a spus lui Auersberger: *Mi-a plăcut foarte mult compoziția dumitale, dragă prietene*. La care

Auersberger și-a lăsat capul în jos, deci epigonul lui Webern își lăsase capul în jos în clipa în care actorul de la Burgtheater și-l înălțase pe al lui, când spusese *Mi-a plăcut foarte mult compoziția dumitale, dragă prietene.* La care toți au tăcut și s-au gândit că acum va fi servit șalăul, dar s-au înșelat, căci bucătăreasa a intrat fără niciun fel de bucate, întrebând doar dacă s-ar putea aduce acum șalăul. Auersbergera i-a spus bucătăresei că se putea servi acum șalăul. Noi, actorii, suntem obișnuiți să luăm masa târziu, spuse actorul de la Burgtheater, noi mâncăm de cele mai multe ori abia după miezul nopții. Este caracteristic pentru noi, actorii, spuse actorul de la Burgtheater, să mâncăm abia după miezul nopții. O viață nesănătoasă, viața omului de teatru, adăugă apoi, și își rupse un saleu în două. Însă actorul se obișnuiește cu acest stil de a mânca după miezul nopții, spuse actorul de la Burgtheater, și imediat după aceea zise iarăși că Ekdal este rolul său de vis ca niciun altul. Trebuie să ai parte de o dramaturgie de înaltă clasă ca să te pui cel mai bine în valoare, spuse actorul de la Burgtheater. O jumătate de an l-a studiat pe Ekdal, chiar se retrăsese odată pentru acest *studiu al lui Ekdal* timp de trei săptămâni într-o *cabană montană izolată în Alpii tirolezi*, și abia acolo, *în această solitudine autentică*, spuse actorul de la Burgtheater, i se *dezvăluise cu adevărat* acest Ekdal. Actorii abordează fie prea devreme, fie prea târziu anumite roluri, dar un rol ca Ekdal *trebuie abordat în singurul moment potrivit*, era el de părere, *marea dramaturgie, marile roluri trebuie abordate întotdeauna în singurul moment potrivit*. Ekdal a fost dintotdeauna rolul meu de vis, spuse, dar nu-l înțelesesem niciodată corect pe Ekdal. Abia când m-am concentrat în cabana din munți pe nimic altceva în afara lui Ekdal, am priceput ce este acest Ekdal și în general ce este *Rața sălbatică. Ce este în general Ibsen!* exclamă el. Cabana din munți a fost cea care a făcut să i se aprindă *lumina Ekdal*, acolo, *în cabana din munți mi s-a aprins lumina*, spuse actorul de la Burgtheater și se lăsă pe spate, după care spuse că a mâncat întotdeauna cu mare plăcere șalău, *preferabil șalăul de Balaton, șalăul autentic din Balaton*, iar Auersbergera spuse, întrerupându-l pur și simplu din studiul asupra lui Ekdal, că bineînțeles va pune pe masă doar un șalău autentic de Balaton, ce alt fel de șalău să pună! Ekdal trebuie abordat cu cea mai mare precauție, spuse actorul de la Burgtheater. Hoinărim luni de zile prin oraș și ne batem capul și nu-l înțelegem pe Ekdal și n-avem niciun fel de relație cu Ekdal, deși ne-am gândit întotdeauna că ni-l simțim aproape și ne atrage ca nicio altă figură a literaturii universale, și ne cam cuprinde în final disperarea și renunțăm la tot, spuse, iar apoi mergem pe munte și ne izolăm în cabana montană și... ni se aprinde lumina. *Cu Prospero mi-a mers exact la fel*, spuse actorul de la Burgtheater. *Dacă va fi să-l joc pe Lear*, spuse, *voi merge din nou în cabana din munți, însă înainte să plec nu voi aștepta luni de zile aici, în acest oraș de groază, până îmi vine iluminarea.* Atmosfera tiroleză a fost cea care i l-a *revelat* pe Ekdal, spuse actorul de la Burgtheater. O cabană plasată la peste o mie opt sute de metri altitudine, spuse. Departe de orice civilizație. *Fără lumină electrică. Fără gaz. Fără societate de consum!* exclamă când se aduse în fața lui farfuria încălzită, fiind poftit să ia din șalău. *Trebuie să ne urcăm pe înălțimile alpine ca să căpătăm perspectiva corectă asupra lumii*, spuse și-și mai luă o a doua bucată de șalău. De altfel, adăugă, n-a *întruchipat* niciodată până acum un rol din Ibsen, un rol din Strindberg da, pe Edgar în *Dansul morții*, dar *niciodată un rol din Ibsen*, nici măcar pe Peer Gynt în tinerețe, ceea ce ar fi fost totuși lucrul cel mai firesc. Avem de-a face cu atâția regizori, spuse, și nu primim niciodată rolurile pe care vrem să le jucăm cu adevărat. Și nici dramaturgii care ne *merg la inimă*. Vrem să jucăm un autor spaniol și trebuie să ne mulțumim cu unul francez, spuse, vrem să-l jucăm pe Goethe și suntem condamnați la Schiller, vrem să apărem într-o comedie și ne obligă să acceptăm o tragedie. Nici măcar faima nu ne înlesnește să jucăm întotdeauna ceea ce vrem să jucăm, spuse actorul de la Burgtheater. De câte ori se întâmplă, spuse, să ni se promită în sfârșit un rol pe care-l putem numi unul dintre rolurile noastre preferate, ca până la urmă să fie distribuit totuși un alt actor în acest rol preferat. În teatre, spuse, nu se întâmplă nimic conform planului, niciun plan nu este realizat în teatru așa cum fusese el făcut inițial. Ceea ce reprezentăm în final și ceea ce se poate vedea în final constituie întotdeauna numai un compromis, unul putred. La vârsta lui însă, un actor ca el s-a obișnuit de mult cu această situație, trăiește cu ea, spuse. *Chiar și la Burgtheater, prima scenă a Europei*, cum s-a exprimat, *au loc până la urmă numai compromisuri. Dar ce compromisuri!* a exclamat, lăsând să se înțeleagă că aceste *compromisuri la Burgtheater tot teatru mare* înseamnă; și a adăugat că orice nereușită la Burgtheater este în definitiv tot Burgtheater, vrând să spună că la urma urmei *Burgtheater este și rămâne un teatru mare* chiar și în eșecurile lui. Ce zicea era ridicol. Eu de-abia îmi mai puteam ține ochii deschiși de oboseală, în schimb actorul de la Burgtheater n-a mai fost brusc absolut deloc obosit, lucru foarte vizibil la el; noi însă eram cu toții obosiți de la ziua extenuantă, mai cu seamă de la înmormântarea Joanei și apoi de la așteptarea enervantă a actorului care durase peste două ore. Unui astfel de rol ca Ekdal îi dedici aproape o jumătate de an, spuse actorul de la Burgtheater, iar în această jumătate de an trebuie renunțat la orice altceva, deci *un astfel de Ekdal te acaparează în totalitate*, îți răpește orice confort și tihnă, *în timp ce îl repeți*, după cum s-a exprimat el; și, în definitiv, nu este o plăcere să stai săptămâni întregi într-o cabană tiroleză de munte și să te închizi în această cabană de munte din cauza unui astfel de Ekdal, aproape numai cu apă și pâine și supă de mazăre și dormind într-un pat prost și stând mai tot timpul nespălat – iar apoi oamenii, spectatorii, să n-aibă habar de toate astea și să nu te onoreze câtuși de puțin pentru asta. *Chiar dacă aplaudă și este un mare succes, ca acest Ekdal*, spuse actorul de la Burgtheater, *prețul pentru o astfel de dăruire, ba aș spune chiar sacrificare de sine, este prea mare.* Dar destinul de actor nu este efectiv altceva decât un *destin de sacrificiu*, au fost spusele lui, vrând să ironizeze remarca aceasta, ceea ce nu i-a reușit, căci tuturor le era cât se poate de clar că vorbise de fapt serios. Un astfel de Ekdal, spuse, cere totul de la un actor. *Întâi să pătrunzi în operă*, spuse, *și încă cum. Apoi să-l înțelegi pe dramaturg cu adevărat și apoi să înțelegi rolul cu adevărat și apoi perioada lungă de repetiții*, care l-a costat toată toamna și toată iarna. Începem repetițiile la sfârșitul lui august, spuse, și, când terminăm cu repetițiile, nici nu știm că e deja din nou primăvară. Da, la Shakespeare este cu totul altceva, spuse, fără să zică apoi *de ce* este cu totul altceva decât la Ibsen. Sau la Strindberg. În timpul perioadei de repetiții, dacă nu trebuie să joace chiar atunci într-o altă piesă și să apară pe scenă, se bagă în pat la ora zece seara și se trezește la șase dimineața. Își *memorează* de altfel textul în fața *geamului deschis*, pășind de-a lungul și de-a latul dormitorului. A fost întotdeauna un avantaj că nu sunt căsătorit, spuse deodată. Umblu aproximativ de la șapte la unsprezece prin dormitor încoace și-ncolo și memorez textul. Mă duc la repetiții cu tot textul învățat, spuse. Deja de la prima repetiție știu textul în totalitate, ceea ce-i uimește întotdeauna pe regizori, spuse actorul de la Burgtheater. Cei mai mulți actori vin la repetiție fără să-și știe textul. Eu am întotdeauna în minte tot textul meu când începe repetiția. Dar este dezgustător când colegii nu-și știu textul. Este dezgustător, repetă și mai luă o bucată de șalău, care era servit cu un sos cu prea multe capere. Dacă nu mi-aș fi construit în '54 casa din Grinzing, cine știe dacă nu m-aș fi dus totuși pe o scenă germană, spuse actorul de la Burgtheater. Ofertele au fost *numeroase*. Aș fi putut juca la Berlin, la Köln, la Zürich. Dar ce sunt toate aceste orașe în comparație cu Viena? spuse. Noi urâm acest oraș și totuși îl iubim ca pe niciun altul, spuse. În timp ce zicea că *acest succes cu Ekdal nu putea fi nicidecum prevăzut*, o urmăream pe scriitoarea Jeannie Billroth, care începuse să se agite pentru că se simțea neglijată, neputând fi în această seară în centrul atenției așa cum își dorea întotdeauna să fie, și nu reușise să spună până acum niciun cuvânt din cauză că actorul de la Burgtheater vorbise tot timpul, deşi ea tot încercase să intervină. Căutase de câteva ori să facă o remarcă după ce spunea ceva actorul de la Burgtheater, dar el nu-i lăsase această şansă. Însă acum, când actorul de la Burgtheater afirmă că Ekdal este rolul cel mai dificil pe care-l studiase şi interpretase vreodată, ea spuse că după părerea ei Edgar strindbergian este un rol mai dificil, *Edgar este mult mai dificil*, spuse, *decât Ekdal*, în orice caz ea are impresia de fiecare dată când îl citeşte pe Edgar că el este mult mai dificil decât Ekdal; pe Ekdal nu l-a considerat niciodată un rol dificil, făcând abstracţie de faptul că toate rolurile, indiferent care, sunt dificile, dacă vor să fie bine jucate şi dacă sunt bine jucate, deci ea îl percepe întotdeauna la lectură pe Edgar ca fiind mult mai dificil decât Ekdal. *Nu!* strigă actorul de la Burgtheater, *rolul mai dificil este Ekdal, asta-i foarte clar*. Aici nu poate fi de acord cu actorul de la Burgtheater, continuă Jeannie Billroth, dând apoi a înţelege că studiase odinioară teatrologia, *de altfel chiar la renumitul profesor Kindermann*[1], aşa că a spus şi în această seară din nou ceea ce spunea mereu în astfel de ocazii – că este o elevă a lui Kindermann; este posibil ca un actor să creadă că Ekdal este rolul mai dificil, spuse Jeannie Billroth, dar de fapt este cel

1. Heinz Kindermann (1894–1985) a fost profesor de teatrologie la Universitatea din Viena, unde a fondat Institutul de Teatrologie.

al lui Edgar. Nu, îi spuse actorul de la Burgtheater scriitoarei Jeannie Billroth, trebuie să înțelegeți că dacă ești, așa ca mine, de zeci de ani actor, și anume actor la Burgtheater, și de când îți amintești joci numai în rolurile principale, atunci știi despre ce vorbești. Desigur, ca teatrolog ai în general alte concepții despre teatru, spuse actorul de la Burgtheater, dar nu încape îndoială că Ekdal este rolul mai dificil, iar Edgar rolul mult mai ușor, mai ușor în ceea ce privește interpretarea unui astfel de rol, nu uitați asta, îi spuse actorul de la Burgtheater lui Jeannie Billroth. Aceasta nu se dădu mulțumită cu ceea ce spusese actorul de la Burgtheater și zise că de când există Edgar și Ekdal a reieșit mereu că Ekdal este rolul mai ușor de jucat, și nu Edgar. Kindermann, profesorul ei, doar a și demonstrat asta cât se poate de clar într-o scriere, această scriere a lui Kindermann are titlul *Edgar și Ekdal, o comparație*, oare actorul de la Burgtheater n-a citit această scriere, îl întrebă Jeannie Billroth, la care actorul de la Burgtheater spuse că nu cunoaște această scriere a lui Kindermann. Asta-i regretabil, spuse Jeannie Billroth, căci dacă actorul de la Burgtheater ar fi citit expunerile lui Kindermann despre Edgar (al lui Strindberg) și Ekdal (al lui Ibsen), înainte să înceapă să repete Ekdal, și-ar fi scutit *foarte multe aspecte neplăcute* în ceea ce privește studierea *Raței sălbatice;* iar Auersberger, care pândise în tot acest timp momentul să poată spune și el ceva, exclamă brusc: *Și șederea toate săptămânile alea în cabana montană!* La care actorul de la Burgtheater își dori deodată o altă temă, căci spuse că pe drumul spre Gentzgasse și-a pierdut o mănușă. Dacă n-ar fi fost deja atât de târziu, s-ar fi întors din drum pentru a căuta mănușa pierdută. Însă așa nu s-a putut întoarce, ca să nu-i țină pe Auerbergeri și mai mult *în tensiune*. Oamenii nu știu la ce se expun, zise, când îl invită la cină. Este ușor de formulat o astfel de invitație, dar ce înseamnă ea află gazdele abia când văd că cel invitat tot n-a apărut nici la douăsprezece și jumătate noaptea. *Da, ce ți-e și cu actoria asta!* spuse actorul de la Burgtheater de parcă ar fi una dintre acele propoziții pe care le spune tot mereu când se află în încurcătură și nu știe ce altceva să zică. Auersbergera, care ceruse să fie adus din nou la masă șalăul, era de părere că este regretabil că actorul de la Burgtheater își pierduse în drum spre Gentzgassse una dintre mănuși, căci a pierde *o* mănușă era la fel de rău cu a le pierde pe amândouă, o singură mănușă fiind inutilă. Da, spuseră toți cei de la masă, cu toții pierduseră o dată o mănușă și gândiseră exact la fel. Este posibil însă ca cel care găsise mănușa s-o aducă. *Da' unde s-o aducă, mă rog?* își întrebă Auersberger soția izbucnind în râs, ceea ce provocă pe loc și râsetele celorlalți, așa că râseră de întrebarea auersbergeriană către soția lui despre cine unde să fi predat sau să predea încă această mănușă pierdută; după care efectiv fiecare mesean relată povestea *lui* despre mănușă, căci fiecare de la masă își pierduse deja o dată o mănușă și resimțise pierderea unei singure mănuși la fel de dureros ca pe pierderea întregii perechi de mănuși. Niciunul nu-și mai găsise mănușa pierdută, niciuna dintre aceste mănuși disparate pierdute nu fusese adusă vreodată, spuseră ei. Ah, dacă ar fi doar o pereche de mănuși, spuse Auersbergera și istorisi încă o poveste a ei despre mănuși. Era, acum vreo douăzeci de ani, la toaletă la Theater in der Josefstadt și și-a lăsat acolo mănușile negre de seară. *Ambele mănuși de seară*, preciză și privi în jurul ei. Se juca *Der Zerrissene*, de altfel *una dintre cele mai bune piese ale lui Nestroy*, spuse. În pauză își lăsase mănușile de seară la toaletă, iar după sfârșitul spectacolului se dusese iute la toaletă presupunând că mănușile ei de seară se mai află pe masa pe care le pusese. *Eram firește sigură*, spuse ea, *că în Josefstadt mănușile mele vor fi acolo unde le lăsasem. Dar dispăruseră.* Femeia care făcea curățenie la toaletă nu știa nimic despre niște mănuși lăsate acolo, spuse Auersbergera. Și imaginați-vă, spuse, două săptămâni după această reprezentație cu *Der Zerrissene*, mi-au fost înapoiate mănușile de seară. Anonim, spuse, lăsându-se o clipă pe spate în scaunul ei Empire, anonim și cu un bilet mic pe care scria: *Cu salutări cordiale.* Nici până în ziua de azi nu știu cine mi-a trimis mănușile de seară, spuse. Puțin după aceea, actorul de la Burgtheater îi zise direct: *Un șalău excelent, un șalău de Balaton autentic*, iar ceilalți au dat a înțelege că au aceeași senzație că șalăul pe care tocmai îl mănâncă este unul autentic de Balaton. Ce ți-e și cu actoria asta! spuse actorul de la Burgtheater, care-și ștergea din când în când gura și barba cu un șervet băgat în gulerul cămășii. Când am jucat odată la München, cu peste douăzeci de ani în urmă, *ținând în ultima clipă locul cuiva* – dar nu asta contează, spuse –, în rolul lui Heinrich, am întâlnit acolo, în Kaufingerstraße, un coleg pe care-l știam încă dinainte de război și cu care împărțisem odată o cameră subînchiriată în Lerchenfelderstraße: neîncălzită, după cum bănuiți, cu șobolani, nimic de mâncat, spuse, doar știți cum era pe-atunci, americanii încă nu sosiseră, rușii erau deja aici, Renner[1] la putere, știți dumneavoastră. L-am întrebat pe acest coleg de ce a plecat din Viena. Păi, mi-a spus colegul, pentru că sunt sătul de Viena până-n gât. Dar München? l-am întrebat pe coleg, spuse actorul de la Burgtheater, ștergându-și din nou gura și barba. Colegul mi-a răspuns: Și de München sunt sătul până-n gât! Atunci puteai să rămâi foarte bine la

1. Karl Renner (1870–1950) a fost un politician și jurist austriac. A fost cancelar federal, iar din 1945 până la moartea sa în 1950 a fost președintele Austriei.

Viena, dacă și de München ești sătul până-n gât! îi spusesem colegului meu. De altfel, acest coleg era angajat atunci la Residenztheater, același tip de roluri pe care le jucam și eu, spuse actorul de la Burgtheater, poate o voce prea subțire pentru rolurile în care juca, voce de Strindberg, cred eu, spuse actorul de la Burgtheater, da, categoric voce de Strindberg, nu pentru personaje Ibsen, Goethe da, Shakespeare nu, nu pentru personaje Ibsen, cât de cât pentru Molière, dar nu pentru Nestroy, Nestroy sigur nu, spuse, poate și cam gras, stil de viață nedisciplinat, spuse actorul de la Burgtheater, originar din Vöcklabruck[1], provincial la bază, fire blândă, voce cam subțire, s-a căsătorit de tânăr, după primul copil a divorțat, a fost angajat mult timp la Volkstheater. Atunci puteai să rămâi foarte bine la Viena, i-am spus. Avea o zvâcnire facială ciudată, un om plin de umor, dar își risipea mereu toți banii, un tip libertin, foarte libertin, spuse actorul de la Burgtheater. I-am spus că-l repet pe Edgar. Da, Edgar, a spus el. Nu mă-nteresează, a spus. Nu te-nteresează, nu te-nteresează, i-am spus. Era atât de frig, n-aveam mănuși la mine, am înghețat tot timpul. Îl repet pe Edgar, am spus încă o dată, dar el nu mă mai asculta. Pe Edgar îl repet! i-am strigat, spuse actorul de la Burgtheater. După care m-am întors și am plecat. Un om drăguț, spuse actorul de

1. Localitate în Austria Superioară.

la Burgtheater și mai luă o lingură plină cu sos pentru șalău. A doua zi am citit în *Abendzeitung* că s-a omorât. În Kaufingerstraße, unde locuia, ceea ce nu știam. *Se spânzurase!* scandă actorul de la Burgtheater. Actorii sunt predestinați să se omoare, să se spânzure! spuse actorul de la Burgtheater. Eu nu sunt tipul sinucigașului, spuse, nu, absolut deloc, absolut deloc, absolut deloc. Dar când mă gândesc câți s-au sinucis deja din breasla mea! Oameni talentați, foarte talentați, spuse actorul de la Burgtheater, *toți stofă de mari comedianți*, și ei se sinucid. Am fost ultimul care a vorbit cu el, spuse actorul de la Burgtheater. Un prieten din tinerețe. Cei mai buni se sinucid, spuse, și luă o înghițitură din paharul cu vin alb. Vremea joacă întotdeauna un rol foarte important, când cineva se omoară, spuse. *De altfel*, spuse el, melancolizat acum de povestea lui despre actorul care se sinucisese la München – dar care îi și amintise totodată de faptul că Joana, pe care toți ceilalți de la masă, în afara lui, o cunoșteau, se omorâse săptămâna trecută și fusese înmormântată la Kilb chiar în această după-amiază (ceea ce auzise cu siguranță de la Auersbergeri) –, *am văzut-o totuși pe această Joana o dată, și anume când a ținut la Burgtheater o prelegere despre arta mișcării, cum o numea ea.* Mi-amintesc foarte clar de ea, spuse, luând deodată un soi de atitudine de om în suferință, introducând și în glasul lui o notă de jale, o persoană talentată, însă complet neadecvată la Burgtheater. Acest curs a fost o idee nefericită, spuse actorul de la Burgtheater, explicând că în acest an fusese deja de câteva ori la înmormântarea unor colegi ai lui, *un număr mare de morți printre actori cum n-a mai fost niciodată*, spuse, *și printre artiștii de cabaret*, adăugă apoi. Ah, da, spuse, adresându-se direct scriitoarei Jeannie Billroth, știu ce înseamnă să pierzi o prietenă de-o viață. Dar la o anumită vârstă îi pierdem pe toți cei care reprezintă ceva pentru noi, pe care îi iubim. Mai luă o înghițitură din vinul său alb și Auersbergera îi mai turnă în pahar. Măcar să fie o moarte rapidă, spuse. Nu este nimic mai cumplit decât un bolit de lungă durată. Să te prăbușești mort, ăsta-i un noroc, spuse. Dar eu nu sunt tipul sinucigașului, repetă. Se omoară mai multe femei decât bărbați, spuse, la care scriitoarea Jeannie Billroth spuse că nu-i adevărat, statistic este dovedit că anual se sinucid exact de două ori mai mulți bărbați decât femei. Suicidul este treabă bărbătească, spuse ea. Citise un studiu despre sinuciderile în Austria, iar din acest studiu reiese că în Austria se omoară anual, *procentual față de numărul de locuitori*, cum s-a exprimat ea, mai mulți oameni decât în orice altă țară europeană. Ungaria este pe locul doi la rata de sinucideri, Suedia pe locul trei. Iar în Austria se omoară mai ales salzburghezii, și interesant este că tocmai oamenii care trăiesc în zonele considerate cele mai frumoase ajung cel mai frecvent să se sinucidă. *Stirienii sunt destul de înclinați spre sinucidere*, spuse Auersberger, care era la ora asta deja beat criță și devenise agitația în persoană, trebuie să zic. Îi spuse actorului de la Burgtheater că el, Auersberger, se mira că se omorau atât de puțini actori de la Burgtheater, când de fapt aveau toate motivele s-o facă. Încă în timp ce rostea aceste vorbe, pe Auersberger îl pufnise râsul la cele pe care tocmai le spusese, ceea ce însă nu li se păruse celorlalți altfel decât penibil, căci îl săgetaseră, ca să zic așa, cu privirile lor dojenitoare; eu însumi izbucnisem numai scurt în râs și mă gândisem că Auersberger, deși se poartă întotdeauna atât de respingător, are din când în când un oareșicare umor de bufon, făcându-mă să râd chiar și pe mine, care nu sunt totdeauna dispus la glume. Ce vreți să ziceți prin asta? îl întrebase apoi actorul de la Burgtheater pe Auersberger. Foarte simplu, îi răspunsese Auersberger actorului de la Burgtheater, dacă actorii de la Burgtheater ar vedea cât de mizerabil joacă teatru, ar trebui să se sinucidă cu toții. Cu excepția persoanei dumneavoastră, adăugă Auersberger și-și goli paharul. Păi, dacă aveți o astfel de părere despre Burgtheater, oare de ce mai mergeți acolo? La care Auersberger răspunse că n-a mai fost de zece ani la Burgtheater. Însă Auersbergera își corectă pe loc soțul, zicând că a fost cu el acum două săptămâni la

Der Verschwender[1]. *Ah, da, la* Der Verschwender, spuse Auersberger, *într-o reprezentație atât de proastă, că mi s-a întors stomacul pe dos și am și uitat-o imediat.* Actorul de la Burgtheater nu știuse cum să reacționeze pe loc la cele spuse de Auersberger. Burgtheater a avut întotdeauna dușmani, așa cum se întâmplă cu tot ceea ce este foarte bun, spuse apoi. Burgtheater a fost dușmănit mereu mai cu seamă de cei care voiau neapărat să ajungă la Burgtheater, dar pe care Burgtheater i-a respins. Toți actorii care nu sunt angajați la Burgtheater, spuse actorul de la Burgtheater, ocărăsc atât de mult Burgtheaterul, până ce acesta îi angajează. Întotdeauna a fost așa. Orice lucru extraordinar atrage ostilitate, spuse. Ura față de Burgtheater este ceva arhicunoscut la vienezi, spuse, la fel ca ura față de Staatsoper. Chiar și directorii de teatre urăsc Burgtheaterul și îl batjocoresc până reușesc că ajungă ei înșiși directori la Burgtheater, prin continue strădanii josnice și lipsite de scrupule. Nu-nu, spuse apoi actorul de la Burgtheater, unde vedeți oare o astfel de *Rață sălbatică* precum cea pe care tocmai o jucăm la Akademietheater? Nicăieri! Puteți merge unde doriți, dar o astfel de *Rață sălbatică* nu se joacă niciunde! Cum niciunde, replică Auersberger, când

1. Piesa *Der Verschwender* (*Risipitorul*), scrisă de dramaturgul austriac Ferdinand Raimund (1790–1836).

chiar dumneavoastră ați zis mai devreme că această *Rață sălbatică* de la Akademietheater este un eșec, că numai Ekdal al dumneavoastră este reușit, că, după cum scriu criticii, Ekdal al dumneavoastră este un Ekdal grandios, dar în rest această reprezentație nu-i bună de nimic. Nu se poate spune nici chiar așa, răspunse actorul de la Burgtheater, nu se poate spune că această *Rață sălbatică* nu-i bună de nimic, chiar dacă nu este o reușită. Dar până și această *Rață sălbatică* nereușită este *cu mult mai bună decât toate celelalte* Rațe sălbatice *pe care le-am văzut vreodată, iar eu am văzut toate* Rațele sălbatice *care au fost puse în scenă în ultimele decenii.* Am văzut *Rața sălbatică* la vremea respectivă la Berlin, *prima* Rață sălbatică *postbelică*, spuse actorul de la Burgtheater, la *Freie Volksbühne*, dar și *Rața sălbatică* de la *Schillertheater*. Numai montări nereușite, spuse actorul de la Burgtheater, la fel și la München și Stuttgart. Teatrul german mai este lăudat doar de oameni foarte incompetenți, care nici măcar nu știu ce este teatrul în general. *Totul numai jurnalism la modă* făcut de oameni necopți, spuse actorul de la Burgtheater. Nu-nu, această *Rață sălbatică* de la Akademietheater este cea mai bună *Rață sălbatică* pe care am văzut-o vreodată și nu sunt părtinitor, spuse, chiar dacă eu îl joc pe Ekdal în această *Rață sălbatică*; aceasta este de departe cea mai bună *Rață sălbatică*. Am văzut odată *Rața sălbatică* la Stockholm, spuse actorul de la

Burgtheater, *Vildanden* se numește *Rața sălbatică* în suedeză. Nu mi-a plăcut absolut deloc. Am crezut că trebuie să mă duc la Stockholm, *pentru a vedea cea mai bună* Rață sălbatică *pe care o poți vedea*, dar această *Rață sălbatică* a fost o totală dezamăgire. Nu este adevărat că teatrele nordice joacă cel mai bine piesele nordice. Am văzut odată o *Rață sălbatică* la Augsburg care mi-a plăcut mult mai mult. Firește că în *Rața sălbatică* totul depinde de Ekdal. Dacă Ekdal este prost, toată piesa este proastă, toată reprezentația este proastă. Să nu credeți cumva că la Salzburg sau la Viena puteți asculta și vedea un Mozart ideal. Oamenii fac mereu greșeala să creadă că în locul din care provin piesele sunt montate și jucate cel mai bine, nici gând, chiar dimpotrivă. Am văzut odată un Molière la Hamburg jucat într-un fel în care n-a fost niciodată interpretat la Paris. Și un Shakespeare la Köln, care a pus de departe în umbră toate reprezentațiile shakespeariene englezești. Sigur că numai aici, la Viena, puteți vedea un Nestroy bun, spuse actorul de la Burgtheater, la care Auersberger spuse, *dar nu la Burgtheater*. La care actorul de la Burgtheater spuse: *S-ar putea ca aici să aveți dreptate. Aici trebuie să vă dau dreptate. La Burgtheater încă nu s-a reușit un Nestroy bun. Dar unde reușește oare un Nestroy bun, că doar nu la Volkstheater, unde-i era locul de fapt? Sigur că nu la Volkstheater*, replică Auersberger. *La Karltheater, dar acesta a fost dărâmat de aproape treizeci de ani.* Da, spuse actorul de la Burgtheater, este păcat că s-a dărâmat Karltheater. Într-o anumită privință, dărâmând Karltheater l-au demolat totodată și pe Nestroy, spuse actorul de la Burgtheater nu fără spirit, referindu-se astfel la responsabilii obtuzi la minte ai administrației orășenești vieneze care au pe conștiință aproape toate teatrele demolate la Viena. După război au fost dărâmate mai mult de jumătate dintre teatrele vieneze, spuse Auersberger. Așa este, și au făcut-o din motive șubrede, replică actorul de la Burgtheater. Cele mai bune teatre au fost demolate, spuse Auersberger. Din păcate, din păcate, spuse actorul de la Burgtheater; câtă dreptate aveți! La Viena se demolează întotdeauna ce este mai bun, spuse Auersberger, vienezii demolează întotdeauna ce au mai bun, dar nu-și dau seama atunci când o fac că demolează ce au mai bun, își dau seama totdeauna abia după ce au demolat deja ce era mai bun. Vienezii sunt cu toții niște demolatori, spuse Auersberger, distrugători și dărâmători. Câtă dreptate aveți, spuse actorul de la Burgtheater, care se potolise cu mâncatul, dar acceptase ca Auersbergera să-i mai toarne un pahar cu vin. Dacă la Viena o clădire e deosebit de frumoasă, cu siguranță este dărâmată cât de curând, spuse actorul de la Burgtheater. Indiferent dacă este vorba despre o clădire sau despre o instituție care e deosebit de frumoasă sau deosebit de reușită, vienezii n-au liniște până ce această clădire sau această instituție nu este demolată. Vienezii fac la fel și cu oamenii, spuse actorul de la Burgtheater, nu pot să suporte să vadă că cineva este bun, că cineva este important, ci îl distrug de la o zi la alta ca pe un monument despre care brusc nici nu-și mai amintesc că ei înșiși îl ridicaseră. *Ekdal al meu este privit filozofic într-o anumită privință*, spuse actorul de la Burgtheater. *Dar dacă citești scrierile despre Ibsen, nu devii mai deștept, din contră, ele nu fac decât să te înnebunească la cap. Și dacă ești nebun la cap, nu poți aborda un rol atât de delicat, de dificil*, spuse actorul de la Burgtheater. Tânărul Gregers Werle, spuse actorul de la Burgtheater, ăsta ar fi fost un rol pentru mine acum treizeci de ani, poate chiar și acum douăzeci. L-aș fi jucat cu dragă inimă, spuse actorul de la Burgtheater, dar de fiecare dată când eram pe punctul să-l primesc, *Rața sălbatică* s-a scos din repertoriu. Gregers mi s-ar fi potrivit și mai mult, spuse actorul de la Burgtheater, și privi în jurul lui. Aveam impresia că, în afară de Jeannie Billroth, care doar ne declarase că citise și văzuse *Rața sălbatică* de curând, nimeni nu știa despre ce vorbea în fond actorul de la Burgtheater. Gregers ar fi fost rolul pentru mine de fapt, nu Ekdal, spuse actorul de la Burgtheater și este cert că mesenii n-aveau habar la ce se referea, despre ce vorbea. Niciunul dintre ei. Într-adevăr, Gregers a fost visul meu. Am avut o ofertă să-l joc pe Gregers la Düsseldorf, dar atunci am refuzat, căci nu voiam să plec din Viena. Cine știe, poate că dacă aș fi plecat la Düsseldorf ca să-l joc acolo pe Gregers, mi-aș fi pierdut contractul cu Burgtheater. Doar eram bucuros că devenisem actor la Burgtheater, spuse. Totuși, mi-a părut toată viața rău că renunțasem la Gregers. Numai o dată mi s-a oferit rolul Gregers. Mereu m-am gândit că-l voi juca într-o zi pe Gregers. Dar ziua aceea n-a mai venit. Dacă refuzăm o dată o astfel de șansă, spuse actorul de la Burgtheater, nu ni se mai ivește o a doua oară. *Teatru psihologic*, spuse apoi actorul de la Burgtheater și se lăsă pe spate, după ce Auersbergera îi oferise o țigară și el și-o aprinsese singur, refuzând destul de categoric să îi fie aprinsă țigara, deși Auersbergera era deja pregătită s-o facă. Vrem mereu supremul, dar nu-l atingem doar pentru că așa vrem, spuse actorul de la Burgtheater, și rosti această frază de parcă n-ar fi fost a lui, ci un citat, eventual din vreo piesă de teatru. În timp ce îl joacă acum pe Ekdal cu atâta succes, se pregătește deja pentru următorul rol, spuse. O piesă englezească, spuse, un regizor englez vine de la Londra la Viena, iar repetițiile vor începe deja săptămâna viitoare. O piesă englezească scrisă numai pentru dialogul ei spiritual, dar nu vreun Oscar Wilde, spuse, nu-nu. Nici vreun Shaw. Sigur că nu. *Ceva contemporan!* exclamă, *ceva contemporan!* E și de râs, dar e și profundă! Se petrece de altfel în mediul teatral. El joacă rolul unui scriitor care a intrat prin căsătorie în marea nobilime. Nu-i neapărat clasa-ntâi, spuse, dar distractivă și nu lipsită de inteligență, cu siguranță nu este lipsită de inteligență, pur și simplu stilul englezesc: distracție multă, bătaie de cap puțină. Traducere neglijentă, spuse, dar mai umblu eu pe la text să mi-l ajustez. *Măcar de-am avea un scriitor ca lumea!* strigă așa deodată actorul de la Burgtheater, *dar n-avem niciunul*, nu avem unul în toată Germania, darămite în Austria, ca să nu mai vorbim de Elveția. Așa că numai străinii ajung întotdeauna pe scenă, englezii, francezii, polonezii, spuse actorul de la Burgtheater. E o jale, se lamentă. În douăzeci de ani nicio piesă demnă de citit, spuse. Au pierit talentele dramatice în limba germană, spuse și se sprijini de speteaza scaunului, suflând fumul de țigară spre Auersberger, care începu pe loc să tușească. Probabil că vremurile noastre nu sunt vremuri pentru dramaturgi, spuse. Când se ivește vreun talent, după scurt timp rezultă că nici măcar nu este talentat, spuse. Ce mizerii sunt lăudate de presă! exclamă. Incredibil ce se numește în ziua de azi talent și, în general, ce se consideră azi artă dramatică. Mă oripila ce spunea. Știți dumneavoastră – de fapt nici nu bănuiți – ce înseamnă să trebuiască să mergi la repetiții cu oameni netalentați și să te chinui așa săptămâni întregi, ba uneori chiar luni întregi? Tinerii din lumea teatrală de azi sunt cu toții răsfățați, spuse, ziarele scriu tot timpul că acești tineri ar fi talentați, ar fi genii, când în fond nu sunt altceva decât niște neînzestrați, n-au de fapt nici urmă de talent și ceea ce iese la ei cel mai puternic în evidență este lenevia. Cum, de altfel, tot acest tineret din ziua de azi este atât de *răsfățat, a fost alintat la modul cel mai stupid*, spuse actorul de la Burgtheater. Tocmai în timpul muncii la *Rața sălbatică* mi-am dat seama ce nu e-n ordine cu acest tineret. Lipsa oricărei discipline, aparent principiul suprem, spuse actorul de la Burgtheater. Dar Gregers este cu totul remarcabil, spuse acum Jeannie Billroth, la care actorul de la Burgtheater replică: toți spun că Gregers e bun, eu nu înțeleg ce găsesc oamenii la acest Gregers, este un Gregers de nivel mediu după părerea mea, un actor distribuit de-a dreptul greșit în rol. Numai scriitoarea Jeannie văzuse *Rața sălbatică* la Akademietheater, iar ceilalți nici măcar nu știuseră ce este de fapt această *Rață sălbatică* și își dăduseră seama abia treptat că este vorba despre o piesă de teatru, așa că erau acum condamnați la tăcere; dădeau din când în când din cap, se uitau direct în ochii actorului de la Burgtheater sau la fața de masă sau, pur și simplu, în perplexitatea lor, la persoana de vizavi de ei; n-aveau nicio șansă să participe la ceea ce declama actorul de la Burgtheater cu atâta dezinvoltură pentru că nimeni nu-l împiedicase, ba din contră, Auersbergera îl tot îmbiase să vorbească și, cum tocmai venise de la *Rața sălbatică*, vorbea firește încontinuu despre *Rața sălbatică* jucată la Akademietheater și diferite subiecte legate de asta. Este de mirare că *Rața sălbatică* a fost pusă la Viena, a repetat de mai multe ori *a fost pusă*, căci *a pune Rața sălbatică* la Viena este *un risc*. În definitiv, *Rața sălbatică* este *o piesă modernă*, spuse, nejenându-se să zică asta despre o piesă care împlinise o sută de ani și era și după o sută de ani la fel de grozavă ca atunci când fusese scrisă, dar a o numi modernă este totuși o absurditate inacceptabilă. A prezenta publicului vienez *Rața sălbatică* nu este doar *o hazardare*, spuse actorul de la Burgtheater, ci este un *risc imens*. Vienezilor pur și simplu *nu li s-a potrivit* așa-numitul *modernism*, cum s-a exprimat el, n-au fost cuceriți niciodată de acest curent, ci au preferat întotdeauna piesele clasice, iar *Rața sălbatică* nu este o piesă clasică, ci una modernă; desigur, continuă, e posibil ca *Rața sălbatică* să *devină* într-o bună zi o piesă clasică, este posibil ca Ibsen să *devină* clasic, așa ca Strindberg, spuse actorul de la Burgtheater. Are uneori impresia că Strindberg este un dramaturg mai mare decât Ibsen, pe când alteori are senzația că este exact invers, că Ibsen îi este superior lui Strindberg și că de fapt Ibsen are mai multe șanse decât Strindberg să devină odată clasic. Uneori cred că *Domnișoara Iulia* va deveni într-o zi clasică, alteori mă gândesc că o piesă ca *Rața sălbatică* va deveni.

Dar dacă îi acordăm prea multă importanță lui Strindberg, suntem nedrepți față de Ibsen, după cum suntem nedrepți față de Strindberg dacă îi acordăm prea multă importanță lui Ibsen. Lui personal, spuse, îi place *felul nordic de a compune, de a face teatru*. L-a îndrăgit întotdeauna și pe Edvard Munch[1], *mi-a plăcut întotdeauna* Țipătul, spuse, Țipătul *pe care doar îl cunoașteți cu toții*, spuse. *Ce operă de artă extraordinară!* M-am dus în mod special la Oslo ca să văd *Țipătul*, spuse, atunci când *Țipătul* era încă la Oslo. Asta nu înseamnă că am o preferință pentru țările scandinave, spuse. Acolo îmi era mereu dor de sud, măcar de Germania, spuse. Stockholm, ce oraș searbăd, ca să nu mai vorbim de Oslo, enervant, spuse, te calcă pe nervi. Copenhaga, ce să mai zic! Actorii tineri se înghesuie să ajungă la Burg, spuse, și, chiar dacă n-au talent, sunt acceptați pentru că au relații, pentru că unul dintre unchii lor este director administrativ la Volksoper sau funcționar la administrația Bundestheater[2], spuse. O mătușă lucrează la

1. Edvard Munch (1863–1944), marele pictor norvegian, reprezentant al modernismului, devenit celebru mai cu seamă datorită tabloului său *Skrik* (care are mai multe variante), în română *Țipătul* (sau *Strigătul*).

2. Bundestheater, Teatrul Federal, este organizația-umbrelă pentru toate teatrele de stat din Austria, inclusiv Opera de Stat din Viena (Staatsoper), Volksoper și Burgtheater, Baletul de Stat din Viena și companiile organizatorice.

Ministerul Învățământului și nepotul este angajat imediat după Seminarul Max Reinhardt la Burg, spuse actorul de la Burgtheater, cu toate că n-are pic de talent. Acești tineri de douăzeci de ani umblă apoi prin sălile de repetiții și stau în drumul celorlalți și nu fac decât să deranjeze pe toată lumea. *În cel mai bun caz, semitalente*, spuse actorul de la Burgtheater, care nu fac decât să se degenereze cu timpul pe prima scenă a țării, luând locul celor cu adevărat talentați. Pot sfătui un tânăr cu adevărat înzestrat doar să nu meargă niciodată la Burgtheater, căci altminteri se îndreaptă chiar la începutul dezvoltării sale direct spre distrugerea totală, spuse actorul de la Burgtheater și-și luă o prăjitură, un așa-numit *Mohr im Hemd*[1], din care eu am gustat doar o bucățică, deoarece mi se părea un desert mult prea greu pentru un supeu la o oră atât de târzie. Toți ceilalți și-au terminat însă prăjitura, la fel și actorul de la Burgtheater, care, după ce a mâncat jumătate din desertul lui, a revenit la *Rața sălbatică*. De fapt ar fi trebuit să joc *Wallenstein*, iar inițial chiar în noul *Calderón*, dar n-a ieșit nimic din niciuna, slavă Domnului, trebuie să spun acum. Nici eu însumi n-am visat niciodată la un astfel de succes, *la un*

1. *Mohr im Hemd* este un desert austriac, compus dintr-o budincă de ciocolată acoperită cu frișcă, de unde și denumirea (Maur în cămașă).

succes atât de răsunător, spuse actorul de la Burgtheater. *Rața sălbatică* la Akademietheater și un succes! El însuși *era cel total surprins*, spuse. În aprilie plec în călătoria mea în Spania, devenită indispensabilă, Andaluzia, Sevilla, Granada, Ronda, spuse și își termină *Mohr im Hemd. Dorul meu spaniol*, spuse, cu ultima bucățică de prăjitură în gură; ceea ce rostise cu gura plină era aproape ininteligibil, chiar și când, speriat el însuși de manierele sale, spuse, vă rog să mă scuzați! și dădu pe gât îmbucătura de prăjitură. În ultimii ani mi-am făcut un obicei din a merge într-o călătorie în Spania, am întors, ca să zic așa, Italiei spatele. Spania este încă o țară neatinsă, mă refer la mari părți din ea, *aridă*, spuse ștergându-și nu doar gura cu șervetul, ci și toată barba și fruntea. Carol al V-lea, Prado[1], spuse și se uită în jurul său. *Nu sunt un cunoscător de artă*, spuse, *ci doar un iubitor de artă, asta-i diferența*. E suficient să mă gândesc la Italia ca să mi se facă rău, spuse, în schimb, gândul la Spania îmi produce de-a dreptul o senzație de delectare. În Italia aproape totul este strigător la cer, spuse, în Spania mai există încă această sărăcie istorică, acest calm istoric, înțelegeți dumneavoastră. Unui actor îi prinde bine să plece o dată pe an într-o călătorie mai mare, nu

1. Se referă la Muzeul Prado din Madrid, cel mai important muzeu de artă din Spania.

trebuie să fie neapărat Africa, nici Caraibele, pentru mine este Spania, mai cu seamă La Mancha, care mă face să mă simt regenerat. Și, fie că o credeți sau nu, îmi plac foarte mult luptele cu tauri. *O asemănare cu Hemingway*, spuse, *da, într-adevăr o asemănare cu Hemingway*. Dar eu nu sunt un romantic cum a fost Hemingway, ci mai degrabă un om cerebral, spuse actorul de la Burgtheater, n-am concepția romantic-americană despre luptele cu tauri, ci un fel de a privi mai curând științific. Ce este profund nu este, desigur, romantic, spuse. Tot ce este profund este neromantic. Da, spuse brusc, sinuciderea este o boală la modă a vremurilor noastre. *Eu* nu sunt tipul sinucigașului. *Joana, un nume spaniol*, spuse de două ori, *Joana, un nume spaniol*, apoi se lăsă pe spate și vru să știe de la Auersberger dacă ultima lui cantată a fost deja tipărită, *Universal Edition*[1] *doar vă tipărește toate compozițiile*, spuse actorul de la Burgtheater. Auersberger spuse, *da, mi-a tipărit și ultima cantată*. Va fi interpretată cantata dumneavoastră și la Viena? întrebă actorul de la Burgtheater, iar Auersberger, succesorul lui Webern, răspunse *probabil că nu*, căci la Viena *cantata lui complicată* nu poate avea parte de o interpretare de cea mai bună calitate. *Nici la Konzerthaus, nici la Musikverein*, spuse succesorul lui Webern ridicându-și capul cât

1. Editură muzicală vieneză, fondată în 1901.

putu de mult. *În toată Austria nu există un flautist care s-o poată cânta*, spuse Auersberger. Dar la Londra a fost interpretată foarte bine, din câte am auzit, spuse actorul de la Burgtheater. *Da*, replică Auersberger, succesorul lui Webern, *numai la Londra* este posibil ca această cantată să fie interpretată *așa* cum își imaginează el, Auersberger, *ideal*, la care Auersbergera spuse imediat și ea *ideal*, ambii spuseră de mai multe ori cuvântul *ideal*, ca și cum *toți* ar fi zis deodată cuvântul *ideal*, în afara lui Jeannie Billroth, care șezuse și mă observase încontinuu, în vreme ce vorbise actorul de la Burgtheater și în tot acest timp nu fusese altceva în ea decât ură față de mine. Era imposibil de imaginat că acum treizeci, ba chiar și acum douăzeci și cinci de ani îi citeam poezii de Éluard, în timp ce-i scărpinam ușor tălpile pe sofaua ei, că îi interpretam scene din Molière în dormitorul ei, pe când ea stătea, practic goală, pe pat, iar și iar aceste scene scurte din Molière pe care mi le cerea, după ce o plictisisem vizibil citindu-i din Joyce și Valéry, că îi citeam acele scrisori pe care i le scrisese așa-numitul Ernstl din Salzkammergut; aceste scrisori, *cele mai intime*, cum spusese ea mereu – și care chiar așa erau –, voia să le audă citite numai de mine, mă gândeam acum, în timp ce ea *mă străfulgera cu privirea*, cum se spune. Că îi citeam ore întregi dintr-un roman al ei, ceea ce o satisfăcea ore întregi la fel de mult pe cât mă enerva pe mine, și că eu am fost cel căruia i-a venit ideea titlului pentru acest roman, și anume *Sălbăticia tinereții*, titlu sub care a și apărut mai târziu romanul, din nefericire, mă gândeam. Că mă plimbam ore întregi cu Jeannie prin Prater, ba ne-am dat odată împreună și în roata cea imensă, în timp ce discutam despre Pavese, Ungaretti și Pirandello, că am fost cu ea de mai multe ori la Kagran și la Kaisermühlen, pentru că atunci când eram cu ea îmi venea întotdeauna cheful să trec Podul Imperial[1] și să ajung pe malul nordic al Dunării, mă gândeam. Că ea a fost *primul om de artă* pe care l-am cunoscut la Viena după ce am absolvit facultatea la Salzburg, mă gândeam. Că *ea* a fost prima persoană la Viena căreia i-am citit poeziile *mele* și care n-a pus imediat la îndoială calitatea lor, așa cum fusesem obișnuit de-acasă, deci a fost prima care să-mi dea curaj literar, cum se poate spune, indiferent de motivul ei, mă gândeam acum. Că am iubit-o odinioară pe Jeannie Billroth și că o urăsc deja de peste douăzeci de ani, și ea pe mine la fel. Oamenii se întâlnesc și se împrietenesc și nu numai că suportă această prietenie ani de-a rândul, ci o lasă să devină tot mai intensă până la sfâșiere, după care ajung să se urască zeci de ani, uneori chiar până la sfârșitul vieții, mă gândeam. Ani de zile m-am dus la Jeannie Billroth, mă

1. Reichsbrücke.

gândeam, când deodată actorul de la Burgtheater a început să spună anecdote, așa-zise anecdote din lumea teatrului, care au succes la Viena și țin însuflețită orice societate vieneză care riscă altminteri să se pleoștească foarte curând din cauza simptomelor ei de paralizie. Majoritatea petrecerilor vieneze rezistă seara timp de câteva ore doar pentru că li se servesc continuu aceste anecdote din lumea teatrului, tot așa și această reuniune din Gentzgasse, care s-a declarat a fi o *cină artistică*, mă gândeam. Jeannie Billroth a fost în definitiv cea prin care i-am cunoscut pe Auersbergeri, prin care am făcut cunoștință în cele din urmă și cu Joana, mă gândeam. Iar pe așa-numita nepoată de filozof Jeannie Billroth am cunoscut-o printr-un filozof prieten cu bunicul meu, la care m-am dus atunci, cu treizeci de ani în urmă, în Maxinggasse din Hietzing[1], când eram la mare ananghie și în prag de inaniție. Maxinggasse a și fost atunci salvarea mea, mi-am spus, așa-numita *casă Johann Strauß*, în care locuia acest filozof – prieten al bunicului meu –, fratele unui membru al filarmonicii care cânta la fagot și corn. Ajungând la Viena fără un ban în buzunar, murind de foame și efectiv gata să-mi pun capăt zilelor, mersesem cu ultimele puteri până în Maxinggasse, la acea adresă pe care o știam de la bunciul meu și de unde speram să-mi vină

1. District în Viena.

salvarea, ultima mea șansă de a scăpa cu viață, îmi aminteam acum. Maxinggasse chiar mă salvase, întâi cu o gură de lapte, apoi cu o masă de seară, iar în cele din urmă punându-mă în legătură cu o scriitoare care locuia pe Linke Wienzeile[1]; aceasta mi-a dat să-i golesc pivnița de la Podul cu Lanțuri[2] și m-a plătit suficient cât să mă pot ține trei zile pe linia de plutire. Prin această scriitoare am făcut cunoștință cu Jeannie Billroth, mă gândeam acum, prin această poetă decedată de tânără, din care citisem atunci câteva poezii care mă impresionaseră. Mă gândeam că am fost foarte des cu Jeannie la Kilb, pentru a o vizita împreună pe Joana; cu Joana și cu Jeannie și cu Fritz mergeam de multe ori și la *Mâna de fier*, ca să mâncăm, ca să bem, ca să jucăm cărți, ca să ne distrăm, *plini de exuberanță*. Jeannie a fost în definitiv cea care mi-a făcut cunoștință cu aproape toți scriitorii mari ai secolului al XX-lea, adică mi i-a dat să-i citesc, Jeannie cea de-atunci, nu cea care ședea acum vizavi de mine și mă ura în tăcere pentru că mă scuturasem într-o zi de ea ca să nu fiu devorat de ea, mă gândeam acum. Dacă nu m-aș fi eliberat de Jeannie, la apogeul relației mele cu ea, ca să zic așa, nu încape îndoială că aș fi fost devorat și deci distrus de ea, mă

1. Die Linke Wienzeile este o stradă din Viena de-a lungul malului stâng nordic al râului Wien.

2. Kettenbrücke.

gândesc. Drept care de azi pe mâine nu m-am mai dus la ea, iar ea m-a așteptat zadarnic. Sute de după-amiezi, în care Ernstl al ei lucra în așa-numitul lui *Institut Chimic*, am petrecut la ea, îndărătul perdelelor trase, citindu-i din marile opere ale marilor scriitori ai secolului al XX-lea sau ascultând-o când îmi citea ea din aceste mari opere ale marilor scriitori ai secolului al XX-lea. Pentru ca apoi, când Ernstl al ei venea acasă, să luăm cu toții un așa-numit *supeu rece* sau pur și simplu un gulaș reîncălzit, devenit astfel incomparabil de bun. Când Ernstl se simțea obosit și se ducea în pat, Jeannie îmi cerea să-i citesc încă o dată din Joyce sau Saint-John Perse sau Virginia Woolf până ce eram total epuizat, mă gândeam acum. Plecam de la Jeannie abia spre două noaptea, cu capul clocotind de literatură universală, prin Radetzkystraße de-a lungul canalului Dunării până în Währing. Suntem atașați ani de zile de un om, mă gândeam, privind-o acum pe Jeannie drept în față, ajungem până la urmă complet dependenți de acest om care ne fascinează și nu numai că suntem subjugați de el cu desăvârșire, ci realmente total la discreția lui, iar când îl părăsim, suntem terminați – așa cum credem și cum am crezut eu atunci – și totuși într-o zi nu mai mergem la el, nu dăm absolut niciun motiv, nu-l mai căutăm pe acest om, ci *îl evităm*, începem să-l disprețuim, ba chiar să-l urâm și nu ne mai întâlnim cu el. Și apoi îl întâlnim și suntem extrem de iritați și ne agităm cumplit, mă gândeam acum, și nu putem să ne stăpânim această iritare. Toți acești oameni pe care i-am întâlnit la înmormântarea din Kilb îmi erau mai mult sau mai puțin indiferenți, mă gândeam acum, chiar și cuplul auersbergerian, dar faptul că am întâlnit-o pe Jeannie m-a tulburat încă din prima clipă. La toți mă gândisem în timp ce călătoream spre Kilb, numai la Jeannie nu și, în consecință, nici la *eventualitatea înspăimântătoare de a da din nou ochii cu ea*. Dar iat-o la cimitirul din Kilb, unde mi-a întins chiar mâna, ba mi-a și acordat un zâmbet, mă gândeam acum, însă unul aproape *distrugător*. Este însă posibil ca și eu să-i fi trântit un zâmbet la fel de distrugător la cimitirul din Kilb. Am detestat felul în care stătea în fața mormântului încă neacoperit, jucându-și acolo rolul de prietenă de-o viață, mă gândeam, și apoi felul în care se apropiase atât de mult de mormânt, ca nimeni altul dintre noi și, cu o mișcare rafinată a mâinii, aruncase în groapa deschisă pumnul ei de țărână din lopata groparului. Trebuie să mă sustrag influenței ei înainte să mă ucidă, mă gândisem – în curând sunt treizeci de ani de-atunci –, nu mă mai duc în locuința ei, așa că efectiv *spălasem putina*, cum se poate zice. Dar eu nu fusesem nesimțit, cum aș fi putut lăsa impresia, ci acționasem din autoapărare, anxios pentru supraviețuirea mea, mă gândeam acum, furnizându-mi în același timp și o scuză pe care n-o puteam aștepta de la nimeni altcineva decât de la mine și nici n-o ceream nimănui. Întâlnim un om la momentul potrivit și asimilăm tot ce este important pentru noi de la acest om, mă gândeam, și părăsim acest om tot la momentul potrivit. Eu am întâlnit-o pe Jeannie Billroth exact la momentul potrivit și am părăsit-o tot la momentul potrivit. Așa cum i-am părăsit întotdeauna pe toți exact la momentul potrivit, mă gândeam acum. Ne orientăm după starea de spirit a unui om ca Jeannie, după starea sa sufletească și de spirit, și asimilăm un timp numai această stare de spirit și sufletească, iar când credem că ne-am însușit suficient de multe și că ne-a ajuns, rupem relația cu acest om, așa cum am rupt eu apoi pur și simplu relația cu Jeannie. Absorbim ani la rând totul dintr-un astfel de om și spunem deodată că el, acest om, pe care l-am sleit aproape în totalitate, suge totul *din noi*. Apoi trebuie s-o scoatem la capăt tot restul vieții cu conștiința acestei josnicii, mă gândeam acum. Și după ce m-am despărțit de Jeannie, am *dezertat*, ca să zic așa, *cu toată verva, trecând la Auersbergeri* și în realitate la Joana; am rupt-o cu Jeannie, căreia îi datoram aproape totul atunci, am lăsat-o pur și simplu baltă și i-am ales pe Auersbergeri și pe Joana, în primii doi-trei ani pe Auersbergeri, care mă fascinaseră imediat, apoi pe Joana. Adevărul este că în clipa în care i-am lăsat baltă și pe Auersbergeri, în care m-am sustras și influenței lor, m-am năpustit, trebuie s-o zic, cu tot elanul asupra Joanei, deci după renunțarea mai întâi interioară, apoi și exterioară la Gentzgasse și la Maria Zaal, am tăbărât pe Sebastiansplatz. După ce am cunoscut la Jeannie și prin Jeannie literatura secolului al XX-lea și mi-am putut lărgi apoi aceste cunoștințe prin Auersbergeri la modul cel mai incredibil, așadar, datorită lui Jeannie și Auersbergerilor, arta poetică și mai cu seamă arta poetică a secolului al XX-lea n-au mai fost deodată un mister pentru mine, am tăbărât pe așa-numitele *arte plastice*, mi-am îndreptat tot interesul asupra artelor plastice și a *actoriei* și, firește, pentru că Joana era singura cu adevărat în elementul ei aici, asupra *artei mișcării*, a *dansului*, a *coregrafiei*, mă gândeam acum. Privind retrospectiv, mă gândeam acum – în timp ce ședeam vizavi de Jeannie –, totuși am luat-o pe drumul unei *dezvoltări ideale* pentru mine și mă mai gândeam și că de fapt eu mi-am ales cursul acestei dezvoltări, deci nu am luat-o pur și simplu pe drumul acestei dezvoltări, care este una absolut ideală, ci eu însumi mi-am ales această dezvoltare ideală, această dezvoltare artistică ideală pentru mine. Și mi-a plăcut această idee mai ales datorită conceptului de *dezvoltare artistică*, pe care l-am simțit deodată că-mi este atât de familiar. N-aș fi putut avea o dezvoltare „mai ideală“, mai logică pentru mine, mă gândeam acum, decât aceea de care am avut parte dând mai întâi de scriitoarea Jeannie Billroth, apoi de cuplul auersbergerian și în cele din urmă de Joana, iar prin Jeannie dând totodată și de *Ernstl cel chimic* al ei și prin Joana de tapiserul ei Fritz; n-aş fi putut s-o iau pe un drum mai fericit decât acest drum ideal, mă gândeam acum. Și totuși o uram acum pe Jeannie, care, de vizavi de mine, mă ura și ea. O ură urâtă care ar trebui desigur analizată și disecată, dar eu chiar n-aveam niciun chef s-o analizez, mă gândeam, deși era posibil ca Jeannie s-o fi analizat de mult pentru ea însăși. Iar un atare om ajunge să scrie o proză sentimentală fără valoare și poezii sentimentale la fel de lipsite de valoare, sfârșind prin a cădea în haznaua generală a mărginirii mic-burgheze. Respectăm pe cineva, îl respectăm ani în șir, până ce, brusc, începem să-l urâm, iar la început nici nu știm *de ce*, mă gândeam. Și ni se pare a fi realmente intolerabil ca acest om pe care l-am respectat atâta timp, eventual chiar l-am iubit, și care, ca să zicem așa, ne-a deschis ochii și urechile la tot, dezvăluindu-ne lumea întreagă, dar mai cu seamă lumea artistică, să fi făcut o artă proprie atât de mizerabilă, să fi cultivat el însuși un diletantism cumplit, în timp ce ne vorbea neîncetat numai despre *exigențele maxime* și *supreme*, ghidându-ne atâția ani către aceste exigențe maxime și supreme și educându-ne în ideea lor. Pur și simplu nu înțelegem cum de un atare om a ajuns să facă el însuși numai ceva total lipsit de valoare și deci respingător, mă gândeam acum, și nu-l iertăm, pentru că astfel ne-a păcălit și ne-a înșelat de fapt și ne-a amăgit doar cu această așa-zisă exigență supremă. Prin propriul ei diletantism, Jeannie te-a păcălit și te-a înșelat, mi-am spus, în timp ce priveam cum ședea și ea acum plină de repulsie și de ură, trebuind să suporte și tot ce continua să debiteze actorul de la Burgtheater, rezemat de speteaza scaunului, așteptând probabil ca și ceilalți, mă gândeam, ca Auersbergerii să-i roage pe toți cei de la masă, înțepeniți deja și rigizi, să se ridice și să-i poftească pe toți înapoi în salonul de muzică. Nimic nu mi se pare mai dezgustător decât să-i ascult pe vienezi istorisindu-și anecdotele, iar acum mai trebuie să suport și această perversitate, mă gândeam. Am perceput deodată sufrageria auersbergeriană ca pe o capelă mortuară, probabil mai cu seamă din cauză că Auersbergera stinsese între timp complet lumina electrică, așa că acum mai erau aprinse numai lămpile Empire cu lumânările lor din ceară adevărată pe masa din sufragerie. Din întregul mobilier al sufrageriei se mai vedeau acum doar contururile, și nu cât de pervers de frumoasă era încăperea în realitate, prea frumoasă, după cum mi s-a părut întotdeauna, deci se mai sesiza numai întunecimea sa mohorât-teatrală, care se potrivea acum cu toți cei prezenți la masă; aceștia așteptau deja nerăbdători semnul Auersbergerilor pentru a se muta odată pe scaunele mai comode din salonul de muzică, simțindu-se apăsați de atmosfera sumbră care plana mai ales din cauza morții Joanei, dar accentuată și de ora târzie. Nici măcar actorul de la Burgtheater nu mai avea acum chef să zică ceva. Și-a lărgit nodul de la cravată, descheindu-se la nasturele de sus al cămășii, și a mormăit ceva despre un aer proaspăt, la care Auersbergera a sărit imediat de pe scaun ca să deschidă o fereastră. A deschis geamul dinspre curte, căci se aștepta ca de acolo să intre un aer mai curat decât dinspre stradă, s-a dus în salonul de muzică, s-a întors iar în sufragerie și s-a așezat din nou la masă. De orice o crezuse capabilă pe Joana, doar să se sinucidă nu, a spus Auersbergera, după ce s-a așezat iar la masă. Actorul de la Burgtheater a revenit în discuție la colegul lui plecat la München, care fusese *de la început un om nefericit*, după cum s-a exprimat, toți acești sinucigași sunt încă din start oameni nefericiți, ba mai nefericiți, ba ceva mai puțin nefericiți, dar mereu nefericiți, și sfârșesc prin a se sinucide, ceea ce n-a fost de fapt la niciunul o surpriză, era el de părere. Ideea ca Joana să-i învețe pe actorii de la Burgtheater cum să meargă, la stăruința administrației Burgtheaterului, i se păruse încă de-atunci trăsnită. Funcționarii din administrația Burgtheaterului vin mereu cu astfel de idei trăsnite, spuse, vor să ajute oameni ca Joana, dar le trec prin cap numai idei trăsnite. Actorii de la Burgtheater sunt în stare să meargă, sunt în stare și să stea în picioare și să stea jos și să stea întinși, spuse; își amintește exact de remarcile unui *criticastru* vienez – așa s-a exprimat acum – pe care le publicase în *Die Presse*, în care fusese vorba despre faptul că actorii de la Burgtheater *n-ar ști să meargă și să vorbească* sau *cel puțin nu să meargă și să vorbească simultan*. Dacă un critic scrie un astfel de nonsens, spuse actorul de la Burgtheater, administrația Burgtheaterului preia imediat ideea și angajează pe cineva care să-i învețe pe actorii de la Burgtheater să meargă și să vorbească, spuse, doar au angajat atunci și un *specialist în dicție*, ca să-i învețe pe actorii de la Burgtheater cum să vorbească. Ce absurd! exclamă actorul de la Burgtheater. Însă dacă a ajutat-o pe draga noastră răposată, atunci a avut un sens. În timp ce actorul de la Burgtheater spunea astea, mi-a venit în minte cât de mârșav se purtase Jeannie după înmormântarea din Kilb; și anume, cum s-a dus după înmormântare la băcănița și i-a îndesat în palmă o bancnotă de o sută de șilingi pentru telefoanele pe care băcănița i le dăduse din Kilb ei, lui Jeannie, pentru a-i comunica ei, lui Jeannie, moartea Joanei. La nici zece pași de mormânt, Jeannie îi îndesase băcăniței bancnota de o sută de șilingi în palmă, mă gândeam, și o făcuse cu cea mai mare lipsă de tact, *în așa fel* încât băcănița n-a putut să nu se simtă jignită și de fapt a și fost jignită de acest mod abject de a se comporta al lui

Jeannie, căci unui om ca băcănița nu-i trece niciodată prin cap să ceară bani pentru un apel telefonic în care comunica moartea prietenei ei unei alte prietene a decedatei și nimic altceva. Jeannie și-a permis întotdeauna o astfel de lipsă de tact, mă gândeam, nu s-a schimbat deloc. Dar asta nu e tot: după înmormântare am plecat cu băcănița la *Mâna de fier*, pentru a continua să vorbim despre Joana, și a apărut acolo Jeannie și a avut impertinența să cerșească de la participanții la înmormântare prezenți acum la *Mâna de fier*, pentru sărmanul John, care acum e *complet singur* și care trebuie *să achite* tot ce este legat de înmormântarea Joanei, dar n-are niciun ban și este răspunzător acum pentru tot ce privește înmormântarea Joanei; ea însăși este *prima* care dă, și anume *pentru început*, cum a spus, cinci sute de șilingi. Jeannie a jucat întotdeauna rolul Bunului Samaritean, mă gândeam acum, ceea ce mi-o făcuse nesuferită, pentru că nu era îmboldită de o milostivenie autentică, ci doar înscena într-un mod respingător un soi de preocupare socială. Avea talentul să-i pună pe ceilalți într-o lumină nefavorabilă, avea un caracter instabil și detestabil și nu se jena să recurgă la orice mijloc pentru a-și atinge scopul. Așa făcuse și la Kilb după înmormântarea Joanei. A avut *tupeul*, aș putea zice, să ia un pachet gol de țigări, să bage acolo bancnota ei de cinci sute de șilingi și să treacă de la un participant la funeralii la celălalt ca să facă o chetă – cu o expresie a feței de-ți venea să-i dai palme, și nu bani – pentru John, care poate că o fi fost sărman cu adevărat. Mergea de la o persoană la cealaltă, întinzându-i pachetul de țigări și fiind foarte atentă ce sumă era dispusă victima ei să bage înăuntru și ce băga în cele din urmă. Tuturor li se păruse dezgustător acest demers al lui Jeannie și în mod surprinzător chiar Auersberger a fost cel care a exprimat-o cu glas tare, mă gândeam acum, căci i-a spus brusc lui Jeannie drept în față, *ce dezgustătoare, ce dezgustătoare, ce dezgustătoare ești*. Într-adevăr, Auersberger repetase acest *ce dezgustătoare* de două ori, deci spusese de trei ori, și-i aruncase o bancnotă de o mie de șilingi în pachetul de țigări. La urmă se adunase o sumă de mai multe mii de șilingi, plus o sută douăzeci de pfunzi din partea mea, iar Jeannie s-a apropiat de masa la care ședeam John, băcănița și cu mine și a răsturnat pachetul de țigări în fața lui John pe masă, purtându-se de parcă ar fi banii *ei*, adică opera *ei;* opera ei *dezgustătoare* chiar era cu adevărat, mă gândeam acum, dar banii ei nicidecum, prostul ei gust da, banii ei nu, îmi spusesem atunci, dar mă abținusem să-i zic în față cuvântul care-mi stătea deja pe limbă, cuvântul potrivit *respingător*. Virginia Woolf a Vienei, mă gândisem atunci, care s-a folosit de John ca să atragă din nou atenția societății asupra ei, punându-l astfel pe John în una dintre situațiile cele mai jenante din viața lui;

John ar fi dorit atunci să se ascundă sub masă la *Mâna de fier*, îmi amintesc exact asta, dar n-avea cum să facă așa ceva. Oameni ca Jeannie Billroth, care au avut odată o înțelegere superioară a artei, sunt total lipsiți de orice instinct în ceea ce privește viața reală și deci relațiile reale cu oamenii, mă gândeam. Și adevărul este nu doar că Jeannie s-a schimbat, în cursul a două decenii, dintr-o artistă inițial posibil înzestrată, ba de fapt realmente talentată, într-o ipocrită mic-burgheză lipsită de scrupule în societate, de o speță groaznică, mă gândeam acum. Ci această ipocrizie pe plan social a zăcut dintotdeauna în ea, numai că atunci, cu treizeci și chiar cu douăzeci de ani în urmă, aspectul repulsiv al acestei realități nu-mi sărise în ochi cu o forță atât de deprimantă ca astăzi, de fapt pe-atunci nu mă frapaseră slăbiciunile ei și toate trăsăturile ei dezagreabile de caracter. Vedem mult timp numai o latură a unui om, pentru că nu vrem să vedem alta din instinct de autoconservare, până ce, deodată, remarcăm toate aspectele unui astfel de om și suntem scârbiți de ele, mă gândeam. Am stat la *Mâna de fier* peste două ore, apoi mi-am luat rămas-bun, după ce, cu puțin timp înainte, Jeannie plecase cu Auersbergerii înapoi la Viena. Am văzut acum din nou coroana de molid ostentativă, de care era fixată o panglică argintiu-strălucitoare cu cuvintele *De la Jeannie* imprimate pe ea, pe care groparul o pusese pe mormânt peste grămada de flori în așa fel încât toți vedeau doar un nume: *Jeannie*. Nu că aș crede că Jeannie îl convinsese pe gropar să plaseze coroana ei în lumina cea mai bună, chiar nu cred asta, dar faptul că tocmai coroana lui *Jeannie* cu cuvintele *De la Jeannie* fusese așezată de gropar în lumina cea mai bună mi s-a părut totuși caracteristic pentru întreaga apariție a lui Jeannie la Kilb. Ea fusese singura care se rugase cu glas tare împreună cu localnicii, ceea ce mi s-a părut aproape de nesuportat, dacă țin cont de faptul că Jeannie nici nu este catolică și, cel puțin în fața mea, a avut întotdeauna o atitudine foarte critică în ceea ce privește religia creștină. S-a prefăcut a fi evlavioasă, iar ăsta a fost elementul cel mai respingător la această ceremonie, căci nimeni altcineva nu s-a arătat cucernic într-un mod atât de abject, mă gândeam. În general, s-a comportat la Kilb de parcă ar fi fost *cea mai bună prietenă a Joanei*, când de fapt, din câte știu, o lăsase baltă pe Joana cu vreo zece ani înainte de moartea ei, îndepărtându-se de Joana exact în momentul în care Fritz, artistul de paradă din Sebastiansplatz, o părăsise, și anume în clipa în care în Sebastiansplatz s-a făcut întuneric, ca să zicem așa, nu s-au mai dat petreceri, nu mai era nimic de câștigat dacă se mergea acolo. S-a dat drept prietena cea mai apropiată, când în realitate se înstrăinase deja de vreo zece ani de Joana. Acum a pus să fie prinsă acea panglică perversă *De la Jeannie* de coroana ei, crezând că poate șterge astfel deceniul trădării ei, mă gândeam; și mă mai gândeam că mă urăște deoarece, împotriva voinței ei, devenisem totuși scriitor, indiferent ce fel de scriitor – dar eram scriitor totuși –, deci un concurent, și nu actor sau regizor sau dramaturg, cum își dorise ea, motiv pentru care îmi făcuse probabil inițial cunoștință cu Joana, mă gândeam; voise să mă împiedice cu orice preț să devin scriitor, mă gândeam, iar eu devenisem scriitor și ea mă ura pentru asta. În ochii ei comisesem un delict capital, devenind totuși scriitor, totuși, totuși, totuși, trebuie să tot repet, totuși, când ea făcuse orice ca să împiedice acest lucru. Și mă gândeam cu câtă ură m-a urmărit de douăzeci de ani încoace în revista ei *Literatura în timpul nostru*, masacrând acolo tot ce publicasem eu, sau, în fine, încercând mereu să masacreze tot. Și când nu încerca să masacreze ea însăși lucrările mele în *Literatura în timpul nostru* cu articole infame și eseuri defăimătoare, nu se sfia să-i înhame împotriva mea pe alții, niște scriitorași care căutau să câștige o pâine și depindeau de ea, mă gândeam acum. Dar agitația mea era ridicolă: enervându-mă din cauza unui lucru atât de absurd, deveneam ridicol chiar în ochii mei, și mi-am spus de câteva ori, așa încât numai *eu* să fi putut auzi, *devii ridicol, devii ridicol în ochii tăi, ai devenit ridicol în ochii tăi. Ce om respingător ești*, mi-am spus adresându-mă în șoaptă mie însumi, așa încât nimeni să nu poată auzi, și am intrat într-o stare de iritare tot mai puternică. *Tu* ai trădat-o pe Jeannie, *nu ea pe tine*, mi-am spus de câteva ori și mi-am tot repetat cele spuse mie însumi, până ce m-am simțit total epuizat. Era deja două și jumătate noaptea și toți oamenii ședeau încă în sufragerie. Actorul de la Burgtheater vorbea și toți ceilalți îl ascultau, de fapt pe tot parcursul acestei *cine artistice* vorbise numai actorul de la Burgtheater, căci ceilalți erau mult prea obosiți ca să vorbească și ei; numai Jeannie Billroth mai spusese din când în când câte ceva, de fiecare dată ceva nepotrivit, fără noimă, după părerea mea, ba de câteva ori trântise chiar o josnicie, o nemernicie; și mai vorbiseră din când în când și soții Auersberger. Însă dintre ceilalți nu rostise niciunul o vorbă – și veniseră totuși încă șapte sau opt sau zece sau douăsprezece persoane la *cina artistică*. Mult timp chiar n-am știut câți erau de fapt și dacă-i cunosc pe toți, sigur că-i cunoșteam pe toți, însă nu le-am acordat nicio atenție, ci făcuseră efectiv parte doar din decor, mă gândeam. Cei mai mulți oameni nu ne interesează cu adevărat, m-am gândit tot timpul, aproape niciunul dintre cei pe care-i întâlnim nu ne interesează, n-au ce să ne ofere în afara mărginirii și prostiei lor colective și ne plictisesc de fiecare dată, așa că, după cum e și firesc, n-avem timp de pierdut cu ei. Ei înșiși sunt cei care s-au purtat astfel încât au devenit ridicoli și neinteresanți pentru noi, mă gândeam, cu miile, cu zecile de mii, cu milioanele, dacă privim înapoi în istorie. Cât de anostă și de enervantă poate fi o celebritate precum actorul de la Burgtheater, mă gândeam și deodată l-am văzut căscând, după care am văzut-o și pe Auersbergera căscând, pe urmă și pe Auersberger și pesemne că atunci au început să caște toți, numai Jeannie și cu mine, care ne fixam fără încetare din priviri, nu căscam. Virginia Woolf din Viena, care a rămas până la urmă numai soția lui Ernstl al ei și deci soția de chimist, era deja bătrână la șaizeci de ani, așa cum erau altele abia la șaptezeci sau chiar optzeci de ani, mă gândeam. *Sălbăticia tinereții* mi-a trecut acum prin minte și întregul nonsens pe care l-a pus în paginile acestei *Sălbăticii a tinereții*, fiind de părere că era literatură de clasă mondială, când, de fapt, nu a fost decât kitsch-ul ei mic-burghez. Te urăște, mi-am spus, iar tu o disprețuiești – ăsta-i adevărul. Însă ea nu te urăște numai pentru că ai părăsit-o atunci, cu peste douăzeci de ani, ba deja douăzeci și cinci de ani în urmă și pentru că ești scriitor, ci și pentru că ești cu zece ani mai tânăr decât ea, astfel de femei nu iartă că sunt cu zece ani mai bătrâne, mă gândeam. Că am lăsat-o baltă cu Ernstl al ei în locuința lor din districtul al doilea și am trecut la Joana, de la scriitoarea cu zece ani mai în vârstă la artista mișcării numai cu șase ani mai în vârstă și care în loc de un Ernstl avea un Fritz. Totuși

Jeannie îl mai are și azi pe Ernstl al ei, în timp ce Joana nu l-a mai avut pe Fritz al ei deja cu zece ani înainte de moartea ei, mă gândeam. Acum mă urăște cu o ură mult mai mare decât acum douăzeci și cinci sau douăzeci de ani, mă gândeam. *Te urăște îngrozitor*, mi-am spus. Nu-nu, dacă Auersbergerii mi-ar fi zis că au invitat-o și pe Jeannie la *cina* lor *artistică*, n-aș fi venit în Gentzgasse, mă gândeam. Întotdeauna fac greșeala să nu-i întreb pe cei care mă invită ce oaspeți au mai poftit în afara mea. Dacă ar fi spus: Am invitat-o și pe Jeannie Billroth, nu m-aș fi dus în niciun caz în Gentzgasse, așa că acum am căzut de două ori în capcana Gentzgasse, ba chiar de trei ori, de patru ori, de o mie de ori, mi se părea acum. Ar fi trebuit să știu că la o astfel de *cină artistică* în Gentzgasse, care în plus mai e și de ziua înmormântării Joanei, vine firește și Jeannie, mă gândeam, și este la fel de firesc că apare fără Ernstl, pe care doar nu l-a luat niciodată cu ea la artiștii ei. Și care nu era câtuși de puțin interesat de artiști și de tot ce-i legat de aceștia; n-a manifestat niciodată nici cel mai mic interes față de ce o interesa pe Jeannie; trebuie să spun că Ernstl al ei n-a arătat niciodată niciun pic de interes față de lucrurile care o interesează pe Jeannie; se interesa numai de chimia lui și de Jeannie însăși, de nimic altceva, realmente exclusiv de chimia lui și de patul lor conjugal. Și m-am gândit că n-ar fi trebuit să mă las la discreția lui Jeannie tocmai într-o astfel de zi ca cea de azi, căci a avut acum un efect nu numai distrugător, ci de-a dreptul devastator asupra mea, iar ea și-a dat seama imediat de asta și nu m-a mai lăsat în pace; nu mai aveam cum să scap de ea, aş fi putut să mă ridic și să plec, dar fusesem deja prea slab în această noapte ca să procedez așa și, pe de altă parte, mă gândisem că o să fac față și acestei nopți în Gentzgasse, așa cum rezistasem deja la multe sute de astfel de nopți, adică nopți de petreceri în societate, nopți la fel de insuportabile în Gentzgasse. În definitiv, până acum am supraviețuit oricărei societăți, mă gândeam. Actorul de la Burgtheater se așezase în salonul de muzică într-un fotoliu, se așezase desigur el primul în fotoliu, și abia după aceea luaseră loc ceilalți în diferitele unghere ale salonului de muzică. Ah, da, m-am gândit – în timp ce, bineînțeles, eram iarăși ultimul să mă duc din sufragerie în salonul de muzică, de fapt mai degrabă m-am târât din sufragerie în salonul de muzică –, acum te pomenești că Auersbergera va cânta încă una-două arii, dar speram că renunță la arta cântatului, având în vedere că între timp se făcuse deja trei dimineața, deci că nu va mai cânta din ceea ce Auersberger îi deschisese deja dinainte, *Caietul de note Purcell.* Într-adevăr, Auersbergera m-a scutit de cântatul ei, care, trebuie să spun, a fost întotdeauna plin de farmec, admițând că Auersbergera a avut mereu o voce deosebit de frumoasă, probabil chiar o voce pe care aş fi putut oricând s-o numesc una de prim rang, mă gândeam când m-am aşezat ultimul într-unul dintre fotoliile salonului de muzică; şi acesta era mobilat Empire, fiind la fel ca acum treizeci de ani, şi era ticsit cu obiecte de preţ pe care nu şi le mai permitea nimeni astăzi, tot felul de lucruri moştenite pe care tatăl ei fie le adusese din Stiria la Viena, de la proprietatea din Maria Zaal, fie le achiziţionase la Viena în condiţiile cele mai favorabile; din câte ştiu, se cunoştea foarte bine cu un negustor de antichităţi din districtul al treilea, care, din diferite motive, îşi spunea numai *negustor de vechituri*, cu toate că de fapt făcea comerţ doar cu obiecte de valoare, şi avea de ani de zile cu tatăl Auersbergerei o relaţie de troc, ca să zic aşa: tatăl Auersbergerei trata bolile aşa-numitului negustor de vechituri, care, la rândul lui, drept contraserviciu, îi procura aceluia tot felul de piese de mobilă în stil Josephine şi Empire, dar şi cele mai frumoase exemplare Biedermeier, fără ca tatăl Auersbergerei să fi trebuit să plătească un bănuţ pentru asta. Cu treizeci de ani în urmă îndrăgeam acest salon de muzică, mă gândeam, numindu-l mereu în sinea mea cea mai frumoasă încăpere în stil Josephine pe care o văzusem vreodată. Dar, cum am spus, era *prea* frumoasă, *prea* perfect aranjată, şi deci insuportabilă, lucru de care mi-am dat brusc seama mai târziu. Uitându-mă acum în jur, nu mi se mai părea decât respingătoare, poate și din cauză că, între timp, deci în decursul deceniilor care trecuseră, n-am mai pus atâta preț pe astfel de camere amenajate *antic*, iar marele meu entuziasm anterior pentru piese vechi de mobilă scăzuse de mult, ba chiar se transformase aproape în repulsie și ură față de ele. Oamenii își mobilează casa în stil vechi, se înconjoară cu mobile de epocă din veacuri trecute, care n-au absolut nicio legătură cu ei și asta este suficient ca să-i facă deja falși, mă gândeam. În realitate sunt atât de slabi față de propria lor epocă, încât trebuie să se înconjoare cu mobilele unor timpuri de mult trecute, de mult apuse, de mult moarte, pentru a se putea ține pe o linie de plutire, cum se spune, mă gândeam; deci când oamenii își umplu casele cu mobile din epoci apuse, și nu cu unele din vremea *lor*, a cărei duritate și brutalitate nu le pot suporta, este de fapt întotdeauna expresia unei stări de slăbiciune extrem de serioase. Se înconjoară cu lipsa de vlagă a ceea ce este inert, căci de acolo nu le mai poate veni nicio opoziție, mă gândeam. Soții auersbergerieni, despre care se spunea mereu că au un așa-numit bun gust, n-au avut de fapt niciodată gust, ci doar erau percepuți ca având bun gust, așa cum în general n-au avut niciodată ceva propriu, ci doar ceva perceput a fi așa, și în fond n-au nici viață proprie, nici existență proprie, ci doar una percepută a fi așa. Asta-i respingător la Auersbergeri, mă gândeam. Nu ei erau magnetul petrecerilor lor, ci mobilele lor și alte obiecte de preț din secole trecute, nu ei vorbesc pentru ei înșiși în locuințele lor, ci mobilele lor și alte obiecte de artă și banii lor, mă gândeam, după cum și în această seară și în această noapte, își lasă mobilierul și banii lor să vorbească pentru ei. Odată cu conștientizarea acestei idei, mi-am dat seama deodată de întreaga lor sărăcie. Ei, Auersbergerii, cred întotdeauna că ei înșiși sunt cei admirați de oameni, când de fapt oamenii care vin la ei nu le admiră decât mobila și celelalte obiecte de artă și aranjamentul rafinat prin care și-au expus mobilele și alte obiecte de artă în casele lor. Auersbergerii cred că oamenii îi admiră pe *ei*, când de fapt aceștia le admiră numai dulapurile și bufetele lustruite și mesele și scaunele și fotoliile și nenumăratele tablouri în ulei de pe pereți și banii lor, mă gândeam. Cum nu este eronat nici gândul că ceea ce admiră oamenii la ei, ceea ce-i face pe toți să se uite la ei cu admirație sunt bogăția lor și ritmul de viață mai mult sau mai puțin nerușinat, care a devenit posibil datorită acestei bogății. Nu numai haina îl face pe om, ci și mobila sau obiectele de valoare vechi de secole. Dar în întunericul care planează aici nici nu este posibil să vezi vreunul dintre aceste obiecte de valoare din salonul de muzică, mă gândeam și nici nu voiam să le văd, căci cu certitudine acum aș fi fost scârbit de ele. Așa cum fusesem scârbit în această seară, în această noapte de întreaga lor locuință din Gentzgasse, care mi se părea și acum perversă. Această perfecțiune care îți sărea mult prea pregnant în ochi din toate ungherele nu este altceva decât respingătoare, mă gândeam, după cum, în general, locuințele în care, cum se spune, *totul se potrivește perfect*, nimic, dar absolut nimic nu este deplasat și nici n-are voie să fie vreodată deplasat, sunt locuințe respingătoare. Suntem scârbiți de aceste locuințe și nu ne-am simți niciodată în largul nostru în ele, mă gândeam, cu excepția situației în care noi am fi așa cum eram eu acum treizeci de ani, când am intrat pentru prima dată în această locuință, și anume destul de distrat. Tocmai între actor și Auersberger mă așezasem în salonul de muzică. Actorul de la Burgtheater arăta acum ca un general de infanterie pensionat și mă gândeam că burta plină îi paralizează chiar și limbuția, căci tăcuse deodată, întreaga lui conduită mai era acum doar una militară, mă gândeam, în timp ce actorul de la Burgtheater își întindea picioarele. Niște dungi călcate atât de exact au numai pantalonii ofițerilor, mă gândeam, pantalonii generalilor, pantalonii feldmareșalilor. Auersbergera trecea cu o cană de sticlă plină cu vin alb de la unul la altul, însă toți oaspeții obosiseră deodată atât de tare, încât nu prea mai erau interesați de vin sau de alte băuturi, doar Auersberger continua să bea și acum, ca să zicem așa, fără întrerupere. Probabil e curând timpul pentru o nouă internare la clinica de dezintoxicare din Kalksburg, mă gândeam în timp ce-l priveam dintr-o parte, remarcându-i tâmplele supte, de care atârnau fălcile grase și fără vlagă; dacă înfățișarea lui n-ar fi fost atât de respingătoare, aș fi considerat-o pur și simplu grotescă, dar nu puteam, căci în realitate deplângeam profund starea în care se afla Auersberger. S-ar putea spune că pe acest om l-ai iubit odinioară, mă gândeam privindu-l dintr-o parte, ai fost cândva, ca să zicem așa, total subjugat de el. Acest om ședea acum umflat la față și buhăit lângă mine și mai avea posibilitatea de a atrage atenția asupra lui doar bălmăjind din când în când câte ceva. Iarăși și-a pus acești ciorapi tricotați grotești, mă gândeam, această haină țărănească de prost gust din lână împâslită, această cămașă din pânză de in brodată în culori vii cu guler scrobit, care pe el era mai ridicolă decât pe altcineva. Auersbergera suferea în mod vădit din cauza stării pervers smintite a soțului ei, dar nu putea să schimbe nimic, încercase deja de o oră să-l scoată din mijlocul societății și să-l ducă în pat, fără să reușească; acum i-a eșuat o a doua tentativă de a-l scoate pe soțul ei, acest Auersberger devenit infantil din cauza patimii beției, din fotoliu și deci de a-l scoate din salonul de muzică, pentru a-l duce în pat; cu paharul plin cu vin în mână, Auersberger a împins-o, a rănit-o la ochi și a mai și vărsat tot vinul pe jos, zicându-i, ca pe parcursul întregii seri, tot mereu *gâscă proastă*, așa ca acum treizeci de ani. Mie îmi erau familiare aceste scene auersbergeriene, eu le știu; aceasta încă era una inofensivă. De cele mai multe ori, astfel de seri se încheiau cu Auersberger azvârlindu-și paharul cu vin într-unul dintre pereții auersbergerieni și, pe deasupra, aruncând într-un perete unul dintre acele fotolii Empire delicate și neprețuite și stricând fotoliul; acestea trebuiau reparate tot timpul la unul dintre restauratorii din centrul orașului, căruia Auersbergerii îi tot dădeau de lucru ca urmare a furiei lui distrugătoare. Din când în când, Auersberger mai era în stare să spună câte ceva, îi ieșeau chiar propoziții întregi, cum ar fi propoziția *Omenirea trebuie exterminată*, cu care atrăsese de mai multe ori atenția acestui grup de oameni adunați în salonul de muzică și pe care o tot repeta, rostind-o, ca muzician, cu o ritmicitate matematică exactă. Sau propoziția *Societatea trebuie desființată* sau *Ar trebui să ne omorâm toți unii pe alții*. Eu cunoșteam mult prea bine aceste idei pentru a le mai considera originale și nici nu mi s-au mai părut penibile în seara asta, ca eventual celorlalți care încă nu le auziseră de la el, încă nu le știau de la el. Așa ca actorul de la Burgtheater, care în mod evident nu auzise aceste propoziții auersbergeriene până în această seară și pentru care au fost penibile, după cum am constatat. *Dar, dragul meu Auersberger, ce s-a întâmplat?* întrebă deodată actorul de la Burgtheater, *de ce vă ambalați așa? Doar lumea este o lume frumoasă și oamenii sunt oameni buni. De ce vă ambalați așa și criticați totul în halul ăsta, când de fapt totul își are ordinea sa și marele său farmec?* spuse actorul de la Burgtheater și apoi: *De ce vă îmbătați aproape până vă pierdeți mințile?* și clătină din cap și trase iar un fum din țigara pe care i-o aprinsese Auersbergera. Jeannie Billroth ședea și în salonul de muzică tot vizavi de mine, nu spunea nimic, ci urmărea scena dintre Auersberger – de care fusese îndrăgostită acum treizeci de ani, încă și acum douăzeci și cinci de ani, mai mult decât de mine – și actorul de la Burgtheater, de la care își dorise, încă de când eram în sufragerie, o așa-zisă *conversație intelectuală*, așa cum o numea ea mereu, dar care nu avusese loc, căci actorul de la Burgtheater nu reacționase efectiv la niciuna dintre întrebările ei, nu intrase în absolut nicio discuție cu ea și nu-i dăduse nici cea mai mică șansă de a duce o *conversație intelectuală* cu ea, actorul de la Burgtheater preferând să se dedice șalăului autentic și să se concentreze doar pe glumele și anecdotele lui. Jeannie voise întotdeauna să poarte o *conversație intelectuală*, cum o numea ea, accentuase cu orice ocazie că o interesa numai o astfel de *conversație intelectuală* în relația cu oamenii, că acesta este singurul motiv pentru care frecventează societatea, dar ea însăși nu avusese niciodată o reprezentare exactă, uneori nici măcar una aproximativă a ceea ce denumea ea o *conversație intelectuală*. Un actor de la Burgtheater, s-o fi gândit ea, ar fi omul potrivit pentru o astfel de *conversație intelectuală*, însă aici se înșelase, căci actorul de la Burgtheater dorise orice în această seară, numai o așa-numită *conversație intelectuală* nu, ba nici măcar subiecte intelectuale de zi cu zi nu voise să abordeze și nici să discute despre ceea ce putea fi considerat domeniul lui. Jeannie tot încercase să-l ademenească afară din ceea ce s-ar putea numi rezerva lui, pentru că nu știa că actorul de la Burgtheater n-are nicio rezervă, nu putea avea nicio rezervă, mă gândeam, din moment ce el este de fapt și la urma urmei numai unul dintre acei nătărăi angajați să joace la Burgtheater care, cu timpul, ating o vârstă înaintată la Burgtheater, dar rămân în îngustimea lor intelectuală și lipsiți cu toții de orice spirit. Nici pe chipul *acestui* actor de la Burgtheater nu se remarcă nimic ce ar putea fi numit măcar cât de cât spiritual, îmi spuneam, dar Jeannie nu vedea asta. Însă fusese cam lipsit de tact din partea ei să-i ceară tocmai unui actor să vorbească despre teatru, despre actorie, deci despre viața, despre traiul lui; nimănui nu-i place și nimeni nu vrea să accepte, deci, să fie obligat să ia atitudine față de cele cu care trebuie să existe și să trăiască, și care pot fi numite profesia lui sau, cum se mai spune, vocația lui. Ea însăși a refuzat întotdeauna să vorbească despre scris, ca și mine de altfel, căci, după cum este firesc, ca scriitor nimic nu-mi repugnă mai mult decât să trebuiască să vorbesc despre arta scrisului; întotdeauna am refuzat s-o fac și astfel am jignit în repetate rânduri sensibilitățile multor oameni, însă toți oamenii ăștia au meritat această jignire, mă gândeam, din cauza lipsei lor de tact; într-adevăr, nu pot să sufăr să vorbesc despre scris, dar cel mai silă îmi este să vorbesc despre scrisul meu, mă gândeam. Iar Jeannie credea că poate vorbi cu actorul de la Burgtheater despre actorie și jocul actoricesc la Burgtheater! Lângă Jeannie ședea profesoara de gimnaziu Anna Schreker, pe care o cunosc de când îi știu pe Auersbergeri și pe care am văzut-o întotdeauna în compania lor, dar numai la ei în Gentzgasse, niciodată în Maria Zaal, și tot timpul împreună cu tovarășul ei de viață scriitor; mi-am amintit că ea avea încă de-acum treizeci de ani această pronunție dezgustătoare, șuierătoare. Despre profesoara de gimnaziu Anna Schreker s-a spus și s-a afirmat întotdeauna că este o Gertrude Stein austriacă sau o Marianne Moore austriacă, în timp ce ea a fost mereu numai austriaca Schreker, o scriitoare locală vieneză grandomană. Și mă gândesc acum că profesoara de gimnaziu Anna Schreker tot în anii cincizeci a început să scrie și a mers cam pe același drum ca Jeannie Billroth, adică drumul de la talentul tânăr la omul de stat respingător, de la virgina literară epigonală la matroana literară epigonală. Mă gândesc că a mers pe drumul mediocrității, nu pe cel al geniului: deci așa cum Jeannie a parcurs drumul de la obsesia ei cu Virginia Woolf până la postura ei Virginia Woolf, așa și Schreker pe cel de la obsesia ei cu Marianne Moore și Gertrude Stein, până la postura ei Marianne Moore și Gertrude Stein. Atât Jeannie, cât și Schreker, împreună cu tovarășul ei de viață, au schimbat din păcate foarte curând și foarte abrupt macazul, cârmind-o, de la viziunile și intențiile și pasiunile lor literare inițiale, spre apropierea lingușitoare detestabilă de aparatul de stat, folosindu-se de literatură, și toți trei s-au înhăitat pe aceeași cale repulsivă cu diverși consilieri orășenești și miniștri și alți funcționari publici în afaceri culturale; astfel, la începutul anilor șaizeci, ei au murit pentru mine subit, peste noapte, din cauza slăbiciunii lor de caracter, de fapt înnăscută, transformându-se brusc exact în acele personaje respingătoare și dezgustătoare despre care ei înșiși vorbeau întotdeauna, referitor la alții, numai cu cel mai mare dispreț. Prin apropierea lingușitoare de aparatul de stat, care mi-a devenit deodată evidentă, Schreker și Jeannie s-au trădat nu doar pe ele însești, ci au trădat întreaga literatură, așa cum am considerat atunci și cum consider și astăzi, și asta nu le-o iert niciodată, și nu-mi e clar care dintre cele două a făcut-o cu o mârșăvie mai mare. Într-adevăr, Jeannie Billroth și Anna Schreker s-au *vârât* încă de la începutul anilor șaizeci, la modul cel mai respingător și oportunist, exact în acea *porcie* despre care îmi predicau mereu ambele în anii cincizeci ca fiind cea mai mare și mai dezgustătoare posibilă. S-au supus încă de la începutul anilor șaizeci fără scrupule statului, au capitulat la modul cel mai ipocrit în fața lui, a acelui stat pe care mi l-au prezentat amândouă în anii cincizeci, deci când eu încă aveam douăzeci de ani, drept ceea ce este el în realitate până astăzi, o nenorocire elementară pentru acest popor candid al nostru. Atât Schrekera, cât și Billrotha s-au vândut cu totul, după părerea mea, încă de la începutul anilor șaizeci acestui stat hidos și ridicol, iar eu, și din acest motiv, n-am mai vrut să am de atunci nimic de-a face mai ales cu Jeannie. Schreker a fost întotdeauna doar o apariție secundară pentru mine, ca să zic așa, dar am perceput-o mereu ca pe o soră de spirit și de fel de-a fi a lui Jeannie. Dacă Jeannie a avut mereu grandomania Virginia Woolf, suferind deci de un soi de maladie vieneză Virginia Woolf, Schreker a avut dintotdeauna grandomania Marianne Moore și grandomania Gertrude Stein, suferind de maladia Marianne Moore și de maladia Gertrude Stein. Ambele, Jeannie Billroth, precum și Anna Schreker, au transformat brusc la începutul anilor șaizeci această grandomanie literară a lor și aceste maladii literare ale lor, care probabil că atunci, în anii cincizeci, fuseseră o grandomanie efectiv *autentică* și maladii efectiv *autentice*, într-o poză – în poza literară țintind un scop anume, în poza literară polivalentă pentru politicieni cu mână largă, și au ucis fără scrupule literatura din ele însele, aproape peste noapte, în favoarea unei existențe absolut josnice de beneficiare ale patronajului statului. Căci trebuie să spun că ambele sunt niște beneficiare rafinate ale patronajului statului, care n-au ratat în ultimele decenii niciun prilej pentru a se supune cu oportunism statului ponegrit atâția ani de ele și dărniciei lui perverse, care au putut fi văzute în acești cincisprezece ani peste tot *de unde se putea obține ceva*, cum se spune, și care nu și-au lăsat niciodată locul gol la vreo festivitate oficială de stat sau orășenească; ele sunt prezente pretutindeni unde și-au făcut și își fac apariția cu sacii plini de bani ai statului acei politicieni care conduc, cu cea mai mare infamie și cea mai nerușinată brutalitate, afacerile culturale în această țară. Și astfel, Jeannie Billroth și Anna Schreker, cele două doamne ale literaturii și artei, ale culturii în general, din tinerețea mea, pentru care eram în stare să pariez *orice*, decenii la rând, mi-au devenit cu timpul realmente detestabile, mă gândesc. Dar Jeannie, desigur, mai mult decât Schreker, căci cu Schrekera n-am avut niciodată un contact (și conflict!) atât de intim cum am avut cu Jeannie. Încă de la începutul anilor șaizeci s-a vădit că cele două mari scriitoare ale anilor cincizeci, ridicate în slăvi de mine, n-au fost de fapt niciodată altceva decât două mic-burgheze care nu-și consemnau decât sărăcia ipocrită a gândirii; acum amândouă ședeau vizavi de mine, una lângă alta – *acele* două monstruozități vieneze feminine ale literaturii austriece, respingătoare în aroganța lor literară plină de fumuri. Marianne Moore și Gertrude Stein și Virginia Woolf ale Vienei stau aici, mă gândeam, și nu sunt decât niște favorizate ale statului, meschine, șirete, ambițioase, care au trădat literatura și arta în general pentru câteva premii ridicole și o pensie asigurată și care s-au înhăitat cu statul și adunătura lui de funcționari ai culturii și și-au făcut între timp un obicei din kitsch-ul lor epigonic, cu aceeași infamie cu care își făcuseră un obicei și din urcatul scărilor în ministerele care dau subvenții. Cum a tunat și a fulgerat, ba chiar a spumegat Schreker întotdeauna împotriva așa-numitului *Kunstsenat* și totuși acum un an același *Kunstsenat* a fericit-o cu *Marele Premiu Austriac de Stat pentru Literatură*! Este dezgustător să trebuiască să asiști, mă gândeam, cum oameni ca Schrekera și Billrotha i se aruncă deodată de gât tocmai acelui fost președinte și actual președinte de onoare al așa-numitului *Kunstsenat* pe care l-au ocărât timp de decenii ca fiind monstruos și dăunător, numai pentru că vor să le fie decernat din partea acestui președinte *și* președinte de onoare al așa-numitului *Kunstsenat* așa-numitul *Mare Premiu Austriac de Stat*, cum se înhăitează deodată total lipsite de scrupule exact cu acel bărbat și cu acei oameni din anturajul lui care au posibilitatea să facă rost de acest premiu și de suma de bani care vine odată cu el. Zeci de ani acest președinte al *Kunstsenatului* fusese pentru cele două numai o persoană scârboasă, iar acum Schreker îl îmbrățișează deodată în sala de audiențe a Ministerului Culturii cu cecul în mână și mai ține și un discurs de mulțumire insipid. Nouăzeci de ani are azi acest fost președinte și actual președinte de onoare al *Kunstsenatului* austriac și tot numai de el depinde și acum cui i se conferă în această țară distincția cea mai înaltă și cui nu; depinde numai de acest catolic înfocat, obtuz, ordinar, care a abuzat de arte și este de multe zeci de ani cel mai mare dintre toți poluanții mediului cultural în această țară, mă gândesc, iar Schreker, văzându-se în sfârșit cu premiul ei în mâini, l-a mai și pupat pe obraz, de mi se face și acum silă când mă gândesc. Și nu va mai trece mult timp până ce Billrotha și apoi tovarășul de viață al Schrekerei vor intra țanțoși în așa-numita sală de audiențe a Ministerului Culturii și vor primi *Marele Premiu Austriac de Stat* din mâinile acestui om respingător și nu vor avea nicio reținere să-l pupe și ei pe obraz și să țină un discurs de mulțumire insipid. Dar nu numai Schrekera (și tovarăşul ei de viaţă) şi Billrotha se înhăitează tot timpul de zeci de ani, la modul cel mai josnic, cu toţi oamenii care administrează în ţara asta banii aşa-zişi ai statului şi ordinele aşa-zise ale statului, ci aproape toţi artiştii austrieci o iau pe acest drum, de îndată ce *au trecut de anii tinereţii*, cum se spune: neagă tot ce au preţuit şi propagat oricând şi oriunde se ivea ocazia cu cea mai mare fermitate şi cea mai mare vehemenţă până la douăzeci şi cinci sau treizeci de ani ca fiind morala minimă ce i se cere unui artist şi se înfrăţesc cu cei care dau banii statali, ordinele statale şi pensiile. Toţi artiştii austrieci se lasă cumpăraţi până la urmă de stat şi intenţiile sale politice mârşave şi se vând acestui stat lipsit de scrupule, josnic şi ticălos, iar cei mai mulţi dintre ei chiar de la început. Arta lor nu constă în nimic altceva decât în înhăitarea cu statul – ăsta-i adevărul. Schrekera cu tovarăşul ei de viaţă şi Billrotha sunt doar trei exemple pentru aşa-numita lume artistică generală a Austriei. Artă înseamnă în Austria pentru cei mai mulţi să se supună statului, oricare ar fi politica lui, şi să se lase întreţinuţi de el pe veci. Viaţa artistică austriacă este un drum josnic şi ipocrit construit de oportunismul de stat, pavat cu burse şi premii şi tapisat cu ordine şi decoraţii, care duce la un mormânt onorific în Cimitirul central. Schrekera, care nu este în stare să dezvolte nici măcar o idee simplă şi care a scris doar tâmpenii de zeci de ani încoace, este considerată o scriitoare intelectuală, la fel ca și Billrotha, care este mult mai proastă – așa cred; această situație caracterizează nu doar *viața austriacă spirituală degenerată* din ziua de azi, ci viața spirituală în general. Însă în Austria această stare catastrofală este și mai catastrofală – dacă o privim de undeva de sus, pentru că tocmai am venit din Anglia. Lucrurile respingătoare au fost aici întotdeauna și mai respingătoare, cele insipide întotdeauna și mai insipide și cele ridicole întotdeauna și mai ridicole. Dar ce și unde am fi, mă întreb, dacă toate ar fi altfel? Dintotdeauna a existat o potrivire de idei între Schreker, tovarășul ei de viață și Jeannie, care păcălesc deja de douăzeci de ani tineretul, simulând răzvrătirea, revoluția și spiritul progresist, dar în realitate n-au făcut nimic cu mai multă energie în acești douăzeci de ani decât să alerge în sus și-n jos pe scările din dos ale ministerelor care dau bani; eu am avut întotdeauna aversiune față de ei în arta lor de a înșela tineretul și de a șantaja ministerele obtuze. Acum Anna Schreker șade lângă Jeannie Billroth, mă gândeam uitându-mă la amândouă – efectiv *surori în felul lor de-a fi* în privința degenerării intelectuale. Schrekera și Billrotha, ca și tovarășul de viață al lui Schreker întruchipează azi acest tip de literatură epigonală pseudointelectuală de vorbe goale pe care am detestat-o întotdeauna, care este îndrăgită de lectorii fanatici după ultima modă, considerați mereu strălucitori, dar poticniți de fapt în pubertatea lor literară, și care este subvenționată cu zel de funcționarii senili ai Ministerului Culturii din Minoritenplatz. În această seară, la această *cină artistică*, Schreker a venit, ca-ntotdeauna, îmbrăcată din cap până-n picioare în negru, mă gândeam. Acum s-a așezat deodată în zona din fund a salonului, lângă pictorul Rehmden, care are un singur braț, face parte din așa-numita *A doua școală vieneză suprarealistă* și este desigur profesor și titular de catedră la Academia de Arte Frumoase din Schillerplatz, *gravorul naturii cu penelul fin*. Auersberger, pe care l-am numit odată cu toată seriozitatea un *Novalis al sunetelor*, după cum îmi amintesc acum cu groază, devenise deja de mult *iresponsabil* și mai mormăia doar din când în când ceva anapoda și ininteligibil, după ce, probabil pentru a mai atrage pentru o ultimă oară atenția invitaților asupra sa în salonul de muzică, își scosese brusc din gură placa dentară inferioară și o ținuse ca pe un trofeu în fața actorului de la Burgtheater, cu observația că viața este scurtă, omul trecător, moartea nu prea departe, ceea ce-l făcuse pe actorul de la Burgtheater să rostească de mai multe ori cuvântul *dezgustător*, în timp ce Auersberger își băga dinții falși la loc în gură. Auersbergera sărise desigur iarăși din fotoliu, cu intenția să-l ducă pe soțul ei din salonul de muzică în dormitor, ceea ce nu-i reușise nici de astă dată; Auersberger își amenință acum soția c-o omoară și o împinse, așa că aceasta se împiedică de actorul de la Burgtheater, care însă o prinse în brațele lui. *Ah, ce dezgustător!* strigase chiar Auersberger de câteva ori, după care ațipi în haina lui țărănească de loden. La această *cină artistică* veniseră și doi tineri cu dialect stirian, care erau probabil înrudiți cu Auersberger și fuseseră cărați, în adevăratul sens al cuvântului, de soții auerbergerieni la această *cină artistică*, fiind, ca să zicem așa, niște flăcăi neciopliți de pe meleagurile lui natale, le-aș zice niște *bădărani stirieni vânjoși*, pentru a *condimenta*, cum se spune, această *cină artistică* a lor. În tot timpul în care i-am observat, n-au vorbit cu nimeni altcineva decât cu ei înșiși, ca și mine de altfel, care, dacă am vorbit ceva, n-a fost decât cu mine însumi și, deși am venit la această *cină artistică*, am fost complet neparticipativ, îmi dau seama acum. M-am comportat de fapt la această *cină artistică* la fel ca cei doi tineri stirieni, așa-numiți ingineri aspiranți, dar aceștia măcar se ridicaseră din când în când de pe scaunele lor și se așezaseră din nou, indiferent din ce motiv o făcuseră, pe când eu n-am stat decât la început în fotoliul cu urechi din antreu și apoi în sufragerie, efectiv fără a scoate un cuvânt, dacă fac abstracție de faptul că-l întrebasem o dată pe actorul de la Burgtheater dacă nu era sătul până-n gât, cum se spune, ca după patru sau cinci decenii să joace la Burgtheater tot numai roluri clasice: Goethe *sau* Shakespeare și Grillparzer, deci *de două ori pe an Goethe sau Shakespeare* și *o dată la trei ani un Grillparzer* și numai o dată la cinci sau șase ani un rol ca Ekdal din *Rața sălbatică*, sau eventual un rol într-una dintre acele comedii englezești stupide despre viața din înalta societate care tocmai se repetă la Burgtheater, dar n-am primit niciun răspuns de la actorul de la Burgtheater; și dacă fac abstracție și de faptul că i-am spus lui Auersberger încă o dată, chiar dacă total inutil, că și-a ratat viața și că și-a târât geniul în noroi de dragul unei femei bogate și al bunăstării, distrugându-se astfel singur, și că și-a făcut din patima beției sensul propriu-zis al vieții, ca să zicem așa, că a schimbat o nefericire, deci nefericirea tinereții lui, cu o a doua, nefericirea bătrâneții lui, neajutorarea tinereții cu beția bătrâneții, geniul muzical cu socializarea odioasă, libertatea spiritului cu temnița bogăției și că i-am spus de mai multe ori că haina lui țărănească de loden mi se pare respingătoare, la fel ca și cămașa lui țărănească din pânză de in și de fapt totul la el. Venisem, ce-i drept, la această *cină artistică* în Gentzgasse, însă fusesem total neparticipativ, așa ca cei doi flăcăi stirieni neciopliți, am urmărit, într-adevăr, această cină artistică din Gentzgasse, dar n-am luat parte la ea, mă gândesc. În zona din fund a salonului mai ședeau niște persoane, pe care nu le-am putut recunoaște nici în sufrageria care fusese mult mai bine luminată decât era acum salonul de muzică; și cei doi scriitori tineri care ieșiseră din când în când în evidență izbucnind într-un râs zgomotos, deși nu am înțeles câtuși de puțin care era motivul. Aceste hohote de râs mă enervaseră încă dinainte să apară actorul de la Burgtheater în Gentzgasse, căci erau niște râsete false și în același timp stupide, așa cum putem auzi de foarte multe ori în ziua de azi când suntem împreună cu oameni tineri: false, prostești și stupide. Nici cei doi scriitori tineri n-au avut mai nimic de spus, mă gândeam acum, ci au băut încă de la început, au mâncat tot ce li s-a pus în față și au fost tot timpul complet absenți, ca și cei doi flăcăi stirieni tehnici neciopliți, deși probabil că fuseseră invitați de Auersberger la această *cină artistică*, mă gândesc, pentru a reprezenta, ca să zicem așa, *tineretul intelectual artistic de la masă.* Dar ce să aibă de zis niște scriitori tineri, mă gândeam, care-și închipuie că știu totul și sunt în stare doar să considere că totul e de râs, fără a putea argumenta *de ce* este de râs? Asta descoperă abia mult mai târziu, mă gândeam; mai întâi consideră totul ridicol, fără a ști de ce, și abia mai târziu știu de ce, dar atunci n-o mai spun, pentru că nu mai au motiv s-o facă – ăștia sunt ei. Râsetele celor doi sunt hohotele de râs prostești și false și stupide cât se poate de caracteristice acestui tineret al anilor noștri optzeci, ani perverși și stupizi și periculoși, mă gândeam. Izbucnesc în hohote de râs și consideră totul a fi de râs și n-au publicat încă nici măcar o singură carte, mă gândeam, așa ca tine acum treizeci de ani. Au numai aceste râsete ale lor, altminteri n-au nimic, și se arată mulțumiți cu acest râs al lor. Au numai aceste râsete și au încă toată catastrofa vieții în fața lor, mă gândeam. Au numai aceste râsete și nici măcar n-au o justificare pentru ele. Și mi-am amintit că și eu ședeam – exact ca acești doi scriitori tineri, fiind și eu un tânăr scriitor – la astfel de petreceri numite ca și aceasta *o cină artistică*, și nu făceam decât să râd și să consider totul a fi de râs. Și nu dădeam nicio justificare pentru râsetele mele. Și nu participam cu nimic la aceste petreceri, ci doar beam și mâncam și, cum am zis, râdeam. Cei doi mi se păruseră la fel de neinteresanți pe cât eram eu de neinteresant atunci, așa că n-am încercat nicio apropiere de ei, după cum nici de mine nu încerca nimeni vreo apropiere pe-atunci, mi-am spus. Nu aflăm nimic care să ne intereseze cu adevărat dacă vorbim cu acești tineri ai anilor noștri optzeci, noi vorbim și vorbim și vorbim și ei nu înțeleg ce vorbim, și ei vorbesc și vorbesc și vorbesc și noi nu înțelegem nimic din ceea ce spun, nu vrem să înțelegem nimic din ceea ce spun, mi-am zis. A vorbi cu acești tineri nu duce la nimic, mă gândeam, iar cine susține contrariul este un fățarnic, căci tinerii nu le spun celor mai în vârstă și bătrânilor nimic – ăsta-i adevărul; este absolut neinteresant ce le spun oamenii tineri oamenilor bătrâni, absolut, mă gândeam, și este cea mai mare fățărnicie să susții contrariul. A fost întotdeauna la modă să spui că bătrânii ar trebui să stea de vorbă cu tinerii, pentru că tinerii ar avea foarte multe să le spună bătrânilor, însă este exact pe dos: tinerii n-au absolut nimic să le spună bătrânilor. Bineînțeles că bătrânii ar avea ceva de spus tinerilor, însă tinerii chiar nu-nțeleg ce le spun bătrânii, pentru că nu sunt deloc capabili să înțeleagă și de aceea nici nu vor deloc să înțeleagă. Auersberger a avut mereu scriitori tineri în jurul său și în patul său, eu am fost unul dintre primii pe care i-a invitat în Maria Zaal, mă gândeam acum. Unul dintre primii care i-au căzut în capcană, mi-am spus. Unul dintre primii pe care i-a prostit. *Cel care chituiește o căsnicie*, mi-am spus din nou în gând, iar referitor la cei doi scriitori tineri și cei doi ingineri aspiranți: *cei care chituiesc o căsnicie pe ambele părți*. Nu era suficient ca bărbații pe care îi atrăgea Auersberger la el și în patul lui să fie doar tineri, mă gândeam, ci trebuiau să fie *neapărat scriitori tineri:* niciodată n-a invitat Auersberger în Maria Zaal și în patul lui un pictor tânăr, niciodată un sculptor tânăr, ci întotdeauna doar un scriitor tânăr. Îl invita în Maria Zaal și în patul lui pentru a-l devora, mă gândeam acum, îi plătea biletul de tren spre Maria Zaal, indiferent de unde, îl lua de la gară și îl ducea în camera lui gata pregătită și încerca să-l devoreze deja din prima zi. Această idee care mă dezgustase și mă chinuise ani la rând, ba chiar decenii la rând, a încetat brusc s-o facă. *Auersberger, devoratorul libidinos de scriitori*, mă gândeam acum – și aş fi putut să izbucnesc în râs la această formulare creată spontan de mine, dacă n-aş fi fost prea obosit. *Auersberger și scriitorii tineri*, mă gândeam, aş avea aici o temă pentru un eseu mai scurt sau chiar pentru unul mai lung; *ce ditamai eseul mi-ar ieși!* cum se spune. Îl mai joc sigur de vreo cincizeci de ori pe Ekdal, zise deodată actorul de la Burgtheater; se lăsase complet pe spate în fotoliul lui și închisese ochii. Dacă aş fi primit să joc un Gregers mai bun! Ar fi trebuit să-l joc eu însumi pe Gregers, dar e absurdă ideea de a-i juca pe Ekdal și pe Gregers în același timp! Doar e absurd! Ce absurd! spuse actorul de la Burgtheater. Între timp, Auersbergera pusese o placă cu Boleroul[1], exact acea piesă muzicală pe care Joana o îndrăgise cel mai mult. Auersbergera dorise să amintească din nou de Joana cu acest Bolero și-l pusese în mod intenționat pe pick-up, mi-am spus. Și într-adevăr, stimulat de primele măsuri ale Boleroului, m-am gândit iar la Joana, mai ales la înmormântarea ei. Mai întâi mi se păruse lipsit de tact faptul că Auersbergera pusese Boleroul tocmai acum, dar este posibil să nu fi fost așa, ci să fie o idee bună a ei, chiar

1. Se subînțelege că referirea este la Boleroul lui Maurice Ravel.

dacă șireată, de a face măcar la sfârșit un act de pomenire a Joanei din acest supeu mai mult sau mai puțin oribil, din această așa-zisă *cină artistică*. De unde, înainte ca Auersbergera să pună Boleroul, intenționasem deja să mă ridic și să plec, acum am continuat chiar bucuros să stau jos, fiind cuprins deodată de o stare foarte plăcută de indiferență, și am lăsat să treacă în închipuire prin fața mea imaginile înmormântării din Kilb, momentele petrecute la *Mâna de fier*, am văzut încă o dată clar chipul băcăniței și chipul lui John, mi-a apărut și Kilb, târgușorul frumos și liniștitor din Austria Inferioară. *Iritarea* mea care durase în Gentzgasse pe tot parcursul acestei seri cumplite și acestei nopți cumplite a fost deodată înlocuită de o senzație de *liniștire*. Am ascultat întotdeauna cu plăcere Boleroul, iar Joana îl punea mereu în așa-numitul ei studio de mișcare când lucra cu elevii mai talentați; de fapt, Boleroul era muzica după care își orienta toată arta mișcării și știința predării acesteia, mă gândeam, ascultându-l cu ochii închiși. Ce frumos este să devii din când în când sentimental, mă gândeam, și nu mi-a fost deloc greu s-o văd acum pe Joana, artista mișcării, care a avut toate șansele să fie fericită și până la urmă n-a fost decât nefericită. I-am auzit glasul și m-am bucurat de frazele pe care le rostea, de râsul ei, de *receptivitatea ei la tot ce este frumos*, căci Joana avusese acest dar, ca nimeni altcineva din viața mea, de a vedea mereu și frumosul, pe lângă urâțenia cumplită, distructivă și devastatoare, deci un dar pe care-l dețin foarte puțini oameni. Însă nici acest dar nu i-a folosit la nimic. S-a dus la Viena și s-a lăsat devorată de Viena și a fugit din Viena acasă pentru a se spânzura, mă gândeam; și la faptul că vecina, care avea întotdeauna grijă de casa Joanei în absența ei, a văzut-o cu puțin înainte de șase dimineața spânzurată de funia înnodată și legată de Joana cu mâinile ei. Băcănița nu se putuse stăpâni la *Mâna de fier* și spusese că vecina văzuse mai întâi labele picioarelor Joanei *bălăbănindu-se* deasupra scărilor de la intrarea spre verandă, apoi abia, apropiindu-se, îi văzuse picioarele, apoi întregul corp greu, spânzurat în funie, foarte umflat de la ani de zile de beție și care, când vecina deschise ușa tindei, începuse să se miște – *grotesc* și în același timp *cumplit* de văzut, acestea au fost vorbele băcăniței. Nu țipând, nu, ci *cât se poate de calmă*, vecina se dusese imediat la băcăniță, căci doar era cea mai bună prietenă a Joanei, acestea au fost vorbele vecinei, pentru a-i împărtăși ce descoperise. Încă nu se luminase de ziuă. Când s-a făcut ora șapte, băcănița m-a sunat la Viena, nu pe mine primul, totuși mi-a comunicat cam la o oră după ce fusese găsită sinucigașa. Boleroul mi-a reamintit treptat de toate etapele existenței Joanei, o vedeam iar și iar ba în Sebastiansplatz, ba la Kilb, ba în Maria Zaal, unde fusese și ea invitată adesea. Îi plăcea să poarte haine schițate de ea însăși, mă gândeam, brățări egiptene vechi și cercei persani vechi, cum, de altfel, a avut în general o relație foarte puternică și foarte feminină cu culturile africane și asiatice vechi, citind toate cărțile și scrierile posibile despre ele; și se înfășura mereu în mătăsuri indiene, iar la gât își punea lanțuri afgane, chinezești sau turcești. Nimeni în afara ei nu vorbea atâta despre visele sale, încercând să *examineze* aceste vise, să le dea de urmă, nopți întregi am fost alături de ea în examinarea acestor vise ale ei; o interesau întotdeauna și visele altora și le studia, ca să zicem așa, căci făcuse din cercetarea viselor a doua ei artă, mă gândeam. Adesea a spus despre ea că nu este altceva decât o *somnambulă*, că existența ei este una de *somnambulă*. Mă gândeam că s-a înconjurat întotdeauna mai ales de oameni tineri, *preferabil foarte tineri, care sunt încă somnambuli*, cum zicea ea, care *nu sunt încă pervertiți și distruși de cultură și educație*. Firește că relația ei cu basmele era una fantastică și îi plăcea foarte mult să citească ea însăși basme și să le citească și altora – le citea și în public dacă se ivea ocazia. Visele și basmele erau sensul propriu-zis al vieții ei, mă gândeam acum. De aceea s-a și sinucis, mă gândeam, întrucât un om care și-a făcut numai din vise și basme sensul vieții nu poate supraviețui în această lume, nu are dreptul să supraviețuiască. Ea însăși era un personaj de basm, și probabil că a crezut chiar ea toată viața că este un personaj de basm, Elfriede Slukal, care și-a numit basmul *Joana*. Boleroul a fost întotdeauna piesa ei muzicală, trebuie să spun: focarul existenței ei. Ar trebui să nu ne sfiim să lăsăm din când în când sentimentalitatea să pună stăpânire pe noi, mă gândeam, și am lăsat acum Boleroul să pună stăpânire pe mine, așa că m-am lăsat transportat de el și am dat frâu liber sentimentelor mele pentru Joana în acest Bolero, până în clipa în care Jeannie Billroth i-a pus o întrebare actorului de la Burgtheater, care ședea lângă mine, dar vizavi de ea. Oare ce părere avea el despre faptul că *un director nou intră în Casa de pe Ring*[1], că în curând un vânt nou și, din câte cred acum oamenii, proaspăt va sufla înspre Burgtheater și va mătura afară din Burgtheater tot ce-i groaznic, răsuflat, mort de mult, deci tot ce a devenit cu anii numai respingător și dezgustător și pur și simplu oribil? Că *unul dintre cei mai buni oameni de teatru* va veni la Burgtheater? *Un geniu german, un geniu german de prim rang al teatrului, efectiv de rangul întâi*, cum s-a exprimat Jeannie, *un fanatic de înaltă clasă al teatrului*, cum a spus sau, mai degrabă, cum a citat – căci ea doar cita, nu spunea din capul ei ce era acest bărbat nou din Germania, cita numai ce

1. Burgtheater mai este numit, în afară de pur și simplu „Burg", și „Haus am Ring", Casa de pe Ring(straße), sau doar „Haus", Casa.

citise în ziare, ce auzise despre bărbatul cel nou pe care ea nu-l cunoaște, care deci n-are cum s-o convingă deocamdată, fiind pentru ea, cum s-a exprimat, o așa-numită pagină nescrisă; *un înverșunat al teatrului*, au scris ziarele, *un om de bază al teatrului, așa cum Burgtheater n-a mai văzut de o sută de ani*, vine la Burgtheater – dacă se încumetă să citeze ce scriau ziarele. Cu aceste întrebări inopinate, Billroth îl trezise brusc pe actorul de la Burgtheater, care ațipise scurt. *Așadar, ce părere aveți despre acest bărbat nou care vine în teatru?* îl zgândări Jeannie Billroth de parcă ar fi descoperit deodată în actorul de la Burgtheater încă o pradă a răutății ei care stătuse toată seara la pândă și ar fi știut brusc cum putea fi vânată și doborâtă această pradă. I-a spus de mai multe ori: *Sigur aveți o părere despre bărbatul cel nou*, ceea ce chiar a reușit să-l întărâte. Actorul de la Burgtheater s-a ridicat în picioare, și-a înălțat capul și a spus, foarte frumos, foarte bine, un bărbat nou preia teatrul, doar că asta nu-l interesează deloc, nu mai are de ce să-l intereseze. El însuși a văzut deja atâția directori ai Burgtheaterului preluând funcția și pierzând-o din nou, încât nici acesta nou nu-l interesează. Ei vin și pleacă, sunt primiți cu brațele deschise și alungați iar din Casă într-un mod dezonorant, mereu a fost așa și nici acest om nu va fi o excepție, spuse. Sigur, bărbatul cel nou o fi un geniu, așa cum ziceți dumneavoastră, la care Jeannie răspunse pe loc că nu *ea* a spus că bărbatul cel nou este un geniu, *ziarele* au scris că bărbatul cel nou este un geniu, nu *ea* a spus asta, *ziarele* au scris asta, în fiecare zi scriau acum ziarele despre acest geniu din Germania, *ea* n-a spus asta, iar actorul de la Burgtheater zise că indiferent dacă ziarele scriu asta sau dumneavoastră ziceți asta, draga mea, mie îmi este perfect egal cine este bărbatul cel nou care preia Casa; lui i-a fost întotdeauna egal, *a supraviețuit trecerii a zece sau unsprezece directori la Burgtheater*, spuse actorul de la Burgtheater, *toți au dispărut*, nimeni nu-și mai amintește azi nici măcar numele acestor oameni; sunt puși de un ministru care n-are habar de teatru, ci își urmează doar instinctul politic, *lucrează un an și apoi sunt dați afară*, așa se exprimă actorul de la Burgtheater, înfierbântat brusc din nou. Ministrul numește un oarecare despre care crede că-i este cel mai util dintre toți, desigur *tot timpul numai din rațiuni politice, niciodată artistice*, așa se exprimă actorul de la Burgtheater, și nici nu și-a semnat bine omul cel nou contractul, că începe să i se poarte pică și se fac toate eforturile ca să dispară cât de repede posibil. Două, trei puneri în scenă sunt lăudate de presă, spuse actorul de la Burgtheater, apoi încep să-l dezaprobe și să-l distrugă, *să taie craca pe care șade bărbatul cel nou*, pe care tocmai îl ridicaseră în slava cerului timp de un an întreg înainte să-și semneze contractul. Iar bărbatul cel nou nu observă mult timp că începuse să i se taie craca de sub picioare încă dinainte să fi semnat contractul, spuse actorul de la Burgtheater. Bărbatul cel nou poate să facă orice – prin faptul că și-a semnat contractul și deci a devenit director la Burgtheater, el este *un om mort*. Dacă ziarele au scris întâi, adică *înainte* ca el să-și fi semnat contractul și apoi să-și fi luat postul în primire, că este un geniu, acum, *după* ce și-a semnat contractul și și-a luat postul în primire, scriu că este un idiot. Indiferent ce piese joacă, este prețuit cu timpul tot mai puțin, iar în doi-trei ani, acest om nu mai valorează absolut nimic, orice-ar face, spuse actorul de la Burgtheater; dacă montează clasici, este o prostie, dacă montează piese așa-zis moderne, este o prostie, dacă preferă autori de-ai noștri, este complet greșit, dacă joacă autori străini, este tot complet greșit, dacă, înainte să fi venit la Viena la Burgtheater, auzise că Shakespeare al lui este *copleșitor și efectiv, dar efectiv cel mai bun Shakespeare* pe care îl văzuseră criticii *vreodată*, de îndată ce *este el* directorul Burgtheaterului, aude că Shakespeare al lui este o catastrofă. Imediat ce și-au atins scopul și noul director de la Burgtheater și-a semnat contractul, făcătorii de directori ai Burgtheaterului devin distrugători de directori ai Burgtheaterului, spuse actorul de la Burgtheater. Ah, știți dumneavoastră, i se adresă lui Jeannie Billroth, dacă ești un actor bun, îți poate fi absolut egal cine este momentan directorul Casei. Un director nou are farmec numai foarte scurt timp. Ajunge să fie văzut de câteva ori pe Kärntnerstraße și să fi luat masa de două-trei ori la Sacher sau la Imperial[1] - unde îi este remarcată prezența –, și e terminat. Au existat mereu actori ai Burgtheaterului preferați, dar niciodată un director preferat, draga mea, spuse actorul de la Burgtheater. Dacă mă întrebați, mie îmi este absolut egal cine-i urmașul directorului nostru actual. Toți au început să asculte deodată cu cel mai mare interes ce spunea actorul de la Burgtheater, în timp ce nu doar fuma, ci și bea din nou vin alb. Actorii de la Burgtheater se stabilesc în acest oraș, spuse, își cumpără bunuri imobile în Grinzing și în Hietzing și în Sievering și în Neustift am Walde și își duc viața insipidă în vilele lor insipide până la apusul vieții lor insipide, însă directorii Burghteaterului n-au nici cea mai mică șansă de a se stabili în acest oraș frumos. Vai de un director al Burgtheaterului care își cumpără o casă în acest oraș, nici nu s-a mutat bine că deja este privit cu dezgust și aruncat cu silă afară! Istoria directorilor Burgtheaterului este una mai mult decât scandaloasă, e posibil să fie chiar cea mai tristă poveste vieneză, spuse actorul de la Burgtheater. Această Vienă este o *moară a artei*, în cel mai adevărat sens, este realmente cea mai mare

1. Celebre hoteluri (cu restaurante) de lux din Viena.

moară a artei din lume, în care, an de an, sunt măcinați și zdrobiți artele și artiștii, indiferent ce arte, indiferent ce artiști, moara vieneză a artei îi zdrobește întotdeauna complet. *Totul* este zdrobit de această moară vieneză a artei, *totul*, spuse actorul de la Burgtheater, *iremediabil*. Și ce este ciudat, spuse actorul de la Burgtheater, e că toți acești indivizi sar complet de bunăvoie în această moară a artei, în care sunt zdrobiți total. Și directorii Burgtheaterului sar complet de bunăvoie în această moară vieneză a artei. Uneori, toată viața nu-i preocupă nimic cu o vehemență mai mare decât căutarea oportunității de a sări în această moară a artei, se dau de-a dreptul în vânt pentru saltul în această moară a artei, în care sunt zdrobiți total. *Zdrobiți total, zdrobiți total, zdrobiți total!* exclamă actorul de la Burgtheater. Apoi spuse: Dar pe mine nu m-au afectat niciodată aceste agitații și scandaluri în jurul unui director vechi sau nou al teatrului. Vedeți, draga mea, i se adresă lui Jeannie Billroth, eu l-aș fi jucat pe acest Ekdal sub orice director, credeți-mă. Și, de altfel, ies la pensie înainte ca noul director să intre în funcție, spuse actorul de la Burgtheater, ca și cum ar fi vrut să pună astfel punct subiectului. Nu voi mai face parte din această Casă atunci când își va prelua el funcția, spuse actorul de la Burgtheater și se întoarse spre Auersberger – care moțăise în acest timp și nu auzise nimic din ceea ce răspunsese actorul de la

Burgtheater la întrebarea lui Billroth – și îi zise, știți dumneavoastră, după ce ies la pensie, voi recita de două sau trei ori pe an Rilke la Konzerthaus sau pe bătrânul Goethe, asta-mi este suficient. De fapt, teatrul din ziua de azi nici nu mă mai interesează. Aș fi preferat să fiu deja la pensie, căci tot ce are legătură cu teatrul a devenit acum insuportabil. Înainte era o plăcere să joci teatru, era realmente misiunea vieții noastre, spuse actorul de la Burgtheater, dar astăzi nu-mi mai oferă nimic. Pe mine mă uimește la culme că îl mai joc pe Ekdal și că am atâta succes cu acest Ekdal, spuse. În realitate, mi-am pierdut interesul pentru teatru. Vedeți dumneavoastră, îi spuse lui Jeannie, am putut să petrec atâtea decenii fericite în teatru și nu regret nicio singură zi din anii mei fericiți de teatru, deci nu regret efectiv nicio singură oră din acești ani fericiți de teatru petrecuți de mine la Burgtheater. Dar astăzi nu-mi mai oferă nimic, deja de mult timp nimic, spuse actorul de la Burgtheater, la care Jeannie zise că, după părerea ei, teatrul nu-i mai oferă deja de atâta timp nimic, pentru că el, actorul de la Burgtheater, nu s-a putut despărți niciodată de Burgtheater; *din cauză că v-ați cumpărat o proprietate în Grinzing*, îi zise Jeannie, *teatrul nu vă mai spune de atâta timp nimic, din cauză că v-ați dus în fiecare zi să mâncați la Sacher și că v-ați dus în fiecare zi să beți la Mozart*[1] *o cafea.*

1. Café Mozart, situată în hotelul Sacher.

Dacă ați fi plecat din Burgtheater și în general din Viena, n-ați zice acum că teatrul nu vă mai oferă de atâta timp nimic, spuse Jeannie. Este posibil să vă fi pierdut bucuria față de teatru, în general bucuria de a juca teatru, din cauză că v-ați cumpărat o proprietate în Grinzing, insistă Jeannie. Este posibil să aveți dreptate, draga mea, răspunse actorul de la Burgtheater, dar probabil că nu aveți. Teatrul în general a decăzut, spuse actorul de la Burgtheater, fie că suntem la Viena sau nu, un teatru bun nu mai găsim, el nu ne mai fascinează. Nu cred asta, spuse brusc Auersberger, pe care toți îl credeau de mult adormit; după părerea lui, teatrul e la fel de viu ca-ntotdeauna, numai la Viena este răsuflat și nu e doar condamnat deja de mult la moarte, ci este deja de mult *efectiv mort, efectiv mort, efectiv mort*, exclamă Auersberger și repetă acest *efectiv mort* de câteva ori bolborosindu-și cuvintele. Ceea ce i-a și făcut pe cei doi scriitori tineri să pufnească în râs, pentru că această bolboroseală sunase atât de comic. Deși toată seara fuseseră ca să zic așa absenți, după ce Auersberger strigase de mai multe ori *efectiv mort*, izbucniseră tare în râs. *O Doamne!* exclamă brusc actorul de la Burgtheater, *ce să însemne oare un geniu al teatrului! Director și geniu, asta e o absurditate!* strigă. Știți dumneavoastră, îi spuse lui Jeannie Billroth, ziarele folosesc deja un limbaj infam și tot ce scrie în ele nu este decât infam. Indiferent ce ziar deschideți, vă treziți față-n față numai cu infamii, spuse actorul de la Burgtheater. Nu, zicem noi, nu ne privește ce scrie în ziare – și totuși aproape ne rănește mortal. Ce-i drept, ziarele austriece sunt cele mai proaste de pe lume și, într-adevăr, în ele ticăloșia este dusă la apogeu, spuse, nu există altele în care să găsești o ticăloșie mai mare. Istoria Austriei, ba chiar istoria lumii a suferit dintotdeauna din cauza ororii acestor foi, spuse actorul de la Burgtheater. Cu toate că m-au lăudat mereu, sunt totuși ziarele cele mai oribile din lume, cu conținutul cel mai infam și totodată cel mai stupid. Dar noi le citim în fiecare zi, spuse, și devorăm cu aviditate tot ce scrie în ele – ăsta-i adevărul. Încă din copilărie am dat pe gât jegul jurnalistic austriac, și totuși mai trăiesc. Stomacul austriac este un stomac bun, austriecii au în general un stomac bun, dacă stau să mă gândesc ce istorie searbădă și în același timp cumplită au înghițit de-a lungul timpului. Ziarele austriece, dacă chiar se pot numi astfel, spuse actorul de la Burgtheater, sunt cele mai proaste de pe lume, dar tocmai de aceea sunt poate cele mai bune. Tocmai pentru că sunt cele mai proaste, sunt probabil cele mai bune, spuse actorul de la Burgtheater, iar Auersberger bolborosi, *aici chiar aveți dreptate, aici chiar aveți dreptate, câtă dreptate aveți*, și cei doi scriitori tineri izbucniră într-un râs zgomotos. Doar trăim într-o absurditate continuă, spuse deodată actorul de la Burgtheater, în nimic altceva. Gândiți-vă puțin: *totul* este absurd. Ideea absurdă este singura idee adevărată, spuse actorul de la Burgtheater, ia gândiți-vă puțin, lumea absurdă este singura lume adevărată. Tot ce există este absurd, spuse actorul de la Burgtheater pe un ton deodată patetic, și se lăsă pe spate. Absurd și pervers, spuse apoi. Imediat după aceea îi spuse Auersbergerei: *Și eu așteptasem cu atâta bucurie o mostră a artei dumneavoastră.* Dar nu-i nimic. Data viitoare. Ce ați fi cântat oare, întrebă actorul de la Burgtheater și Auersbergera spuse numai un scurt *Purcell.* Ah, Purcell, spuse actorul de la Burgtheater. Purcell este foarte la modă. În general, muzica veche. Lumea-ntreagă ascultă toată ziua muzică veche, n-am dreptate? la care Auersberger bolborosi: *aici aveți dreptate, aici aveți dreptate, aici aveți dreptate.* Purcell, spuse actorul de la Burgtheater, o artă englezească superbă de lieduri și de arii. Da, spuse, privindu-mă drept în față, un astfel de Purcell cântat frumos este o comoară. Boleroul, o, Doamne, spuse deodată actorul de la Burgtheater, știți, Boleroul mă călca înainte întotdeauna pe nervi. Acum îmi place foarte mult. Este genul de artă care ne calcă pe nervi timp îndelungat, spuse, și brusc începe să ne placă foarte mult. N-ați remarcat și dumneavoastră acest lucru? o întrebă pe Jeannie, dar aceasta nu îi replică, ci îi spuse fără nicio legătură că la Burgtheater mijește o eră nouă – rostise efectiv cuvântul *mijește* –, o eră nouă, care o *șterge* pe cea veche; *o șterge pe cea veche* au fost cuvintele răutăcioasei Jeannie Billroth. Vor apărea tot felul de nume noi, spuse, vor fi jucate cu totul alte piese. Da, asta-i bine, mormăi acum Auersberger, că apar iar nume noi și sunt jucate piese noi. *Ne luăm rămas-bun de la cele cu care eram obișnuiți*, mormăi el, de la *mărfurile învechite din teatre; de la mărfurile învechite din teatre*, a spus de trei ori la rând, pentru că i-a plăcut cum sună, mă gândesc. Auersbergerei i s-a părut probabil penibilă această remarcă a soțului ei beat, căci a încercat din nou să-l ridice din fotoliu pe Auersberger, al cărui cap intrase complet în haina lui țărănească de loden, însă nu a reușit nici acum; Auersberger mai avea încă forța să-i amintească, trăgându-i un picior în pulpă, cine este aici în Gentzgasse stăpânul casei. Am citit o carte despre Palladio, spuse brusc actorul de la Burgtheater, și am admirat din nou vilele de pe Brenta[1]. Lucruri care au fost uitate timp de secole, spuse, ajung deodată iarăși la mare modă, ca să zicem așa, centrul interesului mondial. După ce ies la pensie, spuse, mă duc în Spania nu într-o vizită scurtă, ca în ultimii ani, ci pe îndelete, luni în șir. Când cineva a slujit teatrul atâția ani ca mine, spuse. Comediant, mim, ucenic în

---

1. Vile proiectate de arhitectul renascentist Andrea Palladio în fața canalului Brenta dintre Veneția și Padova.

actorie, spuse. Marele meu noroc a fost că nu m-am însurat niciodată, cel mai mare noroc pentru un actor este să nu fie căsătorit, să rămână singur cu arta lui, actoria. Am avut întotdeauna capacitatea de a răzbi, spuse, n-am fost niciodată bolnav, în mod ciudat, nici o singură dată, făcând abstracție de indispoziții minore, astfel că n-a trebuit niciodată să lipsesc de la un spectacol, nici măcar o singură dată, în timp ce colegii mei lipseau toată ziua-bună ziua, ba au dezvoltat cu timpul chiar un soi de isterie a lipsitului de la spectacolele lor. *N-am fost niciodată un așa-numit actor impetuos*, spuse, *pedant poate*, dar impetuos niciodată și nici nu mi-am permis să am indispoziții artistice. Dorință nestăpânită de cunoaștere, poate că asta a fost, spuse. Am studiat fiecare rol în mod științific, am fost însă întotdeauna singurul care a simțit această necesitate. Chiar n-am fost un om al luxului, nu, ci dimpotrivă. Dar nici unul simplu, am detestat întotdeauna simplitatea. Adevărul e însă, spuse acum actorul de la Burgtheater, că aici la Viena exigențele față de arte, dar mai ales față de muzică și actorie, sunt cele mai înalte, efectiv cele mai înalte din toată Europa, iar oamenii care merg aici în sălile de concert și la teatre, mai ales la Burgtheater, sunt cei mai răsfățați și, de fapt, sunt mai pretențioși și mai critici decât oriunde în Europa, ba pot spune, decât oriunde în lume. Nu există actori mai buni, așa cum nu există nici muzicieni mai buni, decât aici la Viena – ăsta-i adevărul. Mergeți unde vreți, spuse, duceți-vă la Scala din Milano sau la Metropolitan Opera din New York sau la Teatrul Național din Londra sau la Comédie Française, nimic nu se compară cu Viena, totul este la urma urmei de mântuială, de amatori – ăsta-i adevărul. Publicul vienez este cel mai răsfățat și cu gustul cel mai bun, în privința teatrului, precum și a muzicii, dar și cel mai infam, cel mai lipsit de scrupule. Cât de ridicol de-a dreptul este tot ce ne prezintă teatrul din Germania, cât de ridicol este teatrul englezesc, cât de ridicol cel franțuzesc! Dar vai de cel care afirmă acest adevăr la Viena, spuse actorul de la Burgtheater – este un om terminat. Burgtheater nu poate juca atât de prost, spuse, încât spectacolele să nu fie totuși mult mai bune decât cele de pe scenele germane, oricare dintre ele. Nu-nu, spuse actorul de la Burgtheater, în Germania este prezentat un teatru diletant, insipid, pe scurt un teatru stupid, după care nemții au fost dintotdeauna înnebuniți. Teatrul german a fost mereu neputincios și diletant – ăsta-i adevărul. Mereu numai la modă, mereu însă fad – ăsta-i adevărul. Fără spirit, asta este. Fără fantezie, asta este. Fără nici cea mai mică genialitate, asta este. În teatrele germane îi vedem pe actori jucând ca niște profesori de școală generală, ca niște profesori de gimnaziu, asta este. Până și ultimul actor de cabaret din Viena este mai bun decât cel mai faimos actor german – ăsta-i adevărul. Dar dacă spuneți acest adevăr la Viena, sunteți lapidați. Orice spectacol de luni la Burgtheater sau la operă, spuse actorul de la Burgtheater, este mai bun decât toate din restul lumii. Dar nu cumva să ziceți asta la Viena. Este atât de frumos să-l joci pe Ekdal și să ai succes, spuse apoi actorul de la Burgtheater, și să-ți închei cariera cu Ekdal și cu acest succes. Căci nu mai consider că acest rol englezesc pe care tocmai îl studiez ține de evoluția mea, ci efectiv îl văd ca pe ceva secundar, de neluat în serios, spuse, adică nu-i un Lear. Un *paradox* de care se tot trage ca să se lungească, adăugă. Înaintarea în vârstă și indiferența se suprapun într-o oarecare măsură, spuse. De altfel, nu mi-aș mai dori să fiu tânăr nicio zi, tinerețea este ceea ce e cumplit, nu bătrânețea. În general n-aș dori să retrăiesc nicio zi din viața mea, sunt bucuros că asta nu-i posibil. Știți dumneavoastră, îi spuse actorul de la Burgtheater mai întâi Auersbergerei, iar apoi și lui Jeannie, omul bătrân este îndrăgostit de retragerea lui, credeți-mă. Oamenii vorbesc despre orice, râd la orice, se agită la orice, dar pe mine asta nu mă mai afectează câtuși de puțin. Într-o oarecare privință, după atâta artă în teatru et cetera, să dezvolți o artă a bătrâneții, spuse actorul de la Burgtheater, este probabil satisfacția supremă. Când se încheie Boleroul, Auersbergera se ridică și merse prin sufragerie la bucătărie, pentru a aduce cafea. Jeannie se folosi de această absență a Auersbergerei ca să se afirme încă o dată, așa că-l întrebă pe actorul de la Burgtheater – care privea deja de ceva timp spre podea, *pierdut în gânduri*, cum se spune, și acum brusc complet epuizat –, în stilul ei dezgustător, dacă el, care *a ajuns* acum mai mult sau mai puțin *la sfârșitul vieții,* poate spune la acest sfârșit al vieții că *și-a găsit împlinirea* în arta lui; exact cu aceste cuvinte de prost gust îl confruntă pe acest bărbat bătrân și obosit care mi-a fost orice numai simpatic nu în această seară și în această noapte, dar care merita acum să fie menajat, măcar dacă iei în considerare că, în definitiv, în aceeași seară, deci cu câteva ore în urmă, îl și jucase pe Ekdal pe scena de la Akademietheater. *Credeți că la sfârșitul vieții dumneavoastră ați găsit împlinire în arta dumneavoastră?* întrebă Jeannie a doua oară, ca și cum ar fi crezut că actorul de la Burgtheater n-o auzise când îi pusese aceeași întrebare prima oară; sigur că actorul de la Burgtheater auzise ce întrebase Jeannie, nesimțirea ei, lipsa ei de scrupule firește că nu-i scăpaseră, căci la urma urmei îi adresase de trei ori întrebarea: *Puteți spune că la sfârșitul vieții dumneavoastră sunteți împlinit prin arta dumneavoastră?* Așa cum am văzut imediat, actorului de la Burgtheater nu-i scăpase insolența ei exprimată de trei ori, dar se gândea că Jeannie, pe care el o cunoștea numai foarte superficial și care n-ar fi trebuit să-și permită absolut nimic față de el, deci cu atât mai puțin o astfel de impertinență, îl va lăsa în pace, doar că aici actorul de la Burgtheater se înșelase temeinic; Jeannie Billroth nu-i dădu deloc pace și mai întrebă de câteva ori dacă actorul de la Burgtheater putea spune *la sfârșitul vieții* că *arta lui a fost pentru el împlinirea*, tot insistă în felul ei nerușinat și nu încetă cu întrebările ei lipsite de scrupule decât atunci când actorul de la Burgtheater îi abordă în sfârșit întrebarea, trebuise s-o abordeze. Și a fost ciudat să-l văd pe acest om, care mi se păruse realmente cât se poate de respingător, pe care nu-l privisem și urmărisem tot timpul decât cu cea mai mare aversiune, dându-i deodată efectiv răspunsul ce i se cuvenea, și anume zicându-i că era de-a dreptul scandalos să-i pună *o întrebare atât de stupidă*, căci *întrebarea dumneavoastră nu este altceva decât stupidă*, și că ea, Jeannie Billroth, doar nu se putea aștepta să primească un răspuns inteligent la întrebarea ei stupidă, la *întrebarea* ei *insolentă*, cum se exprimă actorul de la Burgtheater. *Cred că ați folosit tonul greșit*, spuse actorul de la Burgtheater și se pregăti să se ridice, de parcă ar fi vrut acum brusc, fără alte discuții, să părăsească locuința din Gentzgasse a Auersbergerilor, întrucât interogările și deci insolența lui Jeannie îi ajunseseră până peste cap; dar când o văzu pe Auersbergera intrând cu cafeaua, se așeză din nou în fotoliu și spuse că nu i se pare necesar să răspundă la niște întrebări atât de stupide, *astfel de întrebări de prost gust*, îi spuse actorul de la Burgtheater cuvânt cu cuvânt lui Jeannie, care acum chiar că era consternată, vor trebui să rămână desigur fără un răspuns din partea lui. *Ce bazaconii necuviincioase despre sfârșitul vieții*, spuse actorul de la Burgtheater, *ce insolență în întrebările formulate, ce josnicie în general să mă ațâțați cu stupiditatea dumneavoastră!* exclamă actorul de la Burgtheater, la care Jeannie, luând o ceașcă cu cafea din mâna Auersbergerei, se calmă brusc, nepărând deloc enervată, cum m-aș fi așteptat; în astfel de ocazii, mă gândeam, obișnuia întotdeauna să se ridice brusc de pe scaun, din câte-mi amintesc, și părăsea imediat locul în care se revelase stupizenia ei; acum însă nu, ci rămase pe scaun, cu o față pe care o vedeai chiar și sub fardul aplicat în strat gros cât de puternic se înroșise, și nu se mișcă minute în șir, în timp ce actorul de la Burgtheater, din nou brusc plin de energie, spuse ceva pur și simplu surprinzător pentru mine în ceea ce-l privește, căci nu l-aș fi crezut niciodată capabil de așa ceva: este tare neplăcut să vii între niște oameni care nu fac decât să te iscodească pentru ca pe urmă să te critice la modul cel mai josnic, care nu se află acolo decât ca să te facă bucăți, cum se exprimă el, *să te disece în toate părțile componente* și, în plus, după miezul nopții, ceea ce era o josnicie cu atât mai mare – rosti cuvântul *josnicie* fără nicio jenă, în timp ce-și ținea în mână cafeaua, fără să tremure, după cum am observat cu cea mai mare uimire, pentru a lua din când în când câte o mică înghițitură din ceașcă. Venim într-o casă și credem că este una prietenoasă, spuse și, întrucât se ambalase foarte tare, se trezise și Auersberger din nou și asculta ce zicea acum actorul de la Burgtheater, Anna Schreker devenise și ea atentă, la fel și cei doi scriitori tineri, precum și toți ceilalți invitați, căci actorul de la Burgtheater atrăsese din nou interesul tuturor asupra sa, măcar și numai prin limbajul dur pe care-l folosea acum: cuvinte ca *mârșav*, *josnic*, *necuviincios*, *ipocrit*, *infam*, *megaloman*, *stupid* biciuiră deodată societatea din Gentzgasse, țintind-o mai cu seamă pe Jeannie; că era nu numai o insolență, ci o adevărată mârșăvie să fie întărâtat cu astfel de întrebări stupide, cum tocmai făcuse *această persoană*, așa o numi deodată pe Jeannie, *această persoană*, repetă, *e tot ce-mi mai lipsea, această persoană care mi-a fost detestabilă încă din start, căci această persoană este o persoană absolut stupidă*, dacă aș fi știut că vine aici și această persoană, n-aș fi dat niciodată curs invitației dumneavoastră, li se adresă actorul de la Burgtheater patetic Auersbergerilor, eu detest oameni ca această persoană, care nu fac decât să critice nimicitor totul, care vorbesc continuu despre artă și n-au habar de artă, care vorbesc despre toate și n-au habar de nimic, detest oameni ca aceștia, care distrug toate aceste seri tocând același subiect și îndrugând vrute și nevrute și a căror lipsă de inteligență este efectiv strigătoare la cer! exclamă actorul de la Burgtheater iritat la culme. *De cum am văzut această persoană șezând aici, m-am gândit să fac imediat stânga-mprejur și să plec, dar buna-cuviință mi-a interzis un astfel de comportament*, spuse actorul de la Burgtheater, *buna-cuviință, buna-cuviință*, repetă de mai multe ori și se lăsă pe spate ca să-i fie mai comod, m-am gândit, ceea ce a fost o greșeală, căci actorul de la Burgtheater se ridică iarăși drept în fotoliul lui și, cuprins brusc de o criză de dispnee, îi spuse lui Jeannie direct în față: Faceți parte dintre acei oameni care nu știu nimic și nu valorează nimic și, din acest motiv, îi urăsc pe toți ceilalți, atât de simplu este: urâți totul pentru că vă urâți pe dumneavoastră și starea dumneavoastră jalnică. Vorbiți încontinuu despre artă și n-aveți habar ce este asta, a vrut să-i strige lui Jeannie în față, dar n-a putut din cauză că i se tăiase respirația, ceea ce i-a îngăduit doar să rostească fraza aproape complet în surdină, după care a spus: *Sunteți un om stupid și distructiv și nici măcar nu vă este rușine*, și apoi a tăcut. Trebuie să recunosc că acest atac al actorului de la Burgtheater la adresa lui Jeannie a fost pentru mine o adevărată desfătare, căci rareori am asistat ca cineva să-i spună lui Jeannie verde-n față astfel de lucruri, ca vreun om să reacționeze atât de tăios la una dintre nerușinările ei, ceea ce i-a adus în această clipă actorului de la Burgtheater, un om care nu mi-a plăcut și continuă totuși să nu-mi placă, stima mea profundă. Lui Jeannie Billroth nu i s-a spus niciodată cât de incompetentă este și a fost de fapt mereu, mă gândeam, nu i s-a spus niciodată câtă lipsă de pricepere a dovedit de mult timp în toate privințele. Lui Jeannie nu i s-a spus niciodată că este josnică, ba chiar vulgară, cum i-a spus-o acum actorul de la Burgtheater în față, așa pur și simplu. Simțim o adevărată încântare când credem că unui om i se servește exact ceea ce merită, ca să zic așa, imputându-i-se pe drept propria josnicie și propria nerușinare și propria prostie și incompetență, mă gândeam, mai ales când a trebuit să așteptăm câteva decenii ca să se întâmple asta. Lui Jeannie nu i s-a spus niciodată că este de fapt doar un om mărunt, ordinar, ba chiar un caracter josnic, dar actorul de la Burgtheater i-a zis-o răspicat. Și am avut impresia că acest lucru nu i-a bucurat doar preț de-o clipă pe toți cei care fuseseră martorii acestei răbufniri a actorului de la Burgtheater, ci că le-a produs tuturor o satisfacție mai mare și de mai lungă durată. Firește că *nu au exprimat* ce-au simțit, nici n-au avut ocazia s-o facă și nici nu și-ar fi permis-o. Însă actorul de la Burgtheater și-a permis, la fel cum și eu mi-am permis să-i dau dreptate în tot ce a înșirat împotriva lui Jeannie, măcar și numai prin tăcerea mea. În fine, după ani întregi, după decenii întregi, un om îi spune adevărul în față aceluia căruia ne dorim, ne dorim de zeci de ani să-i spunem în față exact adevărul pe care nu l-a auzit niciodată înainte, întrucât nimeni n-a îndrăznit până atunci să i-l spună, și m-am gândit că, măcar pentru acest adevăr rostit de actorul de la Burgtheater direct lui Jeannie în față, oricare ar fi sau n-ar fi acest adevăr, în cele din urmă a meritat totuși să accept invitația la această *cină artistică*. De altfel, actorul de la Burgtheater îi mai spusese lui Jeannie și: *Sunteți o persoană cumplit de ipocrită, pândiți efectiv ore în șir prilejul să puteți înjosi un om*, și-i mai spusese și că *oameni ca dumneavoastră sunt oameni periculoși și cel mai bine este să n-ai de-a face cu astfel de oameni*. Dacă n-aș mai avea cu exactitate în urechi aceste fraze ale actorului de la Burgtheater, nu le-aș crede acum posibile, însă actorul de la Burgtheater le formulase în acea seară exact așa cum le-am notat aici. Probabil că Jeannie îi servise niște insolențe deja în timp ce eu mă mai aflam în sufragerie, adică nu mă dusesem încă în salonul de muzică, purtându-se și atunci față de el ca Jeannie Billroth aceea respingătoare pe care o cunoșteam prea bine de pe vremea legăturii mele cu ea, ca să-i zic așa pe scurt. Nu s-a schimbat câtuși de puțin. Dacă nu este ea centrul unei societăți, face tot posibilul ca să devină focarul ei, insultându-l pe cel destinat propriu-zis să fie centrul atenției – cum ar fi, în cazul acestei așa-numite *cine artistice*, actorul de la

Burgtheater –, printr-un atac frontal, cum s-ar putea spune. Și pesemne că, deja cu mult înainte să mă fi așezat eu în sufragerie, îl zgândărise pe actorul de la Burgtheater și îl ofensase în repetate rânduri, așa cum îi este felul, căci altminteri ar fi fost inexplicabilă izbucnirea lui de-a dreptul explozivă. Acum îmi devenise clară cauza acelor răbufniri ciudate ale actorului de la Burgtheater, pe care-l auzisem, încă de când ședeam în antreu, zbierând în salonul de muzică – acele exclamații care-mi fuseseră de neînțeles atunci: *Iete-na, Ekdal!* și *Iete-na, Gregers!* și *Iete-na, Rața sălbatică!* Acum știu că îi erau menite lui Jeannie, care-l ataca. Da, spuse actorul de la Burgtheater, în timp ce se ridica de la locul lui vrând să plece, și-i îndesă în mână Auersbergerei, care se ridicase odată cu el, ceașca din care băuse cafeaua: *cât urăsc în fond astfel de reuniuni, care nu urmăresc decât să critice aspru tot ce semnifică ceva pentru mine, să târască în noroi realmente tot ce am prețuit vreodată, exploatând numele meu și faptul că sunt actor la Burgtheater, și cât tânjesc în realitate nu atât să am pace, cât efectiv să fiu lăsat în pace. M-am gândit întotdeauna: de m-aș fi născut un altul decât cel care sunt de fapt și, în general, de aș fi devenit un cu totul altul decât cel care am devenit de fapt! De aș fi devenit un om care să fie lăsat în pace! Dar atunci ar fi trebuit să fiu născut nu din părinții mei, ci din cu totul alți părinți și ar fi trebuit să cresc în cu totul alte circumstanțe, în natura liberă, cum mi-am dorit întotdeauna, nu în cea plină de limite, în natură în general, nu în artificialitate. Căci noi toți am crescut în artificialitate, în demența deplorabilă a artificialității, deci nu numai eu, care am suferit toată viața din această cauză*, spuse brusc actorul de la Burgtheater, ci *toți de aici*, și se întoarse spre Jeannie, adresându-i-se, *și dumneavoastră, draga mea, care mă urmăriți cu ura dumneavoastră și mă disprețuiți.* Se întoarse acum spre mine, fără să-mi spună ceva, iar apoi spre Auersberger, care, beat criță, adormise în fotoliu, și-i spuse că este la modul general o nenorocire să te fi născut, *dar să te fi născut un astfel de om ca domnul Auersberger* este nenorocirea cea mai mare. Să te cufunzi în natură, să inspiri și să expiri în această natură și să fii cu desăvârșire și pentru totdeauna la tine acasă în această natură – asta este ceea ce simte el a fi fericirea supremă. *Să mergi în pădure, adânc în pădure*, spuse actorul de la Burgtheater, *să te lași cu totul în voia pădurii*, asta mi-am dorit întotdeauna, gândul de a nu fi nimic altceva decât parte din natura însăși. *Pădure, pădure înaltă, să fiu ca tăietorii de lemne, asta mi-am dorit întotdeauna*, spuse, brusc surescitat, în timp ce se pregătea să plece acum efectiv. Cu toate că toți băuseră mult, la sfârșit, așa ca acum treizeci de ani și ca acum douăzeci și cinci de ani și ca acum douăzeci de ani, numai Auersberger era complet beat și, înfundat în fotoliul său, nici nu-și mai dăduse seama că toți oaspeții se ridicaseră să plece. Mă ridicasem și eu, gândindu-mă că actorul de la Burgtheater rostise deja la masă și apoi în salonul de muzică vorbele *pădure, pădure înaltă, să fiu ca tăietorii de lemne*, fără să-mi fi dat atunci seama la ce se referea. Atenția mea în timpul mesei și apoi în salonul de muzică se concentrase, firește, mult timp nu asupra actorului de la Burgtheater, ci a lui Jeannie Billroth; în timpul mesei aproape că n-o slăbisem din ochi pe Jeannie, de cele mai multe ori nici nu ascultasem ce spunea actorul de la Burgtheater, prinzând doar din când în când câte o frântură de frază de-a lui, niciodată una întreagă; nu mă interesase câtuși de puțin ce spusese actorul de la Burgtheater în timpul mesei; abia în salonul de muzică, deci după ce băuse deja mai mult decât era indicat pentru sănătate, devenise interesant și pentru mine, deoarece, mă gândesc acum, între timp se schimbase complet. Tot ce spusese în sufragerie fuseseră baliverne, flecăreli cu care suntem obișnuiți la actorii mai în vârstă, ba chiar foarte bătrâni când stau la șuetă, pe care îi și evit întotdeauna, pentru că nu suport să ascult ce spun, căci așa-numita lor înțelepciune datorată bătrâneții, care nu este decât o mărginire respingătoare a bătrâneții, o prostie a bătrâneții, ca s-o zic pe șleau, mă calcă pe nervi. Actorii bătrâni nu fac altceva decât să te enerveze, m-am gândit de atâtea ori și am evitat mereu să-i întâlnesc; dar după ce actorul de la Burgtheater dăduse pe gât mai multe pahare decât ar fi putut să-i priască, devenise deodată interesant datorită transformării lui, printr-o filozofare stranie de bătrân înțelept ieșită brusc la iveală din el, exact atunci când începuse să tot repete cuvintele *pădure, pădure înaltă, să fiu ca tăietorii de lemne*, care, după cum știu acum, nu sunt numai lozincile lui de viață, ci ale multor oameni ca actorul de la Burgtheater și a milioane de alți oameni; la încheierea acestei *cine artistice* am conștientizat deodată ce voia să spună actorul de la Burgtheater cu aceste lozinci ale lui, ce voia să-și tot spună sie însuși, să le spună celorlalți, ba chiar tuturor, și am început să-l ascult cu atenție. Brusc, acest om care la început mi se păruse atât de neinteresant, care nu făcea decât să mă calce pe nervi, după cum am spus, mi-a devenit pentru scurt timp interesant și mi-a captat întreaga atenție, chiar dacă doar pentru această scurtă perioadă de timp; brusc nu m-a mai interesat ce spunea Jeannie Billroth sau Anna Schreker, ci doar ce spunea actorul de la Burgtheater, așa că nu le-am mai acordat atenție lui Jeannie și lui Schreker – făcând abstracție și de ceilalți prezenți la *cina artistică* de azi, care nu mă interesaseră încă de la început și pe care nu i-am ascultat deloc, neauzind nici măcar puținul pe care l-au spus, mă gândeam – și m-am îndreptat numai ochi și urechi spre actorul de la Burgtheater. Flecarul de la început, care voise să facă impresie doar prin glumele lui proaste și anecdotele lui răsuflate, devenise pe parcursul acestei *cine artistice* deodată *figura* ei interesantă, ba chiar *filozofică*, mă gândeam. Nu putem observa asta la foarte mulți oameni, poate doar la anumite persoane bătrâne: la început ne par a fi niște flecari și povestitori respingători de glume și anecdote, precum vienezul așa-numit artistic sau intelectual tipic, și apoi, treptat, au o evoluție de-a dreptul filozofică în decursul unei seri, în decursul unei cine, așa ca pe parcursul acestei *cine artistice* la Auersbergeri în Gentzgasse. Mai întâi sar în ochi doar prin ridicol și prostie și înfumurare, dar treptat, după ce au băut ceva și apoi ceva mai mult decât le face bine, pot transforma brusc antipatia noastră față de ei în simpatie, căci introduc în joc un element spiritual, dacă nu chiar filozofic. Actorul de la Burgtheater ni se înfățișase mai întâi, după părerea mea, ca nimeni altul decât actorul de la Burgtheater, își mâncase așa-numitul *șalău autentic* tot ca actor la Burgtheater – ceea ce înseamnă pentru mine o figură respingătoare – și se afirmase în timp ce mâncase șalăul tot ca acea figură respingătoare pentru mine; dar deodată, după ce terminase să-și mănânce șalăul și fumase două-trei țigări și băuse câteva pahare cu vin alb, devenise un om de-a dreptul spiritual, chiar filozofic, adică se transformase dintr-o figură dezgustătoare într-un om filozofic, dintr-o figură într-un om, deci exact invers decât se întâmplă de obicei, când oamenii se dau mai întâi drept ființe omenești și apoi, după ce au mâncat și au băut, devin treptat niște figuri dezgustătoare, întrucât nici nu pot altfel. Zi de zi facem această observație: întâlnim oameni într-o societate și acești oameni se transformă pe timp ce trece în figuri respingătoare și dezgustătoare, așa cum și aceste societăți, cu cât mănâncă și beau mai mult în decursul serii, devin mai dezgustătoare și mai respingătoare, după cum știm. Actorul de la Burgtheater a parcurs în această noapte exact procesul invers; s-a transformat din figura dezgustătoare în omul filozofic, chiar dacă nu neapărat din palavragiu în filozof. La sfârșit am fost *cucerit*, cum se spune, de acest om care mi se păruse atât de mult timp respingător, care prin felul său dezgustător de a fi și prin fasoanele lui mă iritase, ba chiar mă înfuriase; *n-am mai fost scârbit și enervat de el, ci cucerit*, spre deosebire crasă de Jeannie Billroth, care, mă gândesc, fusese mai întâi cucerită de actorul de la Burgtheater, iar apoi, deja în timp ce se mânca șalăul, se simțise tot mai enervată de el, până ce realmente ajunsese să-l deteste. La sfârșit, eu am fost cucerit de actorul de la Burgtheater, iar Jeannie Billroth, cred, l-a urât, iar asta spune tot. *Felul* în care a rostit el *pădure, pădure înaltă, să fiu ca tăietorii de lemne* – nu a fost ceva sentimental cauzat de bătrânețe, ci clarvăzător, mă gândesc. Felul în care a înfruntat-o pe

Jeannie a fost orice numai ceva senil nu, orice, numai un oportunism al bătrâneții nu, mă gândesc. Stăm în timpul unui supeu fără sfârșit cu una dintre acele gogorițe artistice vieneze, cu unul dintre acești pseudoartiști perverși cum întâlnim mereu cu sutele în acest oraș și cum îi cunoaștem cu sutele – toți acești pictori și sculptori și scriitori și muzicieni și actori vienezi odioși, toți acești artiști vienezi de provincie respingători – și constatăm că mai suntem așezați și vizavi de un actor de la Burgtheater, prototipul gogorițelor și pseudoartiștilor vienezi, în timpul acestui supeu auersbergerian interminabil, complet nereușit și superfluu, mă gândesc; apoi ne dăm seama deodată că un om care la început se produce în fața noastră numai într-un mod dezgustător și exercită asupra noastră realmente un efect respingător devine un filozofant care ne trezește interesul, un *filozof de moment*, cum s-ar putea spune, care stârnește interesul. Nu este, desigur, adevărat că toți bătrânii sunt niște filozofi, dar filozofici sunt; nu cunosc o prostie mai mare decât aceea care susține că toți bătrânii sunt filozofi, în timp ce e firesc că *sunt* filozofici și, în orice caz, oamenii bătrâni se fac din când în când măcar pentru câteva clipe filozofici sau cel puțin filozofanți, chiar dacă numai pentru câteva momente – așa și actorul de la Burgtheater, care în decursul acestei *cine artistice* a devenit un om care a filozofat pe moment, un *filozof de moment*, indiferent ce l-o fi stimulat sau incitat în acest sens. Trezirea din beție – adică mâine-dimineață – îl va face din nou să fie stupidul grotesc, insuportabil, așa cum l-am cunoscut noi, mă gândesc. Tocmai o atare societate ca aceasta din Gentzgasse a avut ca efect să-l facă filozofic preț de câteva momente pe actorul de la Burgtheater, mă gândeam, dar, bineînțeles, nu a avut același efect și asupra celorlalți, căci *nimic* nu poate avea *vreodată* un efect filozofic asupra lor. Nici asupra Auersbergerilor și nici asupra Annei Schreker, iar asupra celorlalți cu atât mai puțin – mai cu seamă nu asupra celor doi scriitori tineri, care nici nu sunt încă apți de o stare filozofică, să-i zicem, chiar și numai din cauza vârstei lor. Aici trebuie să fie totuși vorba despre un om cu o *experiență de viață care poate fi urmărită foarte departe înapoi în istorie și care este produsă tot mereu prin această istorie*, ceea ce i se potrivește actorului de la Burgtheater, căci asta se pretează la bătrâni, mai ales la oamenii foarte bătrâni, și mă gândesc că eu mi-am îndreptat toată viața interesul mai mult spre bătrâni și spre cei foarte bătrâni decât spre tineri, că am căutat întotdeauna să am de-a face mai mult cu bătrânii și cu cei foarte bătrâni decât cu cei tineri, că am petrecut întotdeauna mai mult timp împreună cu bătrânii și cu cei foarte bătrâni, decât cu tinerii; tinerețea o reprezentam chiar eu atunci când eram tânăr, și nu bătrânețea, mă gândesc, drept care mă interesa bătrânețea, nu tinerețea. *Să extragi tot ce poți din vârsta înaintată*, m-am gândit întotdeauna și, nu mă sfiesc s-o spun, am tras de acolo cele mai mari foloase, am scos mereu cel mai mare profit urmând această idee. Bătrânețea a captat întotdeauna curiozitatea mea, nu tinerețea, pe care doar o cunoșteam din nemijlocirea cea mai nemijlocită, mă gândesc. Actorul de la Burgtheater este un om în care filozoficul ce s-a dezvoltat în el cu timpul și deci în decursul vieții lui și al istoriei lui și a noastre și a tuturor este încontinuu înăbușit de el însuși, mă gândesc. Avem astfel aproape exclusiv de-a face cu oameni care-și înăbușă filozoficul; îl tot înăbușă până ce brusc li se atrofiază și dus a fost. Doar din când în când avem ocazia să *percepem* acest filozofic în ei și la ei, așa cum l-am perceput eu în timpul acestui supeu la actorul de la Burgtheater, dar cum probabil el însuși nici nu l-a perceput, mă gândesc, căci nu este *conștient* de el. Dintr-odată, actorul de la Burgtheater m-a fascinat, mă gândesc, prin felul în care a rostit cuvintele *pădure, pădure înaltă, să fiu ca tăietorii de lemne*, repetându-le apoi de câteva ori. Dar asta nu înseamnă că actorul de la Burgtheater mi-ar fi acum simpatic. El rămâne pentru mine omul teatral nesimpatic, la urma urmei și în esență superficial, așa cum mi-a fost din start. Prin felul în care și-a luat rămas-bun și i-a sărutat Auersbergerei mâna în *maniera* lui *austriacă Burgtheater* mi-a repugnat deja din nou. Când i-a mai și făcut apoi un compliment lui Jeannie Billroth, unul complet inutil, absurd, de-a dreptul insolent, zicându-i în timp ce-i săruta mâna că îi place *cutezanța* ei *spirituală*, da, chiar a zis *cutezanța dumneavoastră spirituală îmi place*, mi-a redevenit omul dezgustător și actorul dezgustător de la Burgtheater care-mi fusese de la început. Și eu băusem mult, mai mult decât îmi face bine, mă gândesc, totuși nu așa de mult ca actorul de la Burgtheater, ca să nu mai vorbim de Auersberger, care nici nu se mai trezise înainte de plecarea invitaților din Gentzgasse, iar cei doi scriitori tineri, care nu trăncăniseră decât despre răzvrătirea lor, fără să poată spune împotriva a ce se răzvrăteau, fuseseră la sfârșit beți criță și se ridicaseră cu greu de pe locurile lor. În final, actorul de la Burgtheater a fost singurul care a mai avut puterea și capacitatea de a se retrage nu numai așa cum se cuvine, ci chiar în chipul cel mai politicos, cum se poate spune, din Gentzgasse, căci niciunul dintre ceilalți n-a mai fost în stare de așa ceva. *Ce șalău excelent a fost!* i-a mai spus la urmă Auersbergerei actorul de la Burgtheater, după care a plecat primul și a coborât singur scara de la intrarea în locuință, iar Auersbergera l-a urmărit mult timp cu privirea. Nici măcar nu se clatină pe picioare, m-am gândit, în timp ce-l observam de sus, deci din ușa apartamentului, pe actorul de la Burgtheater coborând scara. Cum, în principiu, vreau să plec singur de la o petrecere, am așteptat în ușă, și deci lângă Auersbergera, până ce au coborât toți scările. Da, i-am spus Auersbergerei după ce dispăruseră toți, o zi tristă, nu-i așa? amintind măcar astfel încă o dată de Joana. Probabil este cel mai bine pentru ea că s-a omorât, am spus, *probabil* că pentru ea a fost momentul cel mai bun, i-am spus Auersbergerei, fiind conștient de penibilitatea a ceea ce tocmai rostisem, de caracterul dezgustător al acestei fraze care se spune de atâtea ori când un om s-a sinucis. Vrem să rostim ceva adecvat, m-am gândit în acea clipă, și rostim ceva complet inadecvat, ba chiar penibil, dezgustător, prostesc. Ce i-ar mai fi putut aduce viața în viitor, am mai spus, adăugând încă o constatare penibilă și dezgustătoare. Fiecare om să facă ce vrea, am spus apoi, rostind din nou doar ceva penibil și dezgustător. Așa că a fost cel mai bine să nu mai spun nimic. Am coborât scara în fugă, de parcă aș fi fost cu douăzeci de ani mai tânăr, luând câte două, trei, ba chiar patru trepte deodată. Jos, în vestibul, mi-am spus că a fost absurd s-o sărut la despărțire pe Auersbergera pe frunte, ca acum treizeci de ani, m-am gândit, la fel de absurd ca acum treizeci de ani am sărutat-o pe frunte, exact ca în anii cincizeci; această idee m-a necăjit pe tot drumul din Gentzgasse în oraș. Timp de douăzeci de ani n-am mai văzut-o pe Auersbergera și în fond o detest, mi-am spus, iar la plecare o mai și sărut pe frunte! Fruntea i-ai sărutat-o, *măcar numai fruntea*, mi-am spus apoi tot drumul prin orașul încă întunecat, fiind necăjit în continuare. Și m-am gândit că dacă aș fi plecat odată cu ceilalți, aș fi fost scutit de această penibilitate. Dar eu n-am vrut să plec cu ceilalți, am vrut să evit în special să mai fiu o dată împreună cu Jeannie, și încă pe stradă, și încă în acest moment; căci, fiind cu ea pe stradă, am fi ajuns cu siguranță la o confruntare cumplită, *prea multe* ar fi trebuit să-i spun, *prea multe* să-i reproșez, *prea multe* să-i trântesc în față, mă gândeam, precum și invers, ea mie, așa că făcusem bine să rămân în urmă sus la intrare și să-i las pe ceilalți să mi-o ia înainte; singur cu Auersbergera fusese cert mai suportabil decât singur cu Jeannie, mă gândeam, singur cu Jeannie pe stradă ar fi fost, în orice caz pentru mine, o catastrofă, mă gândeam, pe când cu Auersbergera singur sus la intrare, în orice caz suportabil; însă acum tot îmi reproșam că-i dădusem Auersbergerei un sărut pe frunte, după douăzeci de ani, poate chiar după douăzeci și doi sau și trei de ani, în care n-am făcut decât s-o detest, cu aceeași ură cu care l-am detestat în acești ani și pe soțul ei, și-mi mai reproșam că fusesem și ipocrit, spunându-i că *cina* lor așa-zis *artistică* a fost o *plăcere* pentru mine, când de fapt nu făcuse decât să mă dezguste. Ca să ne salvăm dintr-o situație dificilă, mă gândesc, suntem noi înșine la fel de ipocriți ca aceia cărora le imputăm tot timpul această ipocrizie, din cauza căreia îi târâm pe toți acești oameni continuu în mocirlă și îi disprețuim – ăsta-i adevărul; nu suntem cu absolut nimic mai buni decât acești oameni pe care-i considerăm insuportabili și dezgustători, niște persoane respingătoare cu care vrem să avem cât mai puțin de-a face, dar, dacă suntem sinceri, trebuie să recunoaștem că avem tot mereu de-a face cu ei și suntem exact la fel ca ei. Le reproșăm comportamentul insuportabil și nesuferit, și nu suntem cu nimic mai puțin insuportabili și nesuferiți, ba poate suntem chiar mai insuportabili și nesuferiți decât ei, mă gândesc. I-am spus Auersbergerei că sunt bucuros că am reluat legătura cu ei, soții Auersberger, că am fost iarăși la ei în Gentzgasse după douăzeci de ani și, în timp ce-i spuneam asta, mă gândeam ce om ordinar și fățarnic sunt, care nu se dă înapoi de la nimic, dar chiar de la nimic, nici măcar de la minciuna cea mai sfruntată. Că mi-a plăcut actorul de la Burgtheater, că mi-a plăcut Anna Schreker, chiar și că-mi plăcuseră cei doi scriitori tineri și cei doi ingineri aspiranți, i-am spus Auersbergerei stând sus la intrarea în apartament, în timp ce ceilalți invitați coborau treptele și-mi era silă de ei când coborau treptele, și totuși, în timpul acesta, îi ziceam Auersbergerei că toți îmi plăcuseră foarte mult. Când te gândești că sunt capabil de o astfel de ipocrizie ordinară, mi-am spus, în vreme ce vorbeam cu Auersbergera, că sunt capabil s-o mint direct în față, că sunt în stare să-i spun exact contrariul a ceea ce tocmai simțeam, numai pentru că-mi face acea clipă mai suportabilă, și-i mai spusesem și că-mi părea rău că nu-i auzisem vocea în această seară, că nu auzisem niciuna dintre *ariile din Purcell cântate de ea atât de frumos, de excepțional, de unic* și că în general îmi părea rău că am întrerupt timp de douăzeci de ani contactul cu ea și cu soțul ei, Auersberger, ceea ce nu fusese din nou decât o ipocrizie și, pur și simplu, una dintre minciunile mele cele mai sfruntate și mai josnice. Îi mai spusesem și că mi se pare deosebit de regretabil că Joana n-a putut să fie prezentă în această seară și că probabil este exact în spiritul Joanei că noi, adică eu și Auersbergerii, am reluat contactul acum că m-am întors din Londra pentru o perioadă îndelungată, dacă nu chiar definitiv, iar pe viitor vom *cultiva* probabil un astfel de contact, am mințit-o direct în față pe Auersbergera, în timp ce ceilalți tocmai ieșeau din casă, așa cum puteam auzi de sus, stând cu Auersbergera la intrarea în apartament. *Joana a trebuit să moară, a trebuit să se omoare, pentru ca noi să ne întâlnim din nou*, i-am mai spus Auersbergerei, după care am îmbrățișat-o scurt și, cum am spus, am sărutat-o pe frunte și am fugit pe scări în jos și afară în stradă, torturat în timp ce mergeam pe diferitele străzi de gândul că tot ce-i spusesem Auersbergerei fusese numai prefăcătorie și că o mințisem foarte conștient în orice-i spusesem. Căci în realitate o uram pe Auersbergera după această *cină artistică* la fel cum o urâsem și înainte de ea, iar pe Auersberger, acel *Novalis al sunetelor* și epigon al lui Webern, poticnit în anii cincizeci deja, îl uram cu o ură poate mai intensă, cu *ura auersbergeriană* cu care îi urăsc pe Auersbergeri deja de douăzeci de ani, din câte mă gândesc, pentru că atunci, cu douăzeci de ani în urmă, au abuzat de buna mea credință și m-au bârfit într-un mod atât de josnic, au profitat de orice ocazie ca să mă critice în fața tuturor, m-au discreditat după ce-i părăsisem numai ca să mă salvez pe mine, numai ca să nu fiu devorat de ei, după ce *eu le întorsesem spatele, nu ei mie*, așa cum au susținut mereu și continuă să susțină și acum, așa cum au susținut mereu în toți acești douăzeci de ani și susțin până azi: că *eu* m-aș fi folosit de ei, că *ei* m-ar fi întreținut ani de zile, că *ei* m-ar fi ținut ani de zile în viață, când realitatea este și a fost că *eu i-am ținut pe ei în viață*, că *eu i-am salvat*, că *eu* i-am întreținut, chiar dacă nu cu bani, totuși cu aptitudinile mele în general, și nu invers. Și am alergat pe străzi, de parcă aș fi fugit de un coșmar, repede și tot mai repede spre Innere Stadt[1] și nu știam, în timp ce alergam, de ce o luam spre Centrul vechi, când de fapt ar fi trebuit să alerg exact în direcția opusă Centrului vechi dacă voiam

1. Innere Stadt este primul district al Vienei: Centrul vechi.

să ajung acasă, dar probabil că acum nu voiam deloc acasă, și mi-am spus, de-aș fi rămas și în această iarnă la Londra, și era ora patru dimineața, iar eu alergam spre Centrul vechi, deși ar fi trebuit s-o iau spre casă și mi-am spus că ar fi trebuit neapărat să rămân la Londra și am alergat spre Centrul vechi, fără să știu de ce în Centrul vechi, și nu acasă, și mi-am spus că Londra mi-a adus mereu numai fericire, pe când Viena mereu numai nefericire. Și am alergat și am alergat și am alergat, de parcă aș fi fugit acum încă o dată de anii cincizeci înspre anii optzeci, în acești ani optzeci periculoși și neputincioși și obtuzi, și m-am gândit iar că, în loc să fi mers la această *cină artistică* dezgustătoare, ar fi fost de preferat să-l citesc pe Pascal sau pe Gogol sau pe Montaigne și m-am mai gândit în timp ce alergam că eu fug de coșmarul auersbergerian și am fugit cu o energie tot mai mare de acest coșmar auersbergerian înspre Centrul vechi; și m-am gândit în timpul fugii mele că acest oraș prin care alerg, așa cumplit cum îl percep mereu, cum l-am perceput mereu, este totuși pentru mine orașul cel mai bun care există, că totuși această Vienă detestată, pe care am detestat-o dintotdeauna, îmi este deodată din nou cea mai bună, este Viena mea cea mai bună, iar acești oameni pe care i-am urât dintotdeauna și îi urăsc și îi voi urî mereu sunt totuși oamenii cei mai buni, că îi urăsc, dar că sunt înduioșători, că urăsc Viena și că ea este totuși înduioșătoare, că-i blestem pe acești oameni și totuși nu pot să nu-i iubesc și că urăsc această Vienă și totuși nu pot să n-o iubesc și m-am gândit în timp ce fugeam deja prin Centrul vechi că acest oraș este totuși orașul meu și va fi întotdeauna orașul meu și că acești oameni sunt oamenii mei și vor fi întotdeauna oamenii mei și am alergat și am alergat și m-am gândit că am scăpat cu bine, ca de tot ce a fost și este îngrozitor, și de această așa-numită *cină artistică* îngrozitoare din Gentzgasse și că voi scrie despre această așa-numită *cină artistică* din Gentzgasse, fără să știu ce, că voi scrie pur și simplu *ceva* despre ea și am alergat și am alergat și m-am gândit că voi scrie *imediat* despre această așa-numită *cină artistică* din Gentzgasse, indiferent ce, numai să scriu *îndată* și *imediat* despre această *cină artistică* din Gentzgasse, *imediat*, m-am gândit, *îndată*, mi-am tot repetat fugind prin Centrul vechi, *îndată* și *imediat* și *îndată* și *îndată*, înainte să fie prea târziu.

La prețul de vânzare se adaugă 2%,
reprezentând valoarea timbrului literar.